파우스트 Ⅱ

Die Tragödie zweiter Teil

Johann Wolfgang von Goethe, Faust, in : Goethes Werke, Hamburger Ausgabe, 12. Auflage. 1982. Band 3.

파우스트 Ⅱ

Die Tragödie zweiter Teil

비극 제 Ⅱ 부

요한 볼프강 폰 괴테 지음

윤용호 옮김

주요 인물

하인리히 파우스트
16세기 독일의 전설적인 마술사. 학자. 인생 탐구자.
지식에 절망하고 사랑에서 삶의 보람을 찾는다.

메피스토펠레스
악마. 파우스트의 길동무가 되어 그의 영혼을 빼앗으려 한다.

바그너
파우스트의 제자로 실리주의자.

마르가레테(또는 그레첸)
순진하고 가련한 평민 소녀.

마르테 슈베르틀라인
그레첸의 이웃 여자로 뚜쟁이 노릇을 한다.

발렌틴
그레첸의 오빠. 군인.

차례

비극 제Ⅱ부

제 1 막

제 2 막

비극 제Ⅱ부

제 1 막

풍경이 아름다운 장소

파우스트는 꽃이 만발한 잔디 위에 피곤한 모습으로 불안스럽게 누워 잠을 청하고 있다. 해질 무렵. 작은 요정들이 귀여운 모습으로 공중을 떠돈다.

아리엘.[1] *(에올스의 하프에 맞추어 노래한다)*

> 활짝 핀 꽃잎들이 봄비 흩날리듯
>
> 모두의 머리 위에 어지럽게 휘날리고,
>
> 들판의 초록빛 은총이 4615
>
> 지상의 모든 이들에게 빛나면,
>
> 작은 요정들의 따뜻한 영혼은
>
> 도움이 필요한 사람을 찾아간다.
>
> 선한 사람이든 악한 사람이든

---

1) 아리엘 : 세익스피어의 『폭풍우』에 나오는 우두머리 공기의 요정 [1부 발푸르기스 밤의 꿈 4239줄 참조] 에올스의 하프 : 에올스는 고대 그리스 바람의 신으로 그의 악기 하프는 바람의 강약에 따라 미묘한 음이 나도록 만들어졌다. [1부 헌사 27줄 참조]

불행에 처한 사람을 찾아간다.   4620

이 불행한 이의 머리 위를 빙빙 돌면서
요정들이여 고귀한 그대들의 힘을 보여 다오.
가슴속 무거운 고뇌를 부드럽게 달래주고
타는 듯 쓰라린 아픔의 화살을 뽑아내
이제껏 겪은 두려움에서 그의 마음을 씻어다오.   4625
밤 시간은 넷으로 나누어질 수가 있으니[2]
지체 말고 그 시간을 잘 배분해다오.
우선 그의 머리를 시원한 베개 위에 누이고
몸을 레테강[3]의 물로 씻어주어라.
아침까지 고이 쉬고 기운을 차리면   4630
경련으로 굳어진 사지도 부드러워지리라.
너희들은 최상의 의무를 다하여
그를 성스러운 빛 속으로 되돌려놓아라.

합창. *(혼자 또는 둘 또는 여럿이 교대로 혹은 함께)*

초록빛 가득한 평야에
산들바람 살랑거리고,   4635
달콤한 향기와 자욱한 안개 속에

---

2) 로마의 군부대 야경(夜警)에서 저녁 6시부터 새벽 6시까지 3시간씩 4등분하였다. 고통에서 벗어난
   파우스트의 회복과정을 여기에 빗대어 안식, 망각, 회춘, 신생의 4단계로 노래하고 있다.
3) (그리스 신화) 망각의 강. 죽은 자는 저승 가는 길에 레테강을 건너야 하는데, 이때 이 강물을 마시
   면 지난 일을 모두 잊게 된다고 한다.

황혼이 진다.
나지막이 감미로운 안식을 속삭이며
마음을 구슬려 어린애처럼 잠들게 하라.
이 고달픈 사람의 눈에   4640
하루의 문을 닫아 주려무나.

밤은 벌써 장막에 덮여
별들로 성스럽게 둘러싸인다.
큰 불빛, 작은 불꽃
가까이서 멀리서 반짝이고, 빛난다.   4645
여기 호수에 비쳐 반짝이고
저기 맑은 밤하늘에도 빛난다.
깊은 안식의 행복을 약속하며
달은 하늘 가득히 찬란하게 빛난다.

어느새 시간은 흘러   4650
고통도 행복도 사라졌구나.
몸의 회복을 예감하고
새날이 밝아 옴을 믿어라.
초록빛 계곡, 일렁이는 언덕
무성한 나무숲은 안식의 그늘.   4655
출렁이는 은빛 파도처럼
수확을 앞둔 곡식들이 넘실댄다.

수많은 소망들을 성취하려면

떠오르는 아침 해를 바라보아라!

그대는 잠시 사로잡혔을 뿐   4660

잠은 껍질이니, 벗어던져라!

다른 이들이 머뭇거리며 방황할 때

주저하지 말고 감행하라.

총명하여 빠르게 행동하는

고귀한 자는 모든 것을 이룰 수 있나니.   4665

(무서운 굉음이 태양의 다가옴을 알린다.)

아리엘

들어라! 들어라! 호렌[4]의 천둥소리를!

요정들의 귀를 울리면서

새날이 밝아왔다.

암벽의 문들이 덜커덩대며 열리고

푀부스[5]의 수레는 요란하게 달려간다.   4670

아침 빛 속에 울려 퍼지는 수많은 소리들!

트럼펫 소리, 나팔 소리

눈이 번쩍 뜨이고, 귀는 깜짝 놀란다.

엄청난 소리는 견딜 수가 없으니

---

4) 시(時)나 계절의 여신들. 아폴론(태양)이 전차를 몰고 나타나면 천공의 문을 여는 여신들.

5) 태양신. Apollo의 다른 이름. 그의 수레바퀴 소리가 요란하지만 사람의 귀에 들리지 않는 것은 매일 들기 때문에 귀가 먼 것이라는 설이 있다.

꽃다발 속으로 재빨리 숨어라.   4675

조용히 살기 위해 더 깊숙이,

바위 틈새로, 나뭇잎 아래로

저 소리를 들으면 그대들은 귀가 멀리라.

파우스트

생명의 맥박은 새로운 기운으로 고동치며

어스름한 새벽을 향해 부드럽게 인사를 한다.   4680

그대, 대지여 간밤에는 변함없더니

새롭게 기운을 얻어 내 발밑에서 숨을 쉬며

기쁨으로 나를 감싸기 시작하는구나.

나를 자극하고 힘찬 결심을 불러 일으켜

최상의 존재로 끊임없이 이끌려 하는구나.   4685

여명 속에 벌써 세계는 열려있고

숲속엔 수많은 생명의 소리가 울려 퍼진다.

산골짜기에는 안개가 엷게 퍼져있고

하늘의 밝은 빛은 낮은 곳까지 비쳐든다.

어두운 계곡에 숨어 잠자던   4690

크고 작은 나뭇가지들이 왕성하게 움터 나온다.

꽃과 잎이 맑은 이슬로 흠뻑 젖어

대지로부터 수많은 색깔들로 피어오르며

내 주변엔 낙원이 펼쳐지는구나.

위를 보아라! 거인 같은 산봉우리들이   4695

벌써 장엄하게 해 뜨는 시간을 알리고 있다.

산봉우리들은 영원한 빛을 먼저 누리고
그 빛은 뒤늦게 우리에게 비쳐온다.
이제 알프스 산의 초록으로 구릉진 초원에,
새로운 장관과 밝음이 선명하게   4700
한발 한발 밑으로 내려온다.
드디어 태양이 솟는다! 벌써 눈이 부시구나.
눈에 스미는 고통 때문에 나는 몸을 돌린다.

 동경에 찬 희망이 지극히 바라던 소망을 향해
은밀하게 전력을 다하다가 마침내 문이 활짝   4705
열린 것을 발견할 때의 기분이 이러하리라.
그러나 저 영원한 골짜기에서 무서운 불길이 타오르면,
우리는 기겁을 하고 걸음을 멈춘다.
우리는 오직 생명의 불꽃을 붙이려 했는데,
불바다가 우리를 휘감으니, 이게 웬 불인가!   4710
우리를 휘감고 불타는 이 불은 사랑인가? 미움인가?
괴로움과 기쁨이 두렵게 우리를 엄습하니,
우리는 다시 지상으로 눈을 돌려
청순한 아침의 장막 속으로 몸을 숨긴다.

태양이여, 내 등 뒤에 머물러다오!   4715
바위 틈새로 쏟아지는 폭포를
나는 황홀한 기분으로 넋을 놓고 바라본다.

수천의 물줄기가 줄을 이어 떨어져
수천의 강으로 범람하면
공중으로 높이 수많은 물거품이 치솟는다.　　　　4720
이 소용돌이에서 생겨나, 사라졌다 다시
생겨나는 오색의 무지개는 얼마나 아름다운가.
때로는 또렷하게, 때로는 공중으로 흩어지면서
사방으로 시원하고 상쾌한 소나기가 내린다.
무지개는 인간의 노력을 비춰주는 거울,　　　　4725
그것을 보고 인생이란 단지 채색된 영상임을 안다면,
인생을 좀 더 깊이 파악할 수 있으리라.

황제의 성(城)

옥좌가 있는 넓은 방

황제를 기다리고 있는 각료들. 나팔소리.
신하들이 화려한 옷차림으로 등장한다.
황제가 옥좌에 앉고, 그의 오른편에 점성술사가 자리하고 있다.

황제

　짐은 멀리서 가까이서 모여든
　충성스럽고 친애하는 경들에게 경의를 표하노라.

현명한 박사는 내 곁에 보이는데,　　　　　　　　　　4730

어릿광대 바보 놈은 어디에 있는고?

시종

폐하의 외투자락을 바짝 따라오다가

계단에서 그만 고꾸라지고 말았습니다.

누군가가 그 뚱뚱보를 업고 나갔으나

죽었는지 취했는지 알 수가 없습니다.　　　　　　　　4735

두 번째 시종

바로 그때 아주 민첩하게

다른 녀석이 그 자리에 밀고 들어 왔습니다.

아주 값진 옷차림을 하고 있지만

얼굴이 하도 괴상하여 모두가 깜짝 놀랐습니다.

문지기가 창을 내밀며　　　　　　　　　　　　　　4740

문턱을 가로 막고 있었습니다만

저 뻔뻔한 바보 놈은 벌써 여기 와 있나이다.

메피스토펠레스 *(옥좌 앞에서 무릎을 꿇으며.)*

불청객이면서도 늘 환영 받는 게 누구겠습니까?

기다려지면서도 늘 쫓겨나는 놈은 누구겠습니까?

늘 보호를 받고 있는 놈은 누구겠습니까?　　　　　　4745

지독하게 욕을 먹고 비난을 받는 놈은 누구겠습니까?

폐하께서 여기 불러내서는 안될 자가 누구겠습니까?

누구나 그의 이름을 듣고 좋아할 자는 누구겠습니까?

폐하의 옥좌계단으로 다가오는 자는 누구겠습니까?

스스로 추방당한 자는 누구겠습니까?   4750

황제

이제 그만 떠들라!

여기는 수수께끼 푸는 장소가 아니다.

그런 것은 여기 있는 신하들의 소관이다.

그대가 문제를 풀 수 있겠는가? 그렇다면 기꺼이 듣겠노라.

나의 이전 어릿광대는 멀리 가 버린 것 같구나.   4755

그의 자리를 그대가 맡아 내 곁에 있도록 하라.

(메피스토펠레스, 계단을 올라 와 황제의 왼편에 선다.)

사람들의 웅얼대는 소리

새로운 어릿광대라 - 새로운 두통거리지 -

어디서 왔을까 - 어떻게 들어 왔지 -

먼젓번 놈은 고꾸라졌다고 - 그 놈은 끝장난 거지 -

그 놈은 술통이었지 - 이번 놈은 나뭇조각 같구먼 -   4760

황제

자 충성스럽고 친애하는 경들이여

멀리서 그리고 가까이에서 온 그대들을 환영하오!

모두들 길운의 별자리 아래 모였으니

저 하늘엔 행운과 축복이 적혀 있소.

그런데 왜 이런 좋은 날   4765

우리는 걱정에서 벗어나

가장무도회처럼 가면을 쓰고

흥겹게 즐기려고 했는데

회의를 열어 고생을 자초하는 거요?

그러나 경들이 피치 못할 일이라고 해서   4770

허락하는 것이니, 회의를 시작하시오.

재상

성자의 후광 같은 드높은 덕이

폐하의 머리를 감싸고 있으니, 오직 폐하만이

그 덕을 정당하게 실행하실 수 있습니다.

덕의 정의! 만인이 그것을 사랑하고   4775

만인이 그것을 요구하고, 소망하며, 없으면 고통을 받는 것입니다.

그것을 백성에게 베푸는 것은 오직 폐하만이 하실 수 있습니다.

그러나 아! 인간정신의 이해력이,

선량한 심성이, 노동의 열의가 아무 소용이 없습니다.

온 나라가 열병에 걸린 듯 미쳐 날뛰고   4780

악이 악에서 끝없이 부화되고 있기 때문입니다.

이 높은 대궐에서 넓은 나라 안을 내려다보면

마치 악몽을 꾸는 듯 할 것입니다.

온갖 기괴한 괴물들이 설쳐대고

불법이 합법으로 세상을 지배하는   4785

오류의 세계가 전개될 것입니다.

가축을 훔치고, 부녀자를 겁탈하고

제단의 성배, 십자가, 촛대를 훔치고도

오랜 세월 벌 받지 않고 무사한 몸으로

오히려 그것을 자랑하고 있습니다.   4790

이제 고소인들이 법정에 모여들고

재판관은 높고 푹신한 의자에 위엄을 부리며 앉아있는 동안

폭동의 혼란은 점점 격화되어

사나운 파도처럼 요동을 칩니다.

힘센 공범자를 배후에 가진 자는   4795

불법을 저지르고도 큰소리를 치지만,

죄 없는 자는 자신만을 의지하다가

유죄!라는 언도만 받을 뿐입니다.

그렇게 온 세상이 산산조각 나고

당연한 일이 조롱거리가 되고 있습니다.   4800

이래서야 우리를 정의로 이끌어갈 유일한

신의가 어떻게 생겨날 수 있겠습니까?

청렴한 인간이라도 마침내는

아첨이나 뇌물 쓰는 인간으로 변하겠지요.

죄를 벌할 수 없는 재판관은   4805

결국 범죄자와 한통속이 될 것입니다.

소신이 그림에다 너무 시커멓게 먹칠을 한 것 같습니다.

차라리 두꺼운 포장으로 덮어버렸으면 합니다. *(잠간 휴식을 하고)*

이제 결단이 불가피합니다.

모두가 가해자이고, 모두가 피해자가 되면   4810

폐하의 위엄마저 잃게 될 것입니다.

국방상

이 난세에 미쳐 날뛰는 꼴은 차마 볼 수가 없습니다!

모두가 때리고 얻어맞고 하는 판이라

명령을 해도 들은 척도 하지 않습니다.

시민들은 성벽 밖에서   4815

기사들은 암벽 소굴에서

우리를 괴롭히기 위하여 작당을 하고

그들의 세력을 공고히 하고 있습니다.

용병들은 조급하게 안달을 부리며

격렬하게 그들의 임금을 요구합니다.   4820

만약 우리가 밀린 돈을 더 이상 미루지 못하고 갚아준다면

용병은 남김없이 떠나 버릴 것입니다.

그들이 원하는 것을 거절이라도 한다면

마치 벌집을 쑤셔놓은 꼴이 될 것입니다.

그들이 보호해야 할 이 나라는   4825

약탈당하고 황폐화된 채 버려져 있습니다.

이렇게 소동을 부리고 미쳐 날뛰게 버려두니

국토의 반은 이미 잃은 것이나 다름없습니다.

변방에는 아직 제후들이 있다고 하나

누구하나 자기 일처럼 걱정하는 사람은 없습니다.   4830

재무상

누가 우방과의 동맹을 믿을 수 있습니까!

그들이 우리에게 약속한 지원은

수돗물 끊기듯 중단되고 말았습니다.

그뿐만 아닙니다, 폐하, 이 넓은 폐하의 국토가

누구에게 소유권이 넘어갔는지 아십니까?　　　　　4835

어디를 가나 새로운 자가 살림을 차려놓고

독립적으로 살려고 합니다.

우리는 그자가 하는 짓을 그저 지켜볼 수밖에 없습니다.

우리는 많은 권리를 내주었기 때문에

남아있는 권리는 아무것도 없습니다.　　　　　4840

당파라는 것도 그것이 어떻게 불리든

오늘날에 와서는 전혀 믿을 수가 없습니다.

그들이 비난을 하던 찬양을 하던

시시비비가 무의미하게 되어 버렸습니다.

황제당원이나 교황당원이나 모두[1]　　　　　4845

몸을 숨기고 안일한 생활만 탐하고 있습니다.

누가 이런 때 그의 이웃을 도우려하겠습니까?

모두가 자기일 하기에도 바쁩니다.

금고의 문은 닫혀 있지만

저마다 긁어내고 파내서 모으는 바람에　　　　　4850

우리의 국고는 텅 비어 있습니다.

궁내대신

소신 역시 커다란 곤경을 겪고 있습니다.

---

1) *(역사) Ghibellinen 기벨린당원 (중세 이탈리아의 호엔슈타우펜 황제당원)
　*(역사) Guelfen 교황당원 (중세 이탈리아에서 독일 황제파에 대항한 교황 옹호파)

우리는 날마다 절약을 하려 하지만

날마다 지출은 늘어나기만 합니다.

그래서 신에겐 날마다 새로운 고통이 늘어만 갑니다.　　　　4855

요리사들은 아직 궁핍함을 모릅니다.

산돼지, 사슴, 토끼, 노루

칠면조, 닭, 거위, 오리 등

확실한 공물들이 아직도 현물로

상당히 들어오고 있기 때문입니다.　　　　4860

하지만 결국 포도주가 바닥이 났습니다.

이전에는 포도주 저장실에 술통들이 쌓이고

생산지와 출하연도는 최상급이었는데

귀족들이 끊임없이 마셔대는 바람에

마지막 한 방울까지 동이 나고 말았습니다.　　　　4865

시청의 재고품까지 소매로 사들이지만

모두가 큰 잔으로 주발로 마셔대는 통에

맛좋은 음식들이 식탁 아래 흩어져도 모를 지경입니다.

그런데 셈하고 물어주는 것은 모두 소신의 임무입니다.

유대상인들은 냉정하기 짝이 없어서　　　　4870

다음해 세입을 담보로 돈을 꾸어주기 때문에

우리는 해마다 일 년을 앞당겨 먹고 있는 실정입니다.

돼지들은 살찔 틈이 없고

침상의 이부자리도 저당을 잡힌 상태이며

식탁의 빵도 외상으로 올린 것입니다.　　　　4875

황제 *(잠시 생각하다가 메피스토펠레스에게)*

여봐라, 어릿광대인 그대에겐 무슨 어려운 일이 있느냐?

메피스토펠레스

소인 말씀인가요. 전혀 없습니다. 폐하와 신하들의

높으신 광휘만을 우러러 보고 있나이다. 폐하의 준비된 위력이면

적의 힘을 파멸시키고 무조건 굴복시킬 수 있는데

어찌 신망이 부족하다 하오리까?   4880

선한 의지, 이성과 다양한 활동력을

가지고 계시고, 기라성 같은 신하들이

빛을 발하고 있는데, 어느 누가 작당을 하여

암흑을 빚어내겠습니까?

중얼거리는 소리

교활한 놈인데 - 사리분별도 제법이고 -   4885

거짓말을 주어 섬기는데 - 얼마나 오래 갈까 -

나는 벌써 알겠는데 - 뒤에 무엇이 숨겨져 있는지 -

그 다음 무엇이 나올까 - 꿍꿍이 속이겠지 -

메피스토펠레스

이 세상에 부족함이 없는 곳이 어디 있겠나이까?

여기엔 이것이, 저기엔 저것이 없지만, 이 나라엔 돈이 부족합니다.   4890

그렇다고 진흙바닥에서 긁어모을 수는 없지만,

지혜의 힘을 빌리면 아주 깊은 곳에서도 퍼 올릴 수 있습니다.

산의 광맥이나 성벽 지하에서 주조된 금이건

그렇지 않은 황금이건 찾아낼 수 있나이다.

그런데 누가 그걸 캐낼 것이냐고 물으신다면   4895
재능 있는 인간의 천성과 정신의 힘이라고 말씀드리겠습니다.

재상

천성과 정신 그것은 기독교인에게 할 말은 아니오.
그런 말은 대단히 위험하기 때문에
무신론자를 화형에 처하는 것이오.
천성은 죄악이며 정신은 악마요.   4900
이 둘 사이에서 회의라는
기형적인 잡종이 생겨나는 것이오.
그것은 우리에게 가당찮은 일이요! 폐하의 오랜 이 나라에는
두 계급만이 존재할 뿐이오.
그들은 폐하의 옥좌를 위엄 있게 받들고 있소.   4905
성직자와 기사가 그들인데,
어떤 비바람에도 맞서면서,
그 대가로 교회와 국가를 위임받고 있는 것이오.
정신이 혼란스러운 천민의식에서는
반항만이 자라기 마련이니   4910
이교도나 마법사가 바로 그들이오!
그들은 도시와 국가를 망치고 있는 것이오.
이제 그대는 그런 놈을 뻔뻔스런 농담을 빌어서
이 고귀한 대궐로 끌어 들이려 하는 것이오.
그러니 경들은 이 타락한 심보를 경계하시오.   4915
이 바보 놈은 그들과 같은 패거리요.

메피스토펠레스

말씀을 듣자오니 학식이 많은 분인 줄 알겠습니다.

당신들이 손으로 만져 볼 수 없는 것은 수십 리 밖에 있고

당신들이 잡을 수 없는 것은 전혀 없는 것이나 같고

당신들이 계산할 수 없는 것은 사실이 아니라고 생각하고　　　　4920

당신들이 달아보지 않은 것은 무게가 없으며

당신들이 주조하지 않은 것은 통용될 수 없다고 믿지요.

황제

그런 말들을 한다고 해서 우리들의 결핍이 해결되지는 않는다.

사순절[2] 설교 같은 소리로 뭘 어쩌자는 것인가?

끊임없이 이러면 어떨까, 저러면 어떨까 하는 소리에 신물이 난다.　　　　4925

돈이 없다면, 돈을 만들면 될게 아닌가!

메피스토펠레스

제가 그것을 만들어 들이겠습니다, 아니 그 이상으로.

쉬운 일이긴 합니다만, 쉬운 게 어려운 법입니다.

돈은 이미 여기 있습니다. 하오나 그것을 손에 넣는 일,

그것이 기술입니다. 누가 그것을 할 수 있겠습니까?　　　　4930

이방의 민족이 나라와 백성을 흉포하게 정복했던

저 공포의 시대를 아실 겁니다.

이런 저런 사람들이 너무나 겁에 질려

그들의 귀중품을 여기 저기 숨겨 놓았습니다.

---

2) Fastenpredigt 부활절에 세례 받을 지원자들을 준비시키는 설교

그것은 옛날 강대한 로마제국 시대부터 그렇게 내려왔고   4935
그것은 어제까지도, 아니 오늘까지도 계속되고 있습니다.
그 모든 보물들이 땅속에 말없이 묻혀 있습니다.
토지는 폐하의 것이오니, 그 보물들을 폐하께서 가지심이 당연합니다.

재무상

바보치곤 제법 말을 잘하는군.
그것은 사실 옛날부터 황제의 권한이지.   4940

재상

사탄이 경들에게 금실로 짠 올가미를 치고 있소이다.
신의 뜻에 맞는 옳은 일은 아닌 것 같소이다.

궁내대신

그가 궁중에서 필요한 재물만 마련해 준다면
나는 약간의 불법 정도는 눈감아 줄 수 있소.

국방상

저 바보는 영리하군요. 모두에게 이로운 일을 약속하다니.   4945
병사들이야 돈의 출처 같은 건 묻지도 않겠지요.

메피스토펠레스

만약 여러분이 저한테 속는다고 생각하시면,
여기 좋은 분이 계십니다! 이 박사님께 물어보시기 바랍니다.
이 분은 하늘의 별과 운행시간을 속속들이 알고 계십니다.
자 말씀해 주시지요. 오늘의 천문은 어떠한지?   4950

중얼거리는 소리

두 놈 다 악당이다 – 벌써 의기가 통한 모양이다

바보와 몽상가가 - 저렇게 옥좌에 가까이 있다니 -

싫증나도록 듣던 - 낡은 노래다 -

바보가 불어 대고 - 박사가 지껄인다.

점성술사.[3] *(메피스토펠레스가 지껄이는 대로 떠든다.)*

태양 자체가 바로 순금입니다.[4]   4955

시종인 수성은 총애와 보수를 위해 일하고,

금성 부인은 여러분 모두를 유혹하면서,

아침부터 밤늦게까지 사랑의 눈길을 보냅니다.

순결한 달님은 변덕꾸러기 심술쟁이고,

화성은 벼락을 내리진 않으나 힘으로 위협하고,   4960

목성은 변함없이 언제나 아름다운 빛을 내고 있으며,

토성은 크지만, 눈에는 멀고 작게 보입니다.

우리는 그것을 금속으로 높은 가치를 두지는 않습니다.

무게는 충분하지만 값어치가 없기 때문입니다.

그렇습니다! 해와 달이 정답게 어울리면   4965

금과 은이 합쳐지니, 세상은 밝아지게 되고

그 밖의 것은 모든 것을 얻을 수 있습니다.

궁궐들, 정원들, 작은 유방들, 붉은 뺨들

그 모든 것을 학식이 높은 이분은 마련할 수 있습니다.

그 일은 우리 중 누구도 할 수 없는 일입니다.   4970

---

3) 16-7세기에 점성술사는 궁정에서 학자이며 고문이었다.

4) 점성술과 연금술에서 칠성(七星)은 각각 하나의 금속을 대표한다. 즉, 태양=금, 달=은, 수성=수은,
　금성=동, 화성=철, 목성=주석, 토성=납.

황제

저놈 말이 이중으로 들리는데[5]

무슨 말인지 이해가 되질 않는군.

중얼거리는 소리

그것이 무슨 소용이람 - 알맹이 없는 재담이지 -

달력으로 치는 점이거나 - 연금술이지 -

저런 소리 자주 들었지만 - 늘 속기만 했지 -   4975

그가 온다 해도 - 사기꾼이겠지 -

메피스토펠레스

여러분들은 빙 둘러서서 놀라면서도

훌륭한 발명을 믿지 않는군요.

어떤 이는 알라우네[6]의 효험이라고도 하고

어떤 이는 검정개의 짓이라고 헛소리를 합니다.   4980

어떤 이는 빈정거리고

어떤 이는 요술이라고 비난하지만

그에게도 한 번은 발바닥이 간지러울 때도 있고

잘 걷던 걸음걸이가 휘청거릴 때도 있답니다.

여러분 모두가 영원히 지배하는   4985

자연의 은밀한 작용과

대지의 맨 밑바닥으로부터

---

5) 박사가 메피스토펠레스의 말을 따라 하므로 이중으로 들린다.
6) 인간을 섬기는 작은 요마. 지하의 보물을 지킨다고 함.

생동하는 흔적이 솟구쳐 오름을 느낄 겁니다.

모든 사지가 꼬집히는 듯하고

서있는 곳이 섬뜩하게 느껴지거든 4990

지체 없이 그 자리를 파헤쳐보십시오.

그곳에는 악사나 보물이 묻혀 있을 겁니다.[7]

중얼거리는 소리

내 발이 납덩이처럼 무거워진다 -

내 팔에 경련이 일어난다 - 이것은 통풍이다 -

내 엄지발가락이 근질거린다 - 4995

내 등허리가 온통 아파온다 -

이런 징조들을 미루어 보면 여기엔 -

엄청난 보물들이 묻혀 있는 것 같군.

황제

서둘도록 하라! 그대를 다시는 놓치지 않을게다.

그대의 거품 같은 거짓말이 사실임을 증명하고 5000

그 귀중한 장소를 우리에게 당장 알리도록 하라.

만약 그대의 말이 거짓이 아니라면

짐은 검과 홀[笏]을 내려놓고

이 고귀한 손으로 그 일을 완성하겠노라.

만약 거짓이라면, 그대를 지옥으로 보내버리겠다. 5005

메피스토펠레스

---

7) 걸어가다가 헛다리를 짚거나 걸려 넘어지면 그 자리에 방랑악사나 재물이 묻혀있다는 미신이 있다.

지옥 가는 길쯤이야 쉽게 찾아갈 수 있습니다만 -
도처에 주인 없이 기다리며 묻혀있는
보물들을 일일이 알려 드릴 수는 없습니다.
밭고랑을 갈던 농부가
흙덩이와 함께 황금단지를 들어 올릴 수도 있고,   5010
암석 퇴적물에서 초석(硝石)을 캐다가
찬란한 황금 꾸러미를 발견하고
깜짝 놀라서 가난한 두 손으로 움켜쥐고 기뻐할 수도 있습니다.
보물실을 찾아 직접 뛰어들어야 합니다.
어떤 협곡도, 어떤 갱도도   5015
보물이 있는 곳을 아는 자는
지하세계 근처까지라도 돌진해야 합니다!
먼 옛날부터 모든 것을 저장해 왔던 지하창고에는
손잡이가 달린 황금술잔, 대접, 접시들이
줄지어 놓여있는 것을 볼 수도 있습니다.   5020
루비로 만든 술잔도 있어서
그것으로 한잔 하시려 하면
그 옆엔 아주 오래된 술도 있습니다.
하지만 - 이 전문가의 말을 믿어 주실지 모르지만 -
술통의 나무는 오래전에 썩어버려서   5025
엉겨 붙은 주석(酒石)이 술통처럼 포도주를 담고 있습니다.
이와 같은 고귀한 술의 정수(精髓)가
황금, 보석 등과 함께

어둡고 무서운 곳에 숨겨져 있습니다.

현자는 이런 곳을 끈질기게 찾고 있습니다.   5030

밝은 날에 이것을 인식하는 것은 어린애 장난이지요.

신비로운 것은 암흑 속에 깃들어 있는 법입니다.

황제

그것은 그대에게 맡기노라! 암흑이 무슨 소용인가?

가치 있는 것은 밖으로 끌어내야 한다.

누가 깊은 밤에 악한을 제대로 구별할 수 있겠느냐?   5035

암소는 검고 고양이는 잿빛이란 정도지.

황금이 가득 든 저 밑 땅속의 묵직한 단지들을

그대 쟁기로 파서 밝은 곳으로 끌고 오도록 하라.

메피스토펠레스

괭이와 삽을 들고 폐하께서 친히 파시기 바랍니다.

농부의 일은 폐하를 위대하게 만들 것입니다.   5040

금송아지[8]들이 떼를 지어

땅에서 솟아나오게 될 것입니다.

그러면 아무 거리낌 없이 황홀한 기분으로

폐하 자신은 물론 사랑하는 여인들까지 치장해줄 수 있습니다.

빛깔과 광체가 찬란한 보석은   5045

아름다움과 위엄을 더욱 높일 것입니다.

---

8) 재물을 의미. 구약성서 「출애굽기」 32장4절. 백성들의 귀에 걸린 금고리를 모아 거푸집에 부어 수
  송아지 상을 만든다는 구절이 있음.

황제

당장 하란 말이다, 당장! 언제까지 끌 작정인가!

점성술사. *(전과 같이)*

폐하, 성급한 욕망은 잠시 참으시길 바랍니다!

우선 갖가지 즐거운 놀이를 끝내도록 하십시오.

마음이 산란해서는 목적을 달성하기 어렵습니다.　　　　　5050

마음을 가다듬어 번거로움을 피하고

지상의 것을 통해 지하의 것을 얻어내야 합니다.

착한 것을 원하는 자는, 우선 자신이 착해야 하며

기쁨을 원하는 자는, 자신의 혈기를 달래야 하고

술을 원하는 자는, 익은 포도송이를 짜야 하며　　　　　5055

기적을 원하는 자는, 자신의 믿음을 굳게 해야 합니다.

황제

그렇다면 유쾌한 놀이로 시간을 보내도록 하라!

고대하던 재의 수요일[9]도 다가왔다.

그 동안 우리는 확실하게

성대한 사육제를 즐기도록 하자. *(나팔소리 울리며 퇴장)*　　　　　5060

메피스토펠레스

공적과 행운이 서로 연결되어 있다는 사실을

저 어리석은 작자들은 전혀 깨닫지 못하고 있다.

---

9) 재의 수요일(Aschermittwoch) : 사순절이 시작되는 첫날. 가톨릭에서 수요일에 자신의 죄를 참회하
는 상징으로 머리에 재를 뿌리는 의식.

저들이 현자의 돌을 가졌다 한들
현자는 사라지고 돌만 남을 것이다.

많은 객실을 가진 넓은 홀

가장무도회를 위해 장식되고 꾸며져 있다.

의전관

 여러분은 독일 국내에 악마의 춤,   5065

 바보의 춤, 해골 춤이 있다고 생각하지 마십시오.

 유쾌한 축제가 여러분을 기다립니다.

 폐하께선 로마 원정 때에 당신 자신을 위해,

 또 여러분의 즐거움을 위해,

 험준한 알프스 산맥을 넘어,   5070

 이 쾌활한 나라를 획득했습니다.

 폐하께선 먼저 신성한 교황의 신발에 입 맞추시며

 통치권을 요청하셨고,

 황제의 관을 받으러 가셨을 때에는

 우리에게도 방울 달린 벙거지를 갖다 주셨습니다.   5075

 그래서 우리 모두는 새로 태어난 사람처럼 되었습니다.

 누구든 처세에 능한 사람은

 이 벙거지를 귀밑까지 푹 눌러 써보십시오.

 사람들은 그를 미친 사람으로 보겠지만

모자 속에선 무슨 일이나 할 수 있을 듯 똑똑해 진답니다.　　　　5080
흔들거리면서 또 친숙하게 짝을 지으면서
사람들이 벌써 무리지어 몰려옵니다.
들락날락 온통 법석을 떨면서
노래하는 패거리도 꼬리를 물고 밀어닥칩니다.
예나 지금이나 마찬가지로　　　　5085
수많은 익살을 떤다 해도
세상은 그저 하나의 큰 바보에 불과합니다.

정원에서 일하는 아가씨들. *(만도린 반주에 맞추어 노래한다.)*
　　여러분의 박수를 받기 위해
　　오늘밤 예쁘게 치장을 하고
　　우리 플로렌스 아가씨들은　　　　5090
　　화려한 독일 궁전을 찾아왔어요.

　　우리는 갈색 곱슬머리에
　　예쁜 꽃송이를 멋으로 꽂았지요.
　　비단 실, 비단 부스러기가
　　여기선 조화 역할을 한답니다.　　　　5095

　　그것은 아주 잘 만들어져서
　　칭찬이 자자하답니다.
　　우리 손으로 만든 화려한 조화는
　　사시사철 언제나 피어 있답니다.

갖가지 색종이를 곱게 잘라서   5100
좌우를 똑같이 맞추었답니다.
한 조각 한 조각은 우습게 보이겠지만
전체를 보시면 마음이 끌리실 거예요.

우리는 정원을 가꾸는 처녀들
보시면 귀엽고 매혹적이랍니다.   5105
여자의 천성이란
예술과 가까우니까요.

의전관

머리에 이고 가는 바구니에서
팔에 안고 가는 바구니에서
아름답게 핀 꽃들을 보여 주시오.   5110
누구든 마음에 드는 꽃들이 있으면 고르도록 하시오.
서두르시오! 나뭇잎과 오솔길들이
정원으로 변하도록.
꽃 파는 아가씨와 꽃들을
모두가 달려와 구경하도록.   5115

정원에서 일하는 아가씨들

이 유쾌한 장소에서 꽃을 사세요.
그렇지만 여기는 시장이 아닙니다.
그리고 사신 꽃이 어떤 꽃인지

의미 깊은 짧은 말로 알려 드리겠습니다.

열매 달린 올리브 가지들

나는 어떠한 꽃송이도 부러워하지 않고   5120

어떠한 싸움도 피한답니다.

그건 내 천성에 맞지 않습니다.

그러나 나는 대지의 골수(骨髓)로

확실한 증거물이기 때문에

어디서나 평화의 표지가 된답니다.   5125

오늘은 바라건대 기품 있게

아름다운 머리를 장식하고 싶습니다.

이삭으로 만든 관 *(황금빛)*

체레스[1]의 선물로 치장하시면

귀엽고 사랑스러울 거예요.

쓸모가 있어서 환영받기 때문에   5130

여러분의 치장에 더없이 좋을 거예요.

환상의 화환

당아욱을 닮은 예쁜 꽃이

이끼에서 피어나니 신기하군요!

자연에서는 익숙지 않는 현상이지만

유행은 그것을 만들어 낸답니다.   5135

환상의 꽃다발

---

1) 고대 로마의 곡물의 여신.

내 이름을 여러분께 말하는 건
테오프라스트[2] 선생이라도 할 수 없답니다.
그러나 나는 모든 사람에겐 아니더라도
많은 사람들의 마음에 들어
그들이 나를 머리에 꽂거나   5140
아니면 나를 앞가슴에
꽂을 결심을 하신다면
그런 분의 소유가 되고 싶습니다.

장미꽃 봉오리 *(조화에 도전)*[3]

알록달록한 공상의 꽃은
나날의 유행에 맞추어 피어날 수 있지요.   5145
자연이 결코 보이지 못한
신기한 모습을 보여다오.
초록빛 줄기에 황금빛 꽃망울이
탐스러운 곱슬 머리 사이로 내다보이네.
그러나 우리는 숨어 있겠어요.   5150
싱싱한 우리를 발견하신 분은 행복할 겁니다.
여름이 오고
장미꽃 봉오리에 불이 붙으면
누가 이런 행복을 포기할까요?

---

2) 고대 그리스의 철학자이자 식물학자.
3) 그때까지 숨어 있던 자연의 장미꽃 봉오리가 조화에 도전한다.

약속을 지키는 일은   5155

꽃이 만발한 나라에선

눈과 정신과 마음을 지키는 일입니다.

남자 정원사들 *(테오르베의 반주로 노래한다.)*

꽃들은 조용히 피어나

여러분의 머리를 곱게 치장해줍니다.

열매는 유혹하지 않으니   5160

맛보며 즐길 수 있습니다.

버찌 복숭아 자두 열매들이

갈색으로 잘 익었습니다.

사세요! 혀와 입에 비하면

눈의 판단은 믿기가 어렵답니다.   5165

어서 오세요! 이 잘 익은 과일들을

맛있고 즐겁게 들어 보세요!

장미라면 시로 묘사할 수 있지만

사과는 깨물어보아야 맛을 알 수 있답니다.

젊고 싱싱한 꽃들이여   5170

우리도 이웃답게 함께 어울리도록 허락해 주시오.

무르익은 과일들을 푸짐하고

보기 좋게 쌓아 놓겠습니다.

익살맞게 얽어놓은 나뭇가지 아래서
아름답게 장식된 정자 안에서   5175
무엇이든 당장 찾을 수 있습니다.
봉오리도, 꽃잎도, 꽃도, 과일도.
(기타와 테오르베의 반주로 노래를 번갈아 부르며, 두 쌍의 합창대가 그들의
상품을 점점 높게 정돈하며 팔려고 내놓는다.)
(어머니와 딸 등장)

어머니

애야, 네가 세상에 태어났을 때
작은 모자를 씌워 너를 치장해 주었단다.
네 얼굴은 정말 귀여웠고   5180
작은 몸매는 정말 부드러웠단다.
너를 곧 새색시나 된 듯이 생각했고
부자에게 시집가서
귀부인이 된 듯이 생각했단다.

아! 그런데 벌써 여러 해가   5185
덧없이 흘러가버렸구나.
별의별 구혼자들이 많기도 하더니
순식간에 지나가버렸구나.
한 남자와는 날렵하게 춤도 추고

다른 남자에겐 팔꿈치로   5190
은밀하게 윙크도 주었었지.

이런 저런 축제도 벌여보았지만
모두가 소용없이 지나가 버렸구나.
벌금내기와 술래잡기 놀이도
아무 소용이 없었다.   5195
오늘은 모두가 바보처럼 노는 날이니
애야, 너도 가슴을 살짝 열어
아무나 한 번 유혹해보려무나.

(젊고 아름다운 여자 친구들이 모여 정답게 웃으며 큰소리로 떠들어댄다. 어부와 새잡이 청년들이 그물, 낚싯대, 올가미 그리고 다른 도구들을 가지고 나타나 아름다운 소녀들 사이에 섞인다. 서로 유혹하고, 붙들고, 도망치고, 잡아두려고 하면서 즐거운 대화 장면이 벌어진다.)

나무꾼들 *(격렬하고 거친 태도로 등장.)*

빈터로! 공지(空地)로!
우리는 장소가 필요하다.   5200
우리가 나무를 넘어뜨리면
나무는 우지끈 쓰러진다.
우리가 나무를 짊어지고 가면
여기저기 부딪히기 마련이다.
우리 자랑 한마디 할 테니   5205
마음 깊이 명심하기 바란다.
천하게 일하는 자가

나라 안에 없다면

어떻게 귀한 자가   5210

똑똑한 척하면서 살아가겠는가?

이것만은 명심해 두어라.

우리가 땀 흘리지 않으면

당신들은 얼어 죽는다는 걸.

어릿광대 (어색하게, 거의 멍청이 같이)

너희들은 바보   5215

날 때부터 등이 굽었지.

우리는 영리해서

짐을 져본 적이 없지.

우리들의 벙거지

저고리와 누더기는   5220

걸치기에 너무 가볍지.

기분이 좋아서

늘 한가롭게

슬리퍼를 끌고

시장과 군중 사이를   5225

달려가기도 하고

입을 벌리고 서있기도 하고

큰소리로 환성을 지르기도 하지.

그런 상태에 있다가

시끄러움과 사람들 사이를   5230

뱀장어처럼 빠져나가
모두 껑충껑충 뛰며
미쳐 날뛰기도 하지.
그대들이 우리에게 칭찬을 하든
욕설을 퍼붓든   5235
그게 무슨 상관인가.

식객 *(아첨하며 – 탐내는 듯)*

용감한 나무꾼들
그들의 형제들인
숯 굽는 사람들
우리에겐 모두 소중한 사람들.   5240
언제나 굽실대고
공손히 머리를 조아리고
지당한 말이라고 끄덕이고
상대의 기분에 맞추느라
따스하게 또 차갑게   5245
두 가지 얼굴을 한들
그게 무슨 소용이겠소?
하늘에서
스스로 거대한 불이
떨어질 수도 있겠지만,   5250
장작이나
숯이 없다면

아궁이 가득히

불을 피울 수 있을까요?

굽고 끓이고   5255

지지고 볶지도 못할 거요.

진정한 식도락가

요리 미식가는

구운 냄새로 고기를 알아맞히고,

보지 않고도 생선을 알아냅니다.   5260

그래야 주인댁 식탁에서

실력을 발휘할 수 있지요.

술주정꾼 *(정신이 흐릿한 채)*

오늘 어느 누구도 내게 덤비지 마시오!

나는 너무나 즐겁고 자유로운 기분이오.

신선한 기분과 유쾌한 노래는   5265

내가 여기로 가져 온 것이오.

그래서 나는 마신다! 마신다, 마셔!

건배를 합시다! 쨍그랑, 쨍!

저 뒤쪽 분 이쪽으로 나오시오!

건배를 합시다, 건배를.   5270

우리 집 마누라는 화를 내며 소리 지르고

알록달록한 내 상의를 보고 얼굴을 찌푸린다오.

내가 아무리 자랑을 해도

지팡이에 가면 탈 씌어놓았다고 욕을 한다오.
그래도 나는 마신다! 마신다, 마셔!   5275
건배를 합시다! 쨍그랑, 쨍!
가면 탈 쓴 지팡이 여러분 건배 합시다!
쨍그랑 소릴 내며 건배합시다!

내가 정신을 잃었다고 말하지 마오.
나는 그래도 내가 좋아하는 곳에 와 있소.   5280
주인이 외상술 안주면, 여주인이 줄 거고,
나중엔 아가씨가 외상술을 줄 거요.
그래서 나는 마신다! 마신다, 마셔!
여러분 건배! 쨍그랑, 쨍!
차례로 건배! 계속 건배!   5285
그렇게 건배하니 기분이 너무 자유롭소.

내가 어디서 어떻게 재미를 보던
상관하지 말고 내버려두오.
누우면 누운 대로 내버려두오.
더 이상 오래 서있고 싶지 않으니 말이오.   5290

합창

형제들이여, 마십시다, 마셔!
활기차게 건배합시다. 쨍그랑, 쨍!
벤치나 널빤지에 단단히 앉으시오.

식탁 밑에 떨어지면 끝장이니까.

(의전관이 여러 시인들의 등장을 알린다. 자연 시인, 궁정 시인, 기사 시인, 감상 시인, 열정 시인. 저마다 앞을 다투며 다른 시인에게 낭독의 기회를 주지 않는다. 어떤 시인이 몇 마디 읊조리고는 슬그머니 사라진다.)

풍자시인

그대들은 무엇이 나 같은 시인을   5295
정말 즐겁게 하는지 아는가?
아무도 듣길 원하지 않는 것을
노래하고 말하는 것이오.

(밤과 묘지의 시인들은 새로 소생한 흡혈귀와 진지한 대화를 나누고 있기 때문에, 모임에 참석할 수 없음에 용서를 구한다. 거기에서 어쩌면 새로운 시의 형태가 발전할 수도 있다는 것이다. 의전관은 그것을 인정하고 그동안 그리스 신화를 불러낸다. 그들은 근대의 가면을 쓰고 있지만, 성격이나 매력은 잃지 않고 있다.)

우미(優美)의 세 여신[4]

아글라이아

우리는 인생에 우아함을 부여하노니,
선물하는데도 우아함이 있어야 합니다.   5300

헤게모네

받는 쪽도 우아하게 받아야 하느니

---

4) Grazien 우미를 상징하는 세 여신은 빛의 여신 아글라이아, 행복의 여신 헤게모네, 기쁨의 여신 에우프로시네.

소망을 성취한 것이 기쁘기 때문입니다.

에우프로시네

평화로운 날을 지키면서

감사의 마음도 지극히 우아해야 합니다.

운명의 세 여신[5]

아트로포스

나이가 제일 많은 내가   5305

이번 실 잣는 일에 초대를 받았답니다.

연약한 생명의 실을 잣고 있노라면

생각할 것도, 걱정할 것도 많답니다.

부드럽고 연한 실을 뽑으려고

가장 좋은 아마(亞麻)를 택했지요.   5310

매끄럽고 나긋나긋하고 곧게 되도록

재주 있는 손가락으로 정돈하지요

흥겨움도 좋고 춤도 좋지만

너무 지나치게 흥에 겨우면

이 실의 한계를 생각해야 합니다.   5315

조심들 하세요! 실이 끊어집니다!

---

5) 세 여신 중 클로트는 생명의 실을 잣고, 라케시스는 그 실을 가르고, 아트로포스는 가위로 실을 자른다고 한다. 괴테는 여기서 클로트와 아트로포스의 역할을 바꿔놓았다.

클로토

요 며칠 전부터 가위가 제 손에
맡겨진 것을 아셔야 해요!
나이가 많은 언니가 하는 일이
미덥지 못한 때문이지요.   5320

아무 쓸모없이 잣은 실은
오래도록 빛과 바람에 날리면서
훌륭하게 잣은 희망의 실은
잘라서 어두운 무덤으로 끌고 갑니다.

나 역시 젊은 기분에 좌우되어   5325
벌써 수백 번 잘못을 저질렀죠.
오늘은 그런 마음을 억누르기 위해
가위를 가위집에 넣어 두렵니다.

그래서 나는 기꺼이 마음을 단정히 하고
이 자리에서 즐겁게 구경하겠습니다.   5330
여러분도 이 자유로운 시간을
계속해서 마음껏 즐기시기 바랍니다.

라케시스

나 혼자 사리에 밝아서
질서를 유지하는 역할을 한답니다.

나의 물레는 항상 제 속도로 돌아서　　　　　　　　　　　　5335
한 번도 지나치게 서둔 적이 없답니다.

실이 나오면 물레에 감으면서
모두에게 정해진 길을 정해줍니다.
한 번도 빗나간 적이 없고
빙글빙글 돌면서 잘 정돈됩니다.　　　　　　　　　　　　　5340

내가 한 번 정신을 팔게 되면
세상이 불안해질 거예요.
시간을 헤아리고, 세월을 저울질하며
실 잣는 직공(織工)은 본분을 다 한답니다.

의전관

여러분이 고서적(古書籍)에 대해 매우 박식하다 해도　　　　　5345
지금 여기에 나타난 자들에 대해선 모르실 것입니다.
악한 일을 많이 저질렀지만, 겉으로만 보아서는
그들을 반가운 손님들이라 부를 것입니다.

아무도 믿지 않겠지만, 이들은 복수의 여신들[6]입니다.
예쁘고, 맵시 좋고, 친절하며, 나이도 젊지만　　　　　　　　5350

---

6) Die Furien. 고대 신화에서 무섭고 추한 노파의 형상을 하고 있으나, 이 무도회에선 젊고 아름다운 모습
이다.

그들과 한 번만 사귀어보시면 알게 될 겁니다.
어떻게 이 비둘기들이 뱀처럼 악독하게 상처를 입히는지.

그들이 음험하긴 하지만 오늘은 그래도
모든 바보가 자신의 결함을 자랑하는 날이니
천사로써의 명성은 바라지 않겠지만   5355
도시나 마을의 재앙쯤으로 자처하겠죠.

복수의 세 여신

알렉토

당신들은 별수 없이 우리를 믿게 될 거예요.
우리는 예쁘고 젊고 고양이처럼 애교가 있으니까요.
당신들 중 한 분이 연인을 얻게 되면
우리는 그에게 끊임없이 귀에다 속삭이고   5360

눈을 마주보며 말할 겁니다.
당신의 연인은 이놈 저놈에게 윙크를 하고
머릿속은 비었고, 등은 구부러지고, 다리는 절뚝거리고
그래서 신붓감으로는 전혀 쓸모가 없다고 말입니다.

그 다음 신붓감에게도 역시 압박할거예요.   5365
당신 친구 분은 몇 주 전에
어떤 여자에게 당신을 조롱하더라고!
그러면 두 사람은 화해를 해도 꺼림칙하겠지요.

메가라

그 정도는 장난이지요! 두 사람이 결혼을 하면
이번엔 내가 도맡아, 어떻게 해서든   5370
아름다운 최상의 행복을 걱정으로 망쳐놓을 거예요.
인간도 시간도 변하고 또 변하는 것이니까요.

아무도 소망했던 것을 품안에 간직해둘 수는 없답니다.
최상의 행복도 익숙해지고 나면
어리석게도 더 이상 갈망하지 않게 된답니다.   5375
따뜻한 태양을 피하고 차가운 서리로 몸을 데우는 격이지요.

나는 이 모든 것을 처리할 줄 알기 때문에
충실한 악령 아스모디[7]를 데려와
알맞은 시간에 불화의 씨를 뿌리게 해서
짝을 이루고 있는 인간들을 모조리 파멸시킬 겁니다.   5380

티시포네

나는 배신자에게 악독한 욕설 대신
독약과 칼을 준비하리라.
그대가 다른 여자를 사랑한다면,
반드시 파멸이 그대를 엄습하리라.

---

7) Asmodi. 구약성서 「토비아스 서」 제3장 8절에 나오는, 결혼을 파괴하는 악령.

잠시의 달콤함은   5385

거품이 부글거리는 독약으로 변하리니!

여기엔 거래도 흥정도 결코 없을 것이다.

그가 저지른 만큼 속죄를 해야 하리라.

누구도 용서를 찬양하지 말라!

내 이야길 바위에 호소하면   5390

메아리는 복수하라고 대답한다.

여자를 바꾼 자, 죽어 마땅하리라.

의전관

여러분 옆으로 좀 물러나주시오.

지금 등장할 자들은 여러분과는 다릅니다.

보시는 바와 같이 거대한 산더미[8] 하나가 들어옵니다.   5395

옆구리엔 현란한 양탄자를 당당하게 내려뜨리고

머리엔 긴 어금니와 뱀같이 생긴 긴 코를 달고 있습니다.

모습이 신기하지만 내가 설명을 해드리겠습니다.

목덜미에는 귀엽고 사랑스러운 여인이 앉아

가느다란 막대기로 그걸 익숙하게 몰고 갑니다.   5400

등 위에 서있는 또 한사람 훌륭하고 고귀한 여인은

후광에 둘러싸여 내 눈을 부시게 합니다.

---

8) 거대한 산더미는 거대한 코끼리(강대한 권력)를 가리킨다. 코끼리 등에는 승리의 여신 빅토리아가
   서있고, 목덜미에는 사랑스러운 지혜의 여인이 막대기로 코끼리를 몰아가고 있다. 좌우에는 사슬
   에 매인 '공포'와 '희망'이라는 두 여인을 거느리고 있다. 공포는 힘을 무력하게 사용하지 않으려고,
   희망은 몽상으로 힘을 무용하게 낭비하지 않으려고 각각 사슬에 묶여있다.

양 옆으로는 기품 있는 두 여인이 사슬에 묶인 채 걸어갑니다.

한 명은 불안해보이고, 다른 한 명은 즐거워 보입니다.

한 명은 자유를 소망하고, 다른 한 명은 자유를 느낍니다.　　　　5405

각자 자신이 누군지 신분을 밝혀 주시겠소.

공포

그을음을 내뿜는 횃불과 등불 그리고 촛불들이

소란스러운 축제를 흐릿하게 비춘다.

사람들의 눈을 속이는 이 가면들 사이에서

아! 나는 사슬에 꽁꽁 묶여있다.　　　　5410

사라져라, 멍청스럽게 웃는 자들아!

히죽거리며 웃는 모습이 수상쩍어 보인다.

나의 모든 적수들이

오늘밤 나에게 달려드는구나.

여기! 한 친구가 적이 되었다.　　　　5415

그의 가면을 나는 이미 알고 있다.

그자는 나를 살해하려고 했었는데

발각되자 도망을 쳤다.

아 어느 쪽으로든 기꺼이

이 세상에서 도망을 치고 싶다.　　　　5420

그러나 저 세상에선 파멸이 나를 위협하니

암흑과 공포 속에 붙잡혀 있을 수밖에 없구나.

희망

사랑하는 자매들이여, 안녕!
그대들은 오늘도 어제도
가면놀이에 빠져있지만,   5425
내일이면 그것을 벗어던지리라는 걸
나는 누구보다 잘 안다오.
이런 횃불이 우리를
특별히 즐겁게 하지는 않지만,
밝은 대낮에는   5430
완전히 우리 마음대로
때로는 여럿이, 때로는 혼자서
아름다운 들판을 자유롭게 거닐며
마음대로 쉬거나 일하면서
근심걱정 없이 살아간답니다.   5435
부족한 것 없이, 항상 노력하며
어디서나 환영받는 손님이 되어
편안한 삶을 살고 있답니다.
마침내는 어느 곳에선가
최상의 삶을 발견할 수 있답니다.   5440

지혜

공포와 희망은 인간의 가장 큰
두 가지 적이지요. 그래서 나는 이들을

사슬에 묶어 사람들에게서 떼어 놓았습니다.
자, 그대들은 안심하고 길을 비키시오.

자, 보시요. 탑처럼 짐을 쌓아올린   5445
거대한 코끼리를 나는 몰고 갑니다
이놈은 겁도 없이 가파른 오솔길을
한걸음 한걸음 걸어갑니다.

그러나 저기 높은 탑 위에는
여신이 승리를 위해   5450
민첩한 날개를 활짝 펴고
사방을 두루 살피고 있습니다.

빛과 영광은 여신의 주위를 에워싸고
사방을 멀리 비추고 있습니다.
여신은 빅토리아라고 불리며   5455
세상의 모든 활동을 다스린답니다.

초일로-테르시테스.[9]
　후! 후! 마침 제 시간에 잘 왔군.

---

9) Zoilo-Thersites. 남을 헐뜯고 쾌감을 느끼는 소인배 2인을 합친 인물로, 꼽추의 가면을 쓰고 있는
　　메피스토펠레스를 가리킨다. 수학자 초일로는 호메로스 작품에 대한 비판자였고, 테르시테스는 이
　　작품의 등장인물로 추악한 외모에 입이 험해서 트로이 전쟁의 영웅들을 비방하다가 아킬레우스에게
　　살해된다.

나는 그대 모두를 나쁘다고 욕을 한다.

그 중에서도 내가 목표로 삼는 것은

저 위에 서있는 승리의 여신 빅토리아다.   5460

양쪽에 하얀 날개를 달고

자신을 마치 독수리나 된 듯이

사방을 둘러보기만 하면

사람이나 땅이 모두 자기 것이 되는 줄로 생각한다.

하지만 무언가 명예스러운 일이 이루어지면,   5465

나는 분통이 터져 견딜 수가 없단 말이다.

낮은 것은 높다고, 높은 것은 낮다고,

굽은 것은 곧다고, 곧은 것은 굽었다고,

그렇게 말해야만 직성이 풀린다.

세상만사를 나는 그런 식으로 하고 싶단 말이다.   5470

의전관

이 비열한 놈.

이 거룩한 지팡이 맛을 한 번 맛보아라!

몸을 비틀고 몸부림을 쳐보아라!

난쟁이 두 놈을 겹쳐놓은 것 같은 모습이

저렇게도 빨리 구역질나는 덩어리로 굳어지다니!   5475

– 참 희한하구나! – 덩어리가 달걀로 변하고,

그것이 부풀어서 두 조각으로 나누어지더니

닮은 놈이 하나씩 굴러 나온다.

한 놈은 뱀이고, 한 놈은 박쥐다.

뱀은 쓰레기 속으로 기어 들어가고   5480
박쥐는 시커멓게 천장으로 날아오른다.
그들은 서둘러 밖에서 다시 합치려 하지만
나는 결코 한패가 되고 싶지 않다.

중얼거리는 소리

힘을 내! 저 안에서는 벌써 춤을 추고 있다 –
싫어! 나는 돌아가고 싶다 –   5485
저 유령 같은 기운이
우리를 휘감고 있는 느낌이 들지 않는가?
머리 위에선 무엇인가가 쐐아 하는 것 같고 –
게다가 무엇인가가 발을 건드리는 것 같다 –
우리 중 다친 사람은 아무도 없지만 –   5490
모두가 겁을 먹고 있다 –
재미 보는 일은 이제 끝장이 났고 –
짐승들만 그것을 원하겠지.

의전관

나는 가장무도회가 열릴 때마다
의전관의 직무를 부여받고,   5495
엄중하게 문을 지키고 있습니다.
이 즐거운 장소에
어떤 위험한 일이 숨어들지 못하도록,
마음이 흔들리거나 물러서거나 하지 않고 있습니다.
그러나 나는 유령들이 창문을 통해   5500

바람같이 잠입하는 것이 두렵습니다.

그리고 도깨비나 마술로부터도

여러분을 지켜드릴 수가 없습니다.

난쟁이도 수상쩍었습니다.

이제 저 뒤쪽에서 강력하게 밀려오는 것이 있습니다.　　　　5505

나는 저 모습들의 의미를

직책상 설명 드리고 싶지만,

이해할 수 없는 것을

어떻게 설명하겠습니까?

여러분 도움으로 나도 배우고 싶습니다! –　　　　5510

저 많은 사람들 사이로 흔들거리며 오는 것이 보입니까?

네 마리 천마(天馬)가 끄는 화려한 마차가

사람들 사이를 뚫고 달려옵니다.

그러나 천마는 군중들을 헤쳐 놓지도 않고,

나 역시 아무 곳에서도 혼란을 볼 수 없습니다.　　　　5515

멀리에서 반짝이는 빛이 찬란하고

알록달록한 별들이 마법의 등불 모양

어지럽게 반짝입니다. 마차를 끄는 천마가

가쁜 숨을 몰아쉬며 달려옵니다.

길을 비키시오! 나도 소름이 끼칩니다!　　　　5520

마차를 모는 소년

멈춰라! 천마들이여 날개를 접어라!

고삐가 제어 옴을 느끼거든

내가 그대들을 제어하듯 그대들도 자신을 제어하라.

내가 힘을 불어 넣으면 그땐 달려가자 –

이 장소에서는 점잖게 굴어야 한다!　　　　　　　　　　5525

주위를 둘러보라! 경탄하고 있는 분들이

점점 수가 늘어 몇 겹으로 우리를 둘러싸고 있다.

자, 의전관이여! 당신의 방식에 따라,

우리가 이곳을 떠나기 전에

우리를 묘사하고 이름을 소개해 보세요.　　　　　　　　5530

우리는 알레고리(비유)들이오.

이 정도면 우리를 아시겠지요.

의전관

이름은 댈 수 없지만

당신의 모습은 설명할 수 있겠소.

마차를 모는 소년

말해보시요!　　　　　　　　　　　　　　　　　　5535

의전관

솔직히 말해서, 당신은 정말 젊고 아름답소.

아직 그대는 청소년이지만, 그래도

여인들은 그대를 완전히 성숙한 남자로 볼 것 같소.

내가 보기에도 장차 높은 인기를 독차지할 상이요.

정말 타고난 난봉쟁이란 말이오.　　　　　　　　　　5540

마차를 모는 소년

그거 들을 만하군요! 계속해 보세요.

수수께끼를 푸는 유쾌한 말도 생각해 보시고.

의전관

검은 광체의 눈, 흑단 같은 곱슬머리,

보석이 박힌 허리띠가 잘 어울리는군요!

그리고 자줏빛 단과 반짝거리는 금박을 한   5545

우아한 의상이

어께에서 신발까지 흘러내리고 있군요!

사람들이 그대를 여자 같다고 흉을 볼 수 있겠지만,

행이든 불행이든 그대는 이미

처녀들에게 인기가 높아   5550

사랑의 초보 정도는 가르쳐주었을 거요.

마차를 모는 소년

그러면 여기 마차의 옥좌 위에 위엄 있게

앉아 계신 분은 누구일까요?

의전관

부유하고 온화한 왕으로 보이는데,

그분의 은혜를 입은 자는 복 받으시길!   5555

그분은 더 이상 무얼 얻으려고 노력할 필요 없이

어딘가 부족한 것이 없나 하고 살피시다가

그곳에 은혜를 베푸시는 것이 그의 순수한 기쁨이요.

그것은 혼자만의 소유나 행복보다는 훨씬 클 것이요.

마차를 모는 소년

그 정도에서 멈춰서는 안됩니다.   5560

좀 더 자세히 묘사해 보시오.

의전관

저분의 위엄 있는 모습은 설명될 수가 없소.

하지만 건강하고 달처럼 둥근 얼굴,

두툼한 입술, 활짝 핀 꽃처럼 붉은 뺨이

터번의 장식 아래서 화려하게 빛을 발하고 있군요.   5565

주름이 겹쳐있는 옷을 입고도 아주 편안한 모습이요.

저 단정한 모습을 도대체 무엇이라고 말할 수 있을까요.

그는 마치 통치자로서 널리 알려진 분 같소.

마차를 모는 소년

그는 부귀의 신이라고 불리는 플루투스[10]요.

여기 이렇게 화려한 모습으로 등장한 것은   5570

황제 폐하의 간청 때문이지요.

의전관

그럼, 그대 자신은 누구고, 무얼 하는 사람이요?

마차를 모는 소년

나는 낭비요, 시(詩)입니다.

자신의 재화를 낭비하면서

스스로를 완성시키는 시인입니다.   5575

나 역시 엄청난 부자여서

플루투스에 못지않다고 자부합니다.

---

10) Plutus. 부귀의 신. 여기서는 파우스트가 가장한 모습.

저분의 무도회나 향연을 활기 있게 장식하고,

저분에게 부족한 것은 내가 나누어 주기도 합니다.

의전관

큰소리치는 것도 아주 어울리는군요.   5580

그렇다면 그대의 재주를 한 번 우리에게 보여주시오.

마차를 모는 소년

여기 내가 손가락을 한 번 튀기기만 하면,

금세 마차 주위가 반짝반짝 빛이 나고

동시에 진주 목걸이도 튀어나옵니다.

(계속 손가락을 튀기면서)

자, 이 황금 목걸이와 황금 귀걸이를 받으세요.   5585

역시 나무랄 데 없는 빗과 왕관

그리고 반지에 박는 값진 보석들도.

혹시 불붙일 곳이 없나 기대하면서,

작은 불씨[11])도 때때로 보내드리죠.

의전관

저 많은 군중이 손을 내밀어 날쌔게 붙잡으려고 법석을 떠는구나!   5590

저러다가는 주는 사람이 궁지에 빠지겠는걸.

그는 마치 꿈속에서처럼 보석들을 튀겨내고,

모두가 넓은 방에서 그것을 붙잡으려고 난리법석입니다.

그러나 이번에는 새로운 술책을 쓰는군요.

---

11) 인간 정신을 불붙게 하는 예술 또는 시(詩)의 불씨로 해석할 수 있다.

한 사람이 무엇인가를 열심히 붙잡았는데,   5595

그 선물이 그에게서 훌쩍 날아가 버리니까,

허탕 친 꼴이 되어버렸습니다.

진주를 꿴 줄이 풀어지면서,

그의 손안에는 딱정벌레들[12]이 기어 다니고,

가련한 바보가 벌레들을 팽개치니,   5600

벌레들은 그의 머리 주위를 윙윙거리며 날아다닙니다.

다른 사람들도 실속 있는 물건들 대신,

엉뚱한 나비들만 움켜쥐고 있습니다.

그러고 보니 저 못된 놈은 약속만 잔뜩 해놓고,

금빛으로 번쩍이는 가짜들만 뿌린 셈이군!   5605

마차를 모는 소년

이제 보니 당신은 가면들에 관해서는 설명할 줄 알지만,

껍질 속의 본질을 규명하는 일은

의전관의 왕실 임무가 아닌 것 같습니다.

그런 일엔 좀 더 날카로운 안목이 필요하지요.

하지만 그런 일로 불화를 일으키기 싫으니,   5610

주인님, 당신에게 직접 여쭈어보겠습니다.

(플루투스에게)

당신은 이 질풍같이 달리는

---

12) 시가 주는 보배는 단순한 공상의 소산이고 실체가 없기 때문에 딱정벌레와 같은 것이 되어서 속
  임수에 넘어간 사람들의 머리 위를 날며 놀리는 것이다.

사두마차를 제게 맡겨 주지 않았습니까?

나는 당신이 분부하신대로 기꺼이 마차를 몰지 않았습니까?

나는 당신이 원하시는 곳에 가지 않은 적이 있었던가요?　　　5615

대담하게 날아올라 당신을 위해

야자나무 잎을 얻어다드리지 않았습니까?

얼마나 자주 나는 당신을 위해 싸웠고,

매번 승리를 했었습니다.

당신의 이마를 월계관으로 장식해드린 것도　　　5620

이 손과 마음으로 엮어드린 것이 아닙니까?

플루투스

내가 그대에게 증명해줄 말이 필요하다면,

나는 기꺼이 말하리라, 그대는 내 정신의 정신이라고.

그대는 언제나 내 뜻을 받들어 행동하고,

내 자신보다 훨씬 부유하다고.　　　5625

나는 그대의 공로를 보상하기 위해

나의 모든 왕관들보다 초록빛 작은 나뭇가지를 더 소중히 여긴다.

모두에게 나의 진심을 전한다.

내 사랑하는 아들, 그대가 내 기쁨임을.

마차를 모는 소년 *(군중을 향해)*

내 손안에 가진 가장 큰 선물들을　　　5630

보세요! 나는 주변에다 뿌렸습니다.

이 사람 저 사람 머리위에서

내가 뿌린 작은 불씨가 타오르고 있습니다.

그 불씨는 이 사람에게서 저 사람에게로 튀어서

어떤 사람에게서는 머물러 있고, 어떤 사람에게서는 달아납니다.　　　5635

아주 드물게는 불길이 치솟아

순식간에 활짝 피어나기도 합니다.

그러나 대부분은 사람들이 알아차리기 전에

슬프게도 다 타서 없어져버립니다.

말 많은 여인들

저기 사두마차 위에 앉아있는 놈은　　　5640

틀림없이 협잡꾼일거야.

바로 그 뒤에 쪼그리고 앉아있는 놈은

굶주리고 목이 말라 바짝 여위었구나.

저런 꼴은 여태 한 번도 본 적이 없다.

꼬집어도 전혀 느끼지 못할 거야.　　　5645

말라빠진 사내.[13]

내 옆에 오지마라, 구역질나는 여편네들아!

내가 그대들 마음에 들지 않는다는 걸 알고 있다.

여자가 아직 부엌일을 돌보고 있었을 때,

나는 살림꾼이란 소리를 들었다.

그때는 우리 집안도 넉넉했다.　　　5650

들어오는 건 많았고, 나가는 건 하나도 없었다.

나는 열심히 함과 장롱을 보살폈다.

---

13) 뒤에 쪼그리고 앉아있는 말라빠진 사내는 '욕심쟁이'로써 메피스토펠레스의 분장.

그것이 자칫 죄악이 될 정도였지!
그런데 요즘 들어와서 여자들에게
더 이상 절약하는 습관이 없어지고   5655
모두가 악독한 빚쟁이처럼
가진 돈보다 더 많은 욕심을 부린다.
이리되니 남자들은 더 많은 어려움을 참아야 하고
어디를 둘러보아도 빚투성이 뿐이란 말이다.
여자들은 우려낼 수 있는 대로 우려내   5660
몸치장을 하거나 정부에게 바치지.
치근대며 희롱하는 사내놈들과 함께
먹기도 잘하고 마시기는 더 잘한다는 말이다.
그래서 나는 더욱 돈을 탐하게 되어
탐욕쟁이라는 남성으로 변해버렸다.   5665

우두머리 여인

용은 용들과 욕심을 부리면 되지.
하지만 결국은 거짓과 속임수야!
저자들은 사내들을 부추기려 왔겠지.
사내들은 그렇지 않아도 귀찮은 존재들인데.

무리속의 여인들

저 허수아비 놈! 따귀나 한 대 갈겨줘야지!   5670
말라깽이 해골 같은 놈이 우릴 위협하겠다고?
우리가 저런 상통을 두려워할까 봐?
용들은 나무와 마분지로 만든 거야.

기운을 내서 저놈을 무찔러버리자!

의전관

이 지팡이에 걸고 명하겠소! 모두 조용히 하시오!　　　　　　5675

하지만 내가 나설 필요까진 없겠군.

보시오, 저 성난 괴물들이

날쌔게 밀고 들어온 공간에서 꿈틀거리며

두 쌍의 날개를 활짝 펼쳤습니다!

용들은 격분하여 몸을 흔들고　　　　　　5680

비늘로 둘러싸인 아가리로 불을 내뿜습니다.

사람들은 도망가고 그 자리는 텅 비었습니다.

(플루투스가 마차에서 내려온다.)

의전관

제왕처럼 아주 늠름하게 내리는구나!

그가 눈짓을 하자, 용들은 움직여

황금과 탐욕이 가득 든 상자를　　　　　　5685

마차에서 내려

그분의 발치에 갖다 놓았습니다.

어떻게 이런 일이 가능한지 신기할 뿐입니다.

플루투스 *(마차모는 소년에게)*

이제 그대는 성가신 어려운 일에서 벗어나

자유롭고 해방된 몸이 되었으니 씩씩하게 그대의 영역으로

가도록 하라!　　　　　　5690

여기는 그대의 영역이 아니다! 여기에는 기괴한 형상이

혼란스럽고 얼룩얼룩 서로 뒤엉켜 우리 주위에 밀어닥치고 있다.

그대가 선명하게 깨끗한 경치를 볼 수 있는 곳,

그대 자신의 것이며, 그대만이 믿을 수 있는 곳,

오직 아름다움과 선함이 사랑받는 그곳으로,　　　　　　　5695

고독의 세계로 가라! 그곳에서 그대의 세계를 창조하라!

마차를 모는 소년

그러시다면 나는 당신의 귀중한 사신(使臣)임을 유념하고,

당신을 가장 가까운 친척으로 사랑하겠습니다.

당신이 머무는 곳에는 충만함이 깃들고, 내가 머무는 곳에선

저마다 훌륭한 수확을 얻었다고 느낄 것입니다.　　　　　5700

그들 중에는 모순된 삶속에서 당신을 따를까, 아니면

나를 따를까 하며 헤매는 자도 있을 겁니다.

당신을 따르면 물론 편안하게 살 수 있습니다.

그러나 나를 따르는 자는 언제나 할 일이 많습니다.

나는 남이 모르게 나의 일을 처리할 수 없으며,　　　　　5705

숨만 쉬어도 벌써 탄로가 나기 때문입니다.

그럼 안녕히 계십시오! 당신은 나에게 행복을 빌어주었습니다.

그러나 조용히 귓속말만 속삭여도, 나는 당장 되돌아오겠습니다.

(왔을 때처럼 퇴장한다.)

플루투스

이제 보물 상자를 열어볼 시간이구나!

의전관의 지팡이를 빌어 상자를 두드리면,　　　　　　　5710

자, 열린다! 보아라! 청동 솥 안에서

형체들이 녹아 황금빛으로 끓어오른다.

우선 왕관, 목걸이, 반지 같은 장신구들이

부풀고 녹으면서 엉켜지는구나.

군중들이 서로 외치는 소리

여길, 오 여길 보세요! 얼마나 풍성하게 솟아오르는지,　　5715

보석상자는 가장자리까지 가득 채워진다.

황금 그릇들이 녹고,

돈 꾸러미가 굴러다니고,

방금 찍은 듯한 금화들이 튀어나온다.

오, 가슴이 뛴다.　　5720

탐나는 것은 모두 볼 수 있구나!

저기 땅바닥에도 굴러다닌다.

여러분들께 제공되는 것이니 곧장 이용하시오.

허리 굽혀 집어서 부자가 되시오. ―

우리는 번개같이 민첩하게 몸을 움직여　　5725

저 보석상자를　집어가자.

의전관

무슨 짓이오, 어리석은 자들이여? 이게 대체 무슨 짓이오?

이것은 단지 가장무도회의 장난이란 말이오.

오늘 저녁 더 이상 욕심 부리지 마시오.

여러분에게 정말 황금이나 보물이 주어졌다고 믿나요?　　5730

이런 놀이에서는 여러분에게

장난감 돈도 과할 거요.

답답한 사람들! 얌전한 외관이
곧 볼품없는 진실일 수 있지만,
여러분에게 진실이란 무엇인가요? 모든 공허한 망상의　　　　　5735
꼬리를 움켜잡고 있는 꼴이오. -
가면 쓴 플루투수여, 가면무도회의 주인공이시여,
이곳에서 사람들을 몰아내 주시기 바랍니다.

플루투스

그대 지팡이는 이럴 때 쓰라고 준비된 것이니,
그것을 나에게 잠시 빌려주시오. -　　　　　5740
내가 이것을 불속에 집어넣을 테니, -
자! 마스크 쓰신 분들 모자를 조심하시오,
반짝거리며, 탁탁 터지며 불꽃이 튑니다!
지팡이는 벌써 시뻘겋게 달아올랐소.
누구든 가까이 다가오는 자,　　　　　5745
사정없이 그을림을 당할 것이오!
나는 이제 주변을 한 번 둘러보아야겠소.

비명과 혼란

오, 어쩌나! 우리 모두 죽겠구나. -
도망갈 수 있는 자는 도망가라!
물러나시오, 뒤에 있는 분 물러나요! -　　　　　5750
내 얼굴엔 뜨거운 불똥이 튄다. -
뻘겋게 달은 지팡이가 나를 숨 막히게 한다.
우리는 모든 것을 잃었다.

물러나요, 물러나, 가면 쓴 양반들!

물러나요, 물러나, 정신 나간 사람들! -   5755

오! 나에게 날개가 있다면, 날아서 도망치련만. -

플루투스

둘러섰던 무리들이 이제야 물러갔구나.

아무도 불에 덴 사람은 없으리라.

군중들은 물러갔다.

그들은 쫓겨갔다.   5760

하지만 그와 같은 질서를 보존하기 위하여

보이지 않는 줄을 쳐놓자.

의전관

훌륭한 일을 해내셨습니다.

현명한 일처리에 감사드립니다!

플루투스

여보게, 아직 좀 더 기다려야 하네.   5765

아직 많은 소동이 밀려 올 거네.

구두쇠

이제 마음대로 즐겁게 모인

사람들을 구경할 수 있겠구나.

구경거리, 먹을거리가 있는 곳에는

언제나 여자들이 먼저 덤벼들지.   5770

나는 아직 완전하게 녹슬지는 않았다!

예쁜 계집은 언제 봐도 예쁜 법이지.

그리고 오늘은 돈도 필요가 없으니

안심하고 여자 사냥이나 해보자.

그렇지만 이렇게 사람이 붐비는 장소에서는   5775

각자의 귀에 모든 말이 명료하게 들리지는 않을 거야.

현명하게 굴어서 몸짓으로 내 뜻을

분명하게 전달할 수 있는 방법을 찾아보자.

손짓, 발짓, 몸짓만으로는 충분하지 않을 테니,

익살극이라도 한바탕 벌여야겠지.   5780

축축한 진흙처럼 황금을 주물러보자.

이 금이란 금속은 무엇으로든지 변화시킬 수 있으니.

의전관

저 말라빠진 바보가 무엇을 시작하려고 저러지!

저 굶주린 놈도 유머를 할 수 있단 말인가?

금을 가지고 모두 반죽을 만들고 있군.   5785

저 놈 손안에서 연하게 되어

아무리 주물러대고 둥글게 뭉쳐도,

흉한 모습만 생겨난다.

놈이 그것을 저곳 여자들에게 보여주자

모두가 소리를 지르고 도망을 친다.   5790

아주 싫어하는 모습이다.

저 교활한 놈이 불쾌한 짓을 하고 있다.

풍기가 문란한 짓을 해놓고도

오히려 흥겨워하지 않을까 두렵다.

그렇다면 잠자코 있을 수가 없지.   5795

내 지팡이를 돌려주시겠소, 저 놈을 쫓아버리게.

플루투스

밖에서 무슨 일이 우리에게 닥쳐올지 그는 짐작도 못하고 있소.

마음대로 바보짓을 하도록 내버려두시오.

곧 장난칠 여지도 없어질 것이오.

원칙의 힘은 강하지만, 필연의 힘은 더 강합니다.   5800

혼잡과 노래

사나운 무리들이 한꺼번에 몰려온다.

높은 산에서, 산림의 계곡에서,

거침없이 소리치고 오면서

그들의 위대한 목신(牧神) 판[14]을 칭송한다.

그들은 아무도 모르는 일을 알고 있으며   5805

사람 없는 텅 빈 곳[15]으로 몰려간다.

플루투스

나는 그대들과 그대들의 위대한 목신 판을 안다!

너희들은 합심하여 대담한 행동을 했구나.

나는 남이 모르는 것을 잘 알고 있다.

이 좁은 구역을 당연히 열어주겠다.   5810

행운이 함께하길 바란다!

---

14) Pan. 목축과 수렵의 신.
15) 플루투스를 가장한 파우스트가 상자 주변에 쳐 놓은 마법의 원.

가장 신비스런 일이 일어날 수도 있다.

그들은 어디로 가는지 모르고 있고,

조금도 근심을 하지 않고 있다.

거친 노래

여보게, 겉만 번지르르하게 모양을 낸 친구!　　　　　5815

그들은 거칠고 난폭한 모습으로

높이 뛰고 마구 달려서 온다.

그들은 늠름하고 기운차게 등장한다.

숲의 신들

숲의 신들이 무리를 이루어

즐겁게 춤을 춘다.　　　　　5820

떡갈나무 무성한 잎을

고수머리에 관으로 쓰고

가늘고 뾰족한 귀가

물결치는 머리카락 사이로 삐죽 솟아있다.

납작코에 둥글 넓죽한 얼굴,　　　　　5825

그래도 여자들은 싫어하지 않는다.

춤추자고 손을 내미는 목신 판에게

아름다운 여인은 쉽게 거절하지 못한다.

숲의 신 사티로스

사티로스 신이 뒤를 이어 뛰어나온다.

염소다리와 바싹 마른 정강이는,　　　　　5830

말랐지만 강인하다.

높은 산위의 영양처럼

사방을 둘러보고 즐거워한다.

자유로운 산속 공기로 상쾌한 기분이 되어,

골짜기 깊숙이 안개와 아지랑이 속에 5835

자신들이 살고 있음을 쾌적하게 생각하는

인간 군상들을 조롱한다.

산은 정결하고 방해받지 않는 곳,

그곳은 오직 우리만의 세계다.

땅의 요정들

총총걸음으로 작은 무리들이 나타난다. 5840

그들은 둘씩 짝을 지어 오지는 않는다.

이끼로 만든 옷을 입고, 등불을 환하게 밝혀들고,

우왕좌왕 바쁘게 움직인다.

모두가 자신을 위해 혼자 일하며,

마치 빛을 내는 거미처럼 무리를 이루어 5845

종종걸음으로 바쁘게 움직이고

가로로 세로로 뛰어다니며 일에 몰두한다.

착한 작은 요정들과 가까운 친척이며,

산속의 광맥을 진단하는 의사로도 잘 알려져 있다.

우리는 높은 산에서 광석이 묻힌 곳을 찾아 5850

풍부한 광맥에서 그것을 퍼낸다.

우리는 광물을 무더기로 퍼낸다.

조심해! 조심해! 하면서 퍼낸다.

지하에서 무더기로 퍼낸다.

우리는 착한 인간들의 친구랍니다.   5855

그러나 우리가 금을 파내놓으면,

그것으로 도둑질이나 오입질이 생겨나고,

대담한 자에게 무기를 주어

대량학살을 꿈꾸게 한다.

세 가지 계율[16]을 지키지 않는 자는   5860

다른 계율도 역시 지키지 않는다.

이 모든 것이 우리의 잘못은 아니다.

그러니 여러분도 우리처럼 참고 지내길 바란다.

거인들

이들은 거친 사내들이라고 불리고,

하르츠 산에서는 널리 알려졌지.   5865

타고난 벌거숭이로 힘은 장사다.

그들은 모두가 거인답게 등장한다.

오른손에는 가문비나무 지팡이를 짚고,

허리엔 울퉁불퉁한 끈을 묶고,

가지와 잎사귀로 엮은 거친 앞치마를 두르니,   5870

교황님도 갖지 못한 호위병들이다.

님프들의 합창 *(위대한 목신 판을 둘러싸고)*

---

16) 세 가지 계율. 훔치지 말라. 간음하지 말라. 살인하지 말라.

그분이 오셨구나!
세상의 모든 것을
표현하고 계시는
위대한 목신 판.   5875
유쾌한 요정들이 그를 에워싸고
덩실덩실 춤을 추며 주위를 돈다.
엄격한 분이지만 마음이 선해서
모두가 즐겁길 바란다.
파란 창공 아래서   5880
항상 깨어 계신다.
그러나 졸졸 흐르는 실개천과,
불어오는 산들바람이 휴식을 취하게 하고,
그래서 한낮에 그 분이 잠이 들면,
나뭇가지의 잎사귀들은 움직이지 않고, 5885
싱싱한 초목의 그윽한 향기가,
소리 없이 조용하게 주위를 가득 채운다.
그러면 님프들도 활발하게 활동할 수 없으니
선체로 그곳에서 잠이 든다.
이윽고 느닷없이   5890
번개가 치고 바다가 포효하듯
그분의 음성이 울려 퍼지면
모두가 어찌할 바를 모른다.
전쟁터의 용맹한 군대도 산산이 흩어지고

영웅도 혼란 속에서 몸을 떤다.   5895

존경할 가치가 있는 자를 존경하라!

우리를 여기로 인도해준 분께 영광 있으라.

땅의 요정들의 대표 *(위대한 목신 판을 향하여)*

저렇게 반짝이는 화려한 보물들이

실오라기처럼 협곡에 박혀 있네요.

오직 신통한 마술지팡이[17]만이   5900

그쪽으로 가는 미로(迷路)를 가리켜 줍니다.

우리는 어두운 굴속에 둥글게 터를 잡아

집을 만들어 살고 있는 혈거(穴居)인.

당신은 한낮의 맑은 바람속에서

보물들을 우리에게 관대하게 나누어 줍니다.   5905

우리는 이 근처에서

신기한 샘 하나를 발견했습니다.

그 샘은 얻기 어려운 것을

기꺼이 나누어 주겠다고 약속합니다.

이일은 당신만이 완성할 수 있으니   5910

주여, 당신의 보호 아래 두소서!

---

17) 땅속의 재화나 광맥을 발견할 수 있는 효능이 있다고 함.

어떤 보물이든 당신의 손안에서

온 세상에 유익하게 되어 나올 테니까요.

플루투스 *(의전관에게)*

우리는 마음을 굳게 가다듬고

일어날 일은 태연하게 일어나도록 내버려둬야 할 거요.　　　　5915

그대는 언제나 용기가 뛰어난 인물이었소.

이제 곧 무서운 일이 일어날 것이요.

현세나 내세 사람들이 그것을 완강하게 거부하겠지만,

그대는 사실 그대로 기록 속에 남기도록 하시오.

의전관 *(플루투스가 들고 있던 지팡이를 받아 들면서)*

난쟁이들이 위대한 목신 판을　　　　5920

불이 타오르는 샘으로 천천히 인도해 갑니다.

불의 샘은 심연에서 끓어올라,

다시금 바닥으로 가라앉는다.

벌어진 입은 암흑입니다.

다시금 부글부글 끓어오르면　　　　5925

위대한 목신 판은 기분 좋게 서서

그 신비로운 모습을 구경합니다.

진주의 거품들이 이리저리 튀깁니다.

어떻게 저분은 저런 일을 믿을 수 있을까?

그는 안을 들여다보기 위해 몸을 깊이 굽힙니다.　　　　5930

그런데 그의 수염이 안으로 떨어졌네요! ―

어쩌면 턱이 저렇게 미끈할까요?

우리가 보지 못하게 손으로 턱을 가리는군요.
이제 커다란 어려움이 뒤따릅니다.
수염은 불이 붙은 채 다시 날라 와,   5935
관과 머리와 가슴에 불을 붙입니다.
즐거움이 괴로움으로 변했습니다. ―
불을 끄기 위해 사람들이 달려왔지만,
누구도 불길을 벗어나지 못하네요.
아무리 불길을 치고 두들겨도,   5940
새로운 불길만 타오를 뿐이군요.
화염에 휩싸여
한패의 가장무도회 무리가 불타고 있습니다.

귀에서 귀로, 입에서 입으로
우리에게 알려진 것은 무엇인가!   5945
오, 영원히 불행한 밤이여
그대는 우리에게 어째서 이런 괴로움을 가져왔는가!
누구도 듣기를 원치 않는 일이
내일이면 모두에게 전달되겠지.
여기저기서 외치는 소리가 들립니다.   5950
"황제 폐하께서 괴로움을 당하셨다"라고.
오 사실이 아니었으며 좋으련만!
황제도 불타고, 시종도 불탄다.
그들을 유혹해서

송진 묻은 나뭇가지로 둘러쌓아   5955
울부짖듯 노래하며
모두를 파멸시킨 놈은 저주를 받아라.
오 청춘이여, 청춘이여 그대는 결코
기쁨의 순수함을 올바르게 지킬 수 없는가?
오 폐하여, 폐하여, 당신은 결코   5960
전능하고 현명하게 행동할 수 없단 말인가요?

벌써 숲에도 불이 붙었습니다.
불길은 뾰족한 혀처럼 날름거리면
나무로 만든 천장들보까지 치닫는다.
모두가 화재로 휩싸이네요.   5965
재앙이 너무 지나쳐
누가 우리를 구해줄 수 있을지 모르겠군요.
풍요롭던 황제의 영화가
하룻밤 사이에 잿더미가 되는군요.

플루투스

이만하면 공포는 충분히 느꼈겠지.   5970
이제 구원의 손길을 뻗어야지. ‒
신성한 지팡이를 힘껏 쳐서
대지가 진동하고 메아리치게 하자!
사면으로 넓게 퍼진 대기여
싸늘한 기운으로 그대를 가득 채워라!   5975

습기를 가득 품고 뻗어나간 안개여
이리 와서 주위를 떠돌다가
불길에 싸인 혼란스러움을 덮어라!
구름이 일어 비가 내리고 바람이 불면서
미끄러지듯 스며들어 도처에서 싸우며   5980
사나운 불길을 잡아다오.
불길을 진정시키는 축축한 기운이여,
그 어지러운 불꽃놀이를,
한줄기 번갯불로 바꾸어다오. ―
영들이 우리를 헤치려고 위협한다면,   5985
마법은 그 위력을 보여야 할 것이다.

유원지

파우스트
　폐하, 어제와 같은 불꽃요술놀이를 용서하여 주시겠습니까?

황제 *(일어나라고 손짓하면서)*
　나는 그런 장난을 아주 좋아하지.
　갑자기 나는 불구덩이 속에서

마치 저승의 신 플루톤이 된 느낌이었네.   5990

암흑과 석탄으로 된 암반이 보였고,

그곳에서 불길이 타올랐네. 여기저기 불구덩이에서는

수많은 거친 불길들이 소용돌이쳐 올라,

이글거리며 둥근 천장을 만들었네.

불은 가장 높은 천장까지 치솟아   5995

드디어 그 천장은 보였다, 사라졌다 했네.

먼 공간을 휘감는 불기둥 사이로

사람들의 긴 행렬이 움직이는 것도 보았네.

그들은 넓은 원을 그리면서 다가와

언제나 그랬듯이 나에게 충성을 표하더군.   6000

그중에는 내 궁중의 신하들도 몇 사람 있었네.

그래서 나는 수천의 불의 요정 살라만더의 영주 같은 기분이 들었네.

메피스토펠레스

그것은 사실입니다, 폐하! 모든 요소가

폐하의 존엄성을 절대적으로 인정하기 때문입니다.

폐하께선 물의 순종을 이미 시험해 보셨습니다.   6005

이번엔 사납게 파도치는 바다로 뛰어들어 보십시오.

진주들이 가득 깔린 바닥을 밟자마자

거품이 일며 호화로운 자리를 만들 것입니다.

보랏빛 단을 단 엷은 초록색 파도가

폐하를 중심으로 위아래로 출렁이다가,   6010

아름다운 궁전으로 부풀어 오를 것입니다.

폐하가 가시는 곳은 어디든 궁전도 함께 따라 갈 것입니다.

성벽들도 생을 향유하며

떼를 지어 살같이 빠르게 이리저리 부유합니다.

바다 괴물들이 새로 생긴 부드러운 궁전을 향해 가지만,　　　6015

그들은 덤비기만 할뿐 안으로 들어올 수는 없습니다.

그곳에는 금빛 비늘이 덮인 용들이 함께 화려하게 놀고 있습니다.

상어가 입을 딱 벌리면, 폐하는 입속을 보시고 웃으시면 됩니다.

지금 대궐 안은 폐하를 모시고 흥겹게 지내고 있지만,

결코 바닷속의 번잡한 모습을 보신 일은 없었을 것입니다.　　　6020

그러나 폐하 곁엔 사랑스러운 것들도 있습니다.

호기심 많은 네레우스의 딸들[1]이

더없이 청결하고 화려한 궁전을 보러 올 것입니다.

젊은 것들은 수줍고 물고기처럼 호기심이 많지만

나이든 것들은 영리합니다. 큰 언니 테티스라면 벌써　　　6025

폐하를 제2의 펠레우스[2]로 알고 손과 입을 내밀 것입니다.

다음은 옥좌를 올림포스 산정으로 ! −

황제

아니다. 지상의 영역들은 그대에게 맡기겠노라.

그런 옥좌라면 언제라도 오를 수 있으니까.

메피스토펠레스

---

1) 바다의 신 네레우스에겐 50명의 딸이 있는데, 이들을 네레이데라고 부른다. 그 중 맏딸이 테티스
　이다. 훗날 아킬레우스의 어머니가 된다.
2) 테티스의 남편. 아킬레우스의 아버지.

그렇습니다, 폐하! 지상은 이미 폐하의 소유이옵니다.　　　　6030

황제

그대가 마치 천일야화에서 튀어나오듯

여기에 나타난 것은 얼마나 다행한 일인가?

그대의 재주가 세헤라자데[3] 못지않다면

나는 그대에게 최상의 은총을 보증하리라!

자주 일어나는 일이지만, 나에게 현실이 역겨워지면　　　　6035

그대를 부를 테니, 항상 대기하도록 하라!

궁내대신 *(급히 등장한다)*

황제폐하, 신은 생전에 이토록 큰 행운을

보고 드리게 될 줄 미처 생각지도 못했습니다.

이건 너무나 행복한 일로

폐하의 어전에 서있는 것이 기쁘기 한량없습니다.　　　　6040

그 많던 부채는 모조리 정리되었으며,

고리대금업자의 성가심도 진정되었습니다.

마치 지옥의 고통에서 벗어난 것 같고,

천국에서도 이보다 더 유쾌할 수는 없을 것 같습니다.

국방장관 *(황급히 뒤따라 등장하며)*

군인들의 봉급도 일부 지불되었고,　　　　6045

---

3) Scheherazade. 『천일야화』에 나오는 재상의 딸 이름. 페르시아 사산왕조의 샤흐리야르왕은 왕비의
부정에 충격을 받아 매일 밤 처녀와 잠자리를 하고 날이 밝으면 그 처녀를 죽였는데, 재상의 딸 세
헤라자데가 자진해서 왕을 섬기면서 그러한 죽음에서 벗어나기 위해 왕에게 밤마다 이야기를 들려
주었다. 왕은 이야기를 계속 듣고 싶은 나머지 그녀를 죽이지 않는데 이야기는 1천 1밤 계속된다.
마침내 왕은 종래의 생각을 버리고 세헤라자데와 함께 행복한 여생을 보냈다고 한다.

군대도 전체가 새로이 계약을 맺었습니다.

창기병(槍騎兵)은 신선한 피가 도는 느낌이고,

술집 주인과 접대부들도 좋아하고 있습니다.

황제

경들은 모두 가슴을 활짝 펴고 여유롭게 보이는군!

시름 깃든 얼굴엔 화색이 돌고!　　6050

경은 또 어찌하여 그리 황망히 달려오는고?

재무장관 *(나타나며)*

이 일을 처리한 저 두 분에게 그간의 상황을 하문하소서.

파우스트

이 일은 재상께서 말씀드리는 것이 좋겠습니다.

재상 *(천천히 다가오면서)*

오래 살다보니 이렇게 행복한 일을 겪게 되었습니다.

그럼 이 중요한 문서를 보시고 제 이야길 들어 보십시오.　　6055

이것이 모든 화를 복으로 바꾸어 놓았습니다. *(문서를 읽는다.)*

"원하는 모든 사람에게 알게 하라.

여기 이 종이 쪽지는 천 크로네로 통용될 것이다.

그 확실한 담보는 제국의 영토 안에

무진장 매장되어 있는 보화로 한다.　　6060

풍부한 보화를 곧 발굴하여

보상하는데 사용하도록 배려하라."

황제

뻔뻔한 일이, 엄청난 사기가 자행된 것 같구나!

누가 여기 황제의 서명을 위조했느냐?

이런 범죄 행위가 처벌도 되지 않았단 말이냐?　　　　　　　　　6065

재무대신

기억을 더듬어 보시옵소서. 폐하께서 친히 서명하신 것입니다.

바로 어제 밤입니다. 폐하께서 위대한 판 신으로 계실 때,

재상이 저희들과 함께 폐하께 말씀드렸습니다.

"이 훌륭한 축제가 백성들의 행복이 되도록

몇 글자 서명해 주옵소서"라고.　　　　　　　　　　　　　　6070

그러자 폐하께서 선선히 적어주셨고, 이것을 어제 밤사이에

마술사들을 시켜 수천 배로 늘렸습니다.

성은(聖恩)이 만백성에게 골고루 미치도록

소신들도 곧 차례대로 관인(官印)을 찍어

10, 30, 50, 100 크로네짜리 지폐가 마련된 것입니다.　　　　　6075

그것이 백성을 얼마나 기쁘게 했는지 폐하는 모르실 것입니다.

도시를 보시옵소서. 여태까지 반쯤 죽은 상태로 활기를 잃고 있었는데,

모두가 활기를 되찾고 얼마나 즐거워하며 들끓고 있는지!

폐하의 어명은 이전에도 세상을 행복하게 했지만,

이번처럼 그렇게 환영받은 적은 없었습니다.　　　　　　　　6080

다른 문자들은 이제 불필요하게 되었고,

폐하의 서명만으로 모두가 행복하게 되었습니다.

황제

그러면 백성들에게 그것이 금화대신 통용된단 말인가?

군대와 궁중의 급료도 그것으로 전액을 치를 수 있단 말인가?

그렇다면 놀라운 일이지만 그것이 통용되도록 할 수밖에 없구나.　6085

궁내대신

날개 돋친 듯 나간 것을 다시 모으는 것은 불가능합니다.

그것은 번갯불처럼 세상에 흩어지고 말았습니다.

환전은행들은 문을 활짝 열어놓고,

지폐마다 수수료를 떼긴 하지만,

금과 은으로 바꿔주고 있습니다.　6090

사람들은 그곳에서 곧장 정육점, 빵집, 술집으로 달려갑니다.

세상의 절반이 맛좋은 음식에 정신이 팔리고,

나머지 반은 새 옷을 해 입고 뽐내고자 합니다.

소매상들은 피륙을 잘라주고, 재단사는 옷을 짓고,

술집에선 "황제만세"란 유쾌한 고함소리에,　6095

지지는 소리, 볶는 소리, 접시가 달랑대는 소리가 요란합니다.

메피스토펠레스

누군가 테라스를 혼자 걸어갈 때,

곱게 단장한 아름다운 여인이 다가오는 것을 봅니다.

기품 있게 만든 공작 깃 부채로 한쪽 눈을 살짝 가리고,

빙긋이 웃음을 지으며 지폐에 눈짓을 보냅니다.　6100

이렇게 되면 위트나 재담보다는 훨씬 빠르게,

풍성한 사랑의 호의를 맛볼 수 있습니다.

지폐 한 장이면 지갑이나 주머니처럼 거추장스럽지도 않고,

품속에 쉽게 지니고 다닐 수 있어,

연예편지와 함께 넣고 다니기도 편하단 말입니다.　6105

신부(神父)는 경건하게 기도서 사이에 넣고 다닐 수 있으며,
병사는 재빨리 몸을 돌릴 수 있게,
허리의 혁대를 가볍게 할 수 있습니다.
사소한 이야기로 폐하의 위대한 업적을 손상시켰다면
너그러이 용서해주시길 바랍니다.   6110

파우스트

엄청난 보물이 폐하의 영토에서
땅속 깊이 묻혀 사용되지 않고 굳어 있습니다.
제아무리 웅대한 사상도
그러한 재물에 비하면 너무나 빈약한 울안의 물건이며,
공상이 그 날개를 펴고 제아무리 높이 난다해도   6115
헛된 노력일 뿐 만족스럽게 도달할 수는 없습니다.
그러나 깊이 통찰할 수 있는 고귀한 정신은
무한한 재물에 대해 무한한 신뢰를 가질 수 있습니다.

메피스토펠레스

금이나 진주를 대신하는 이러한 지폐는 대단히 편리해서
그가 주머니 속에 얼마를 가졌는지 훤히 알 수가 있습니다.   6120
그래서 값을 깎거나 바꿀 필요가 없고,
마음껏 사랑이나 술에 취할 수가 있습니다.
금화를 원한다면 마련해줄 것이고,
그곳에 금이 없다면 잠깐 파오면 됩니다.
발굴한 잔이나 목걸이는 경매에 붙여서,   6125
지폐로 바로 상환을 해주면, 건방지게 우리를 비웃던

의심 많던 놈들은 창피를 당하게 될 것입니다.

지폐에 익숙해지면, 다른 것은 원하지도 않을 것입니다.

그래서 이제부터 폐하의 영토 안에서는,

보석, 황금, 지폐가 넘쳐나게 될 것입니다.   6130

황제

우리나라는 그대들로부터 큰 혜택을 누렸다.

그 공로에 어울리는 상을 내리고 싶다.

즉, 나라의 땅속을 그대들에게 맡기겠다.

그대들은 땅속 보물의 가장 훌륭한 관리자이다.

그대들은 재물들이 매장된 곳을 알고 있으니,   6135

그것을 발굴할 때면 그대들의 말을 따르겠노라.

나라의 재보를 다루는 그대 두 대가는 힘을 합쳐

즐거운 마음으로 고귀한 임무를 완수하도록 하라.

지상과 지하의 세계를 서로

기쁘게 합의해서 통합하도록 하라.   6140

재무장관

우리들 사이에 어떠한 분쟁도 일어나지 않도록 하겠습니다.

마술사를 동료로 맞게 되어 기쁩니다. *(파우스트와 함께 퇴장.)*

황제

이제 대궐안의 모든 사람에게 지폐를 나누어줄테니,

각자는 그것을 어디에 쓸 것인지 아뢰도록 하라.

시종 *(받으면서)*

즐겁고 명랑하고 행복한 기분으로 살겠습니다.   6145

다른 시종 *(받으면서)*

소인은 애인에게 목걸이와 반지를 사주겠습니다.

다른 시종 *(받으면서)*

소인은 이제부터 전보다 훨씬 더 좋은 술을 마시겠습니다.

다른 시종 *(똑같이)*

소인의 주사위가 벌써부터 주머니 속에서 근질근질 합니다.

방기기사(方旗騎士) [4] *(신중하게)*

성과 전답을 담보로 진 빚을 갚겠습니다.

다른 기사 *(똑같이)*

다른 보물들과 함께 저축하겠습니다.　　　　　　　　6150

황제

나는 그대들에게 새로운 일에 대한 기쁨과 용기를 기대했다.

그러나 그대들을 아는 자라면 쉽게 짐작할 수 있듯이,

온갖 재물이 꽃처럼 피어도,

그대들은 예나 지금이나 변함이 없구나!

어릿광대 *(앞으로 나오면서)*

은혜를 베푸시려거든, 소인에게도 허락해주십시오.　　　　6155

황제

네놈은 다시 살아난다 해도 또 마셔버리겠지!

어릿광대

마술-지폐라! 소인은 도무지 이해할 수가 없습니다.

---

4) Bannerherr. 깃발을 높이 들고 출진할 수 있는 중세의 상급기사.

황제

그럴 테지, 변변히 사용할 줄도 모를 테니까.

어릿광대

다른 지폐가 또 생겨났습니다. 어떻게 하면 좋을까요?

황제

받아 두어라. 그건 네 몫이다. *(퇴장)*　　　　　　　　　　6160

어릿광대

오천 크로네가 내 손에 들어 왔구나!

메피스토펠레스

두발 달린 고주망태야, 다시 살아났느냐?

어릿광대

종종 일어나는 일이지만, 이런 행운은 처음이오.

메피스토펠레스

너무 좋아서 땀까지 흘리는구먼.

어릿광대

이걸 좀 봐요, 이것을 돈으로 쓸 수 있단 말이지요?　　　　6165

메피스토펠레스

그것이면 목구멍이나 배가 원하는 것은 무엇이나 구할 수 있지.

어릿광대

그러면 밭과 집과 가축도 살 수 있겠군요?

메피스토펠레스

당연하지! 그것 내놓기만 해보게, 손에 안 들어오는 게 없을 테니.

어릿광대

그럼 산과 사냥터와 물고기가 노는 개천을 가진 성(城)도?

메피스토펠레스

물론이지! 그대에게서 그럴듯한 성주의 모습을 보고 싶군!　　　　6170

어릿광대

오늘 밤 지주가 되는 꿈이나 꾸어야겠다! – *(퇴장)*

메피스토펠레스 *(혼자서)*

누가 우리 어릿광대의 재담을 의심하랴!

어두운 복도

파우스트, 메피스토펠레스

메피스토펠레스

왜 나를 이 어두운 복도로 끌어내는 거요?

저 안에서의 즐거움은 충분치가 않습니까?

많은 사람들이 혼란스럽게 뒤섞인 저곳에선,　　　　6175

장난이나 속임수로 재미를 볼 기회가 없어서 그럽니까?

파우스트

그런 말은 그만 두게. 자네도 이미 오래전에

그런 일에 싫증이 나지 않았나?

자네가 지금 이리 피하고 저리 피하고 하는 것은

나하고 말하지 않으려는 수작이겠지만,　　　　6180

나에겐 피할 수 없는 일이 있단 말이네.

궁내대신과 시종이 나를 몰아세우고 있단 말일세.

황제가 당장 보기를 원한다면서,

헬레나와 파리스를 바로 눈앞에 데려오라고 하네.

남성과 여성의 이상적인 모습을   6185

뚜렷한 형체로 보길 원한다고.

그러니 당장 일을 시작하게! 나는 약속을 어길 수가 없네.

메피스토펠레스

그렇게 경솔하게 약속을 하다니 어처구니가 없군요.

파우스트

여보게, 자네는 자네의 요술이 우리를

어디로 끌고 갈지 깊이 생각을 못했군 그래.   6190

처음에 우리가 그를 부자로 만들었으니,

이제는 그를 즐겁게 해주어야 한단 말이네.

메피스토펠레스

그런 일이 당장 이루어질 거라는 착각에 빠져있군요.

우리는 이제 힘든 고비에 다다랐습니다.

당신이 전혀 생소한 영역[1]에 손을 내밀게 된다면,   6195

마지막에는 무모하게도 새로운 빚을 지게 될 겁니다.

도대체 헬레나를 금화 대신 쓰는 종이돈처럼

그렇게 쉽게 불러내올 수 있다고 생각하십니까?

---

1) 중세의 그리스도교 세계에 사는 악마 메피스토펠레스에게 고대 그리스 세계는 인연이 멀고 그 힘이 미치지 못하는 세계다. 따라서 헬레나를 불러내라는 것은 신이 나는 일이 아니다.

멍텅구리 마녀나 엉터리 유령이나

보기 흉한 난쟁이라면 곧 대령할 수 있지만,   6200

악마의 정부(情婦)를, 비록 나무랄 데는 없다 해도,

고대의 여주인공 대신 내세울 수는 없습니다.

파우스트

낡아빠진 잔소리가 또 나오는군!

자네와 이야길 하다보면 언제나 애매해진단 말이야.

자네는 모든 장애의 근원일세.   6205

수단을 빌릴 때마다 새로운 보수를 원하니 말이야.

잠깐 주문만 외우면 될 일을. 뒤돌아보는 사이에

그 둘을 이 자리에 데려올 수 있지 않은가?

메피스토펠레스

나는 고대의 이교도[2]와는 아무 관련이 없습니다.

그들은 자신들만의 지옥에 살고 있습니다.   6210

그러나 한 가지 방법이 있기는 합니다.

파우스트

말해보게, 당장!

메피스토펠레

숭고한 비밀을 털어놓고 싶지는 않습니다만, -

여신들은 깊은 정적 속에서 살고 있습니다.

주위엔 공간도 없고 시간도 없습니다.

---

2) 헬레나는 고대 그리스의 왕비로 이교도이며, 메피스토펠레스는 기독교의 악마다.

여신들에 관해서는 이야기하는 것조차 어렵습니다.　　　　　　6215

그들이 바로 어머니들이기 때문이오!

파우스트 *(깜짝 놀라며)*

어머니들이라고!

메피스토펠레스

섬뜩하신가요?

파우스트

어머니들! 어머니들이라! - 대단히 이상스럽게 들리는군!

메피스토펠레

이상하지요? 당신들처럼 죽을 운명을 가진 사람들은 모르는,

우리도 부르기를 꺼려하는 여신들입니다.

그들이 사는 곳에 가려면 아주 깊은 지하로 숨어들어가야 합니다.　　6220

그들을 필요로 하다니 잘못을 저지르는 겁니다.

파우스트

그 길은 어디로 가나?

메피스토펠레스

길은 없습니다! 사람의 발길이 닿지 않은 곳이지요.

발을 들여놓은 적이 없는 곳, 아무도 바랄 수 없는 길,

간청할 수도 없는 길인데, 갈 용의가 있습니까? -

그 길로 들어갈 수 있는 자물쇠도 빗장도 없습니다.　　　　　　6225

적막함 속에서 이리저리 방황할 것입니다.

황량함과 적막함의 참뜻을 아십니까?

파우스트

그런 격언은 제발 저축해 두게.

여기서도 마녀의 부엌냄새가 나는군.

이미 오래전에 지나간 세월의 냄새 말일세.　　　　　　　　6230

나도 이전에는 세상과 교류해보지 않았던가?

공허한 것을 배우고, 공허한 것을 가르치지 않았던가?

내가 보았던 것을 이치에 맞게 말하면,

반대되는 말이 갑절이나 시끄럽게 울려 퍼졌지.

그래서 나는 불쾌한 행동을 피해　　　　　　　　　　　　6235

적막 속으로, 황야로 달아났던 것이네.

그러나 완전히 잊힌 채 혼자 살지 않으려고,

마침내는 악마에게 내 몸을 맡겼다네.

메피스토펠레스

당신이 대양을 헤엄쳐 다니고,

그곳에서 무한한 공간을 보았다면,　　　　　　　　　　　6240

또 연달아 밀려오는 파도도 보았을 것이고,

침몰을 두려워도 했을 것이오.

그렇지만 무엇인가를 볼 수도 있었을 것이오.

잔잔한 초록 바다에서 헤엄쳐가는 돌고래라든가,

흘러가는 구름 그리고 해, 달, 별들을 말이오.　　　　　　6245

그러나 영원히 공허한 그 먼 곳에는 아무것도 안 보입니다.

자신이 밟는 발자국소리도 들리지 않고,

몸을 쉬려해도 기댈 곳이 없습니다.

파우스트

그대는 충실한 신입제자를 속여먹는

신비교의 교주처럼 말한다.   6250

다만 반대로 말할 뿐이다. 그대는 나를 허무 속으로 보내

그곳에서 내 힘과 재주를 증가시키려고 한다.

그대는 나에게 불속에서 익은 밤을 집어내는

고양이의 역할을 시키려든다.

그래, 계속해보자! 철저히 밝혀보겠다!   6255

그대가 말하는 허무 속에서 모든 현상을 찾아보겠다.

메피스토펠레스

나와 헤어지기 전 당신을 칭찬하지 않을 수 없군요.

당신은 정말 악마를 너무나 잘 알고 있습니다.

자, 여기 열쇠를 받으시오.

파우스트

아니, 이렇게 작은 것을!

메피스토펠레스

우선 꽉 잡으세요. 과소평가해서는 안됩니다.   6260

파우스트

내 손안에서 커지는데! 반짝반짝 빛도 나고!

메피스토펠레스

이 열쇠로 무엇을 얻을 수 있는지 아십니까?

우선 올바른 장소를 알려줄 것입니다.

이 열쇠만 따라가면, 어머니들한테로 데려다 줄 것입니다.

파우스트 *(몸서리를 치며)*

어머니들에게! 들을 때마다 한 대씩 얻어맞는 기분이군!　　　　　6265

내가 듣고 싶지 않은 그 말의 뜻은 무엇일까?

메피스토펠레스

새로운 말이면 불쾌할 정도로 마음이 편협하신가요?

오직 이미 들었던 말만 듣고 싶은가요?

이제부턴 무슨 소리를 들어도 언짢게 생각 마십시오.

벌써 오래전부터 여러 가지 이상스런 일에 익숙해왔지 않습니까?　　6270

파우스트

그러나 나는 무감동 상태에서 행복을 찾지는 않겠다.

놀라움[3]이란 인간에게 있어서 가장 최상의 부분이다.

세상은 인간에게 그런 감정을 쉽게 주지는 않지만,

이런 것에 접해보아야 비상한 것을 깊이 느낄 수 있지.

메피스토펠레스

자, 이제 내려가십시오. 아니, 올라가시라고 말해도 되겠군요!　　6275

똑같은 것이니까요. 이미 생성된 것에서 벗어나,

형상들이 풀어진 세계로 들어가십시오!

오래전부터 더 이상 존재하지 않는 것을 즐기시기 바랍니다.

떠가는 구름처럼 움직임을 얽어매는 것이 있을 테니,

열쇠를 흔들어 그것이 달라붙지 못하게 하십시오.　　　　　　6280

파우스트 *(감격하면서)*

---

3) Das Schaudern. 괴테는 신비로운 것에 대한 놀라움이 인간의 가장 귀한 소질이라고 보았다. 이런
놀라움에 의해 가치 있는 과학의 발견이 이루어진다고 보았다. 에커만과의 대화에서도 "인간이 도
달할 수 있는 최고의 경지가 바로 놀라움이다"라고 말하고 있다.

알았네! 열쇠를 움켜쥐니 새로운 힘이 솟네.

가슴을 활짝 펴고 위대한 일을 위해 나서겠네.

메피스토펠레스

마침내 불타는 삼발이 향로[4]가 보이면,

당신은 제일 깊은 밑바닥에 이른 것이오.

향로의 불빛으로 어머니들을 보게 될 거요.　　　　　　　　6285

앉아있는 이도 있고, 서 있거나 걷는 이도 있을 것이며,

형상을 만들거나 변형시키는 건 상황에 따라 다를 것이오.

영원한 의미를 가진 영원한 대화가 계속되며,

주위에는 온갖 피조물의 형상들이 떠돌고 있을 것이오.

어머니들은 환영만 보기 때문에 당신을 보지는 못할 것이오.　　6290

위험한 일이니 마음을 단단히 하길 바랍니다.

삼발이 향로 쪽으로 곧장 가셔서,

열쇠로 그것을 문지르기 바랍니다!

파우스트 *(열쇠를 가지고 단호하게 요구받은 태도를 취한다)*

메피스토펠레스 *(그를 바라보며)*

되었습니다!

이제 그것은 한패가 되어 충실한 하인으로 당신을 따를 것입니다.

침착하게 올라가면, 행운이 당신을 끌어 올릴 겁니다.　　　　6295

어머니들이 알아차리기 전에 향로를 가지고 돌아오십시오.

---

4) 삼발이 향로. 델포이의 피티아에 있는 신비스런 향로. 파우스트는 전설에서 그렇듯이 '어머니들의
　나라'에서 직접 헬레나를 데려오는 것이 아니고, 이 향로를 가지고 와서 헬레나의 모습을 만들어 내는
　것이다.

그래서 그것을 이곳에 갖다놓기만 하면,

남녀 영웅들을 암흑세계에서 불러낼 수 있습니다.

그러면 당신은 그러한 일을 감행한 최초의 인간이 되는 겁니다.

그 일은 이루어지고, 그 공(功)은 당신의 것이 됩니다. 다음은 마술의　6300

　　조작에 따라 향기로운 안개가 신들의 모습으로 변할 겁니다.

파우스트

　　자, 그럼 이제 어떻게 하지?

메피스토펠레스

　　힘을 다해 내려가려고 노력하시오.

　　발을 구르며 내려갔다가, 발을 구르며 다시 올라오십시오.

파우스트 *(발을 구르며 내려간다)*

메피스토펠레스

　　열쇠가 제대로 위력을 발휘해주면 좋겠는데!　　　　　　6305

　　그가 다시 올 수 있을지 긴장되는데.

밝게 불이 켜진 방들

황제와 제후들, 그리고 신하들이 움직이고 있다.

시종 *(메피스토펠레스에게)*

　　당신은 우리들에게 유령이 나오는 장면을 보여준다고 했지요?

　　곧 시작해 주시오! 폐하께서 조바심을 내고 계시오.

궁내대신

폐하께서 지금 막 그것이 어찌 되었는지 물으셨소.

폐하의 체면에 손상이 가지 않도록 우물쭈물하지 마시오. 6310

메피스토펠레스

내 친구가 그일 때문에 떠났습니다.

그는 그 일을 어떻게 시작해야할지 잘 알고 있으며,

조용히 비밀리에 실험을 하고 있소.

전력을 다하고 있을 겁니다.

미(美)라는 보물을 끌어 올리려면 6315

현자의 마법이라는 최고의 재주가 필요합니다.

궁내대신

어떤 재주가 필요한지는 문제가 아니오.

황제는 모든 것이 완성되어 있기를 바라고 있소.

금발의 여인

여보세요, 한 말씀만 부탁해요. 제 얼굴이 이렇게 깨끗하지만,

지긋지긋한 여름에는 그렇지 못하답니다! 6320

검정색 붉은 반점들이 잔뜩 돋아나,

혐오스럽게도 하얀 피부를 덮어버리니,

좋은 약이 없을까요?

메피스토펠레스

안됐군요! 당신처럼 빛나는 여인이

오월이 되면 얼룩고양이마냥 반점이 생기다니.

개구리 알과 두꺼비 혀로 맑은 즙을 내어, 6325

보름달 아래서 정성스럽게 증류시켰다가,

달이 기울면 정결하게 바르도록 하시오.

봄이 와도 얼룩반점은 생기지 않을 것이오.

갈색머리의 여인

모두가 당신 주변으로 몰려와 법석을 떠는군요.

제게도 약 좀 주세요! 발에 동상이 걸려,　　　　　　　　6330

걷기도 춤추기도 힘들답니다.

인사할 때도 몸을 움직이기가 거북하고요.

메피스토펠레스

내가 댁의 발을 한번 밟아드릴까요

갈색머리의 여인

그건 애인 끼리나 하는 짓인데요.

메피스토펠레스

내가 밟는 것은, 아가씨! 의미가 다르답니다.　　　　　　　6335

어딘가에 병이 나면, 같은 것은 같은 것으로 고쳐야 합니다.

발은 발로 고치고, 모든 사지가 다 마찬가지입니다.

이리 와요! 조심하시오! 그렇다고 내 발을 밟을 필요는 없소.

갈색머리의 여인 *(소리를 지르면서)*

아이고, 아야! 너무 아프게 밟으시네요!

꼭 말발굽[1]에 밟힌 것 같아요.

메피스토펠레스

이제 다 나았을 겁니다.　　　　　　　　　　　　　　　　6340

---

1) 악마 메피스토펠레스는 말발굽을 가지고 있다. 제1부 2490행과 4140행 참조.

지금부터는 마음대로 춤을 추어도 좋습니다.

식탁에서 식사하면서 애인과 발장난도 할 수 있습니다.

귀부인 *(밀고 들어오면서)*

좀 들어가게 해주세요! 고통이 너무나 크답니다.

가슴 깊은 곳이 부글부글 끓으면서 쑤신답니다.

어제까지만 해도 내 눈빛 속에서 행복을 찾던 그이가,　　　　6345

딴 여자하고 소곤거리며 날 버리고 돌아섰어요.

메피스토펠레스

그거 걱정스런 일이군요. 그러나 내 말을 들으시오.

우선 그의 곁에 살며시 다가가서,

그에게 줄을 한줄 그으시오.

소매, 외투, 어깨 어디든 좋아요.　　　　6350

그러면 그는 가슴속에 후회하는 참회의 통증을 느낄 겁니다.

하지만 당신은 숯덩이를 곧 삼켜버려야 해요.

술이나 물은 입에 대지 말고,

그러면 그는 오늘 밤 안으로 당신의 문 앞에서 한숨을 쉴 겁니다.

귀부인

설마 독약은 아니겠지요?

메피스토펠레스 *(화를 낸다)*

정당한 것은 존중하시오!　　　　6355

이런 숯을 구하려면 멀리까지 가야 합니다.

이 숯은 우리가 이전에 열심히 불을 지폈던,

화형장의 장작더미에서 나온 것이오.

시동(侍童)

나는 사랑에 빠졌지만, 아무도 어른 취급을 안 해줍니다.

메피스토펠레스 *(옆을 향해)*

어느 쪽 말을 먼저 들어야 할지 모르겠군. 6360

(시동에게) 너무 어린 여자와 재미를 보려하지 말게.

중년 여인이면 자네를 귀여워할 걸세. - *(다른 이들이 밀려온다.)*

또다시 새로운 사람들이군! 정말 고단한 일이군!

결국 진실을 말하면 빠져나갈 수 있지만,

최악의 술책이지! 하지만 고통이 너무 크니 어쩔 수 없지! - 6365

오, 어머니들이여, 어머니들이여! 파우스트를 돌려보내주오!

(주위를 돌아보며)

방안의 불빛은 벌써 희미해지고,

대소신하들이 갑자기 나타나,

얌전하게 줄을 지어,

긴 복도와 멀리 회랑을 지나는 것이 보인다. 6370

그래! 넓은 홀로 모이는구나.

오래된 기사의 방이지만, 다 들어갈 것 같지는 않군.

넓은 벽은 양탄자들로 장식되어 있고,

귀퉁이와 벽감(壁龕)에는 무기들이 진열되어 있군.

이런 곳이라면 마술사의 주문 같은 것은 필요가 없겠는걸. 6375

유령들이 저절로 나올 것 같다.

기사의 방

희미한 조명
황제와 신하들이 등장해 있다.

의전관

연극을 알리는 나의 오랜 소임도

유령들의 은밀한 작용으로 방해를 받아 어렵게 되었습니다.

복잡하게 뒤얽힌 줄거리를 조리 있게

설명하는 것은 아무래도 헛된 일인 것 같습니다.　　　　6380

안락의자들과 의자들은 이미 준비되어 있고,

황제 폐하는 바로 벽 앞에 모셨으니,

벽걸이 양탄자에 그려진 위대한 시대의 전쟁을

편안하게 관람하실 수 있습니다.

여기 이제 폐하와 신하들이 둘러앉아 있고,　　　　6385

뒤쪽에는 긴 의자들이 빽빽이 놓여 있습니다.

유령이 나오는 음산한 시간에도,

연인은 연인 곁에 다정하게 앉아 있습니다.

이렇게 모두가 어울리는 자리를 잡았으니,

우리는 준비가 되었소, 유령들이여 나타나시라! *(나팔 소리)*　　　　6390

점성술사

즉시 연극을 시작하도록 하시오!

폐하의 명령이시다. 벽들아 열려라!

아무것도 거리낄 것이 없다. 여기는 마술의 세계다.

양탄자는 불길에 휘말린 듯 사라지고,

벽은 갈라져 문짝처럼 열린다.   6395

깊숙한 곳에는 연극무대가 마련된 듯이 보인다.

신비에 찬 한 줄기 빛이 밝게 비친다.

무대의 앞쪽으로 올라가 보자.

메피스토펠레스 *(프롬프터[1]가 있는 좁은 방에서 모습을 보이며)*

여기서 나는 관객들의 호감이나 기대해야겠다.

프롬프터의 역할이 악마의 화술이니까.   6400

(점성술사에게)

당신은 별들의 걸음걸이에서 박자까지 알고 있으니,

나의 속삭임도 쉽게 이해할 수 있겠지요.

점성술사

불가사의한 힘에 의해 웅장한 고대 신전이

여기 장엄하게 눈앞에 보인다.

옛날에 하늘을 떠받치고 있던 아틀라스[2]처럼   6405

원기둥들이 줄을 지어 여기 서있다.

그들은 웅장한 바위의 무게를 충분히 지탱할 수 있으니,

기둥 두 개면 능히 큰 건물도 받칠 수 있다.

건축가

---

1) Souffleur. 연극을 공연할 때 관객이 볼 수 없는 곳에서 배우에게 대사나 동작 따위를 일러 주는 사람.

2) Atlas. 티탄 신족과 제우스를 중심으로 한 올림피아 신족들과의 싸움에서 티탄 신족을 편들었다는 이유로 제우스로부터 하늘을 떠받치는 형벌을 받았다 함.

이것이 고대의 양식인가! 칭찬할 정도는 아니군.

육중하고 번잡스러워 보인다.   6410

조야한 것을 고상한 것으로, 거친 것을 웅장한 것으로 표현하는군.

나에겐 한없이 위로 뻗어 올라가는 좁다란 기둥이 더 사랑스럽다.

뾰족한 아치형의 천장은 인간의 정신을 고양시킨다.

그런 것들이 우리를 가장 감동시킨다.

점성술사

별자리 운세가 트인 이 시간을 경건하게 받아들이시오.   6415

이성은 마법의 주문으로 묶어놓고

그 대신 화려하고 대담한 공상력을

마음껏 발휘하도록 하시오.

여러분이 대담하게 갈망하던 것을 이제는 눈으로 직접 보시오.

그것은 불가능하기에 믿을 만한 가치가 있는 것이오.   6420

(파우스트. 무대 앞면의 다른 쪽에서 등장한다.)

점성술사

목사의 옷에 화한을 쓴 기이한 사람,

그가 자신 있게 시작했던 일을 이제 완성하려고 합니다.

삼발이 향로가 그와 함께 텅 빈 동굴에서 올라오고,

나는 벌써 그 향로에서 향기를 냄새 맡는다.

그는 이 큰 작업을 축복하려는 준비를 하고 있다.   6425

이제부터 행복한 일만 일어날 것이다.

파우스트 *(장중하게)*

그들은 어머니들이란 이름으로 무한한 곳에

자리 잡고 영원히 고독하게, 그렇지만 다정하게

살고 있다. 그들의 머리 주위로는 생명의 형상들이

활기 있게 생명 없이 떠돌고 있다.   6430

한때 온갖 빛과 광휘 속에서 존재했던 것이

거기서 움직인다. 그것은 영원을 원하기 때문이다.

전능의 힘을 가진 그대들은 그것을 나누어서,

낮의 천막으로, 밤의 지붕 밑[3]으로 보낸다.

어떤 자는 인생의 즐거운 행로를 잡을 것이고,   6435

다른 자는 대담한 마술사를 찾아 나설 것이다.

마술사는 풍부한 선물로, 확실한 신용으로

모두가 원하는 놀라운 가치를 보여주리라.

점성술사

달구어진 열쇠가 향로에 닿자마자,

곧바로 안개가 방안에 가득 차는구나.   6440

안개는 살그머니 끼어들어 구름처럼 피어오르고,

늘어졌다, 뭉쳤다, 얽혔다, 떨어졌다, 다시 짝을 짓는다.

자, 이제 정령들의 걸작들을 보시기 바랍니다!

그들이 거니는 대로 음악이 생겨납니다.

허공에서 울리는 음향에서 무엇인지 모를 것이 솟아나고,   6445

그들이 움직이면 모든 것이 멜로디가 된다.

---

3) 낮의 천막은 지상의 세계, 밤의 지붕 밑은 지하의 세계를 말한다.

원주는 물론이고 그곳에 새겨진 트리클리프[4]도 울리고 있다.

신전(神殿) 전체가 노래를 부르는 것 같다.

짙은 안개가 가라앉고, 희미한 베일 속에서

아름다운 젊은이가 박자에 맞춰 걸어 나온다.   6450

여기서 내 소임을 마치겠습니다. 그 젊은이의 이름을 댈 필요는

없겠지요?

누가 그 미남 파리스[5]를 모른다고 하겠습니까?

(파리스 등장)

귀부인1

오! 피어나는 젊음의 힘, 어쩌면 저리도 아름다울까?

귀부인2

향긋한 즙이 가득 흐르는 복숭아 같군요!

귀부인3

아름답고 도톰한 저 입술!   6455

귀부인4

저런 술잔이라면 입술을 맞대고 싶지?

귀부인5

기품은 좀 떨어지지만 정말 미남이야.

귀부인6

조금만 더 재치가 있었더라면 좋았을 텐데.

---

4) Triglyphe. 그리스의 도리아식 건축의 원주에 장식으로 새겨진 세 줄의 수직 홈.
5) Paris. 트로이왕 푸리아모스의 아들. 그가 스파르타의 왕 메넬라오스의 왕비 헬레나를 납치해 가는 바
   람에 그리스와 트로이 전쟁이 일어난다.

기사

양치는 목동[6] 같은 인상인데.

전혀 왕자 같지도 않고, 궁중의 예의범절도 전혀 모르고.　　　　6460

다른 기사

정말이야! 저 젊은이는 반 벌거숭이라 아름답게 보이지만,

하지만 일단은 갑옷을 입혀놓고 봐야지!

귀부인

자리에 앉는군요. 사뿐히, 기분 좋게.

기사

그의 품에 안기면 기분이 좋을 거라, 생각하시나요?

다른 귀부인

팔을 아주 멋지게 머리위로 구부리고 있군요.　　　　6465

시종

버릇없는 행동이요! 저건 용납할 수 없소!

귀부인

남자들은 모든 것에서 그저 흠만 잡으려 드는군요.

시종

폐하의 면전에서 버릇없이 기지개를 펴다니!

귀부인

그는 연기할 뿐이에요! 혼자 있는 줄 알고.

---

6) 오늘날 터키의 북서부에 있는 이다산에서 파리스가 양치기로 있을 때 아름다움을 자랑하는 세 여
　　신즉 헤라, 아테나, 아프로디테를 만났다는 전설.

시종

연극일지라도 여기선 예의를 지켜야지.　　　　　　　　6470

귀부인

저 젊은이는 조용히 잠이 들었네.

시종

곧 코를 골 거요. 완전히 자연 그대로요.

젊은 귀부인 *(황홀해서)*

향기로운 안개에 섞여 풍겨오는 냄새는 뭘까?

내 가슴속 깊은 곳까지 시원해지는군요.

중년 귀부인

정말! 가슴속 깊은 곳까지 스며드는 향기네요.　　　　6475

그 사람에게서 풍겨오는 군요!

가장 늙은 귀부인

그건 한창 피어나는 꽃향기라오!

젊은이의 몸에서 영약으로 만들어져,

공중에서 사방으로 퍼져나가는 것이지요.

(헬레나 등장)

메피스토펠레스

바로 저 여자군! 저 여자라면 안심해도 되겠지.

정말 예쁘다, 내 취향은 아니지만.　　　　　　　　6480

점성술사

명예를 중히 여기는 사람으로서 솔직히 고백하건데,

이번에는 나도 어찌할 바를 모르겠소.

저런 미녀가 오면, 내가 불꽃같은 혀[7]를 가진들 무슨 소용이 있겠소?

미에 대해선 예로부터 무수히 칭송되어 왔지만,

저런 미녀가 한번 나타나면 모두가 넋을 잃게 되고,   6485

더구나 저런 미녀를 차지하면, 최고의 영광이 아닌가!

파우스트

나에게 아직 눈이 필요한가? 마음속 깊이

미의 원천이 흘러넘치는 게 느껴지지 않는가?

나는 무서운 여행에서 가장 축복받는 선물을 가져왔다.

여태까지 이 세상은 나에게 얼마나 보잘 것 없고 닫혀져 있었던가!   6490

내가 성직자가 된 후 이 세상은 어떻게 변했는가?

세상은 비로소 바람직하고 기초가 있고 영속적인 것이 되었다!

내가 이제부터 그대와 떨어져 살게 된다면,

내 생명의 숨결이 끊어진다 해도 좋다.

예전에 마법의 거울 속에서 나를 황홀하게 했고,   6495

또 행복하게 했던 아름다웠던 자태는,

이 미녀에 비하면 거품 같은 그림자에 불과했다! –

내가 온갖 힘의 원천을, 정열의 진수를,

애정과 사랑을, 숭배와 광기를

바칠 자는 오직 이 미녀뿐이다.   6500

메피스토펠레스 *(프롬프터의 상자 안에서)*

정신 차려요, 맡은 역할을 잊지 말고!

---

7) 신약성서의 사도행전 2장 3절에 나오는 문구. 성령이 내려오는 모습을 상징.

중년 귀부인

키도 크고, 몸매도 아주 아름답지만 머리가 좀 작은 것 같군요.

젊은 귀부인

저 발 좀 보세요! 모양이 그렇게 아름답지는 않군요.

외교관

영주의 부인들에게서 저런 모습을 자주 보았습니다.

머리에서 발까지 너무나 아름다웠습니다.　　　　　　　6505

궁신(宮臣)

잠든 젊은이에게 사뿐사뿐 부드럽게 다가가는 군요.

귀부인

순수한 젊은이에 비하면 순결 면에선 좀 떨어지지 않나요?

시인

그녀의 아름다움으로 인해 그가 밝게 빛나는 겁니다.

귀부인

엔디미온과 루나![8]를 그려놓은 것 같아요!

시인

정말 그래요! 여신이 몸을 굽히는 모습이지요.　　　　　6510

젊은이의 숨결을 마시려고 몸을 숙이는군요.

부럽군요! – 키스라니! – 이거 너무 하는데요.

궁녀

---

8) Endymion und Luna. 잠든 미소년 엔디미온에게 달의 여신 루나(그리스명, 셀레네)가 남몰래 다가
　　가서 입을 맞추는 모습을 그린 그림.

여러 사람 앞에서! 정말 미쳤나봐!

파우스트

젊은이에게 너무 과한 복인데! -

메피스토펠레스

쉿! 조용히! 유령들이 하는 대로 내버려둬요. 6515

궁신

여자가 사뿐히 뒤로 물러납니다. 젊은이가 깨어났습니다.

귀부인

그녀가 뒤돌아보는군요! 그럴 줄 알았어요.

궁신

젊은이가 놀라는군! 그에겐 기적이 일어난 것이지.

귀부인

그녀에겐 그것이 기적이랄 것도 없지요.

궁신

그녀는 얌전하게 그에게 돌아가는군요. 6520

귀부인

그를 가르치려는 속셈이지요.

저런 경우 남자들이란 모두 어수룩하지요.

그도 자신을 첫 번째라고 믿겠지요.

기사

내 마음엔 꼭 드는데요! 대단히 기품 있고!

귀부인

음란한 여자! 천한 여자예요! 6525

시동(侍童)

내가 저 남자 처지라면 얼마나 좋을까!

궁신

저런 그물에 걸려들지 않을 자가 누가 있겠소?

귀부인

저 보물은 벌써 여러 사람을 거쳐 온 거요.

금박(金箔)도 상당히 벗겨져나갔고.

다른 귀부인

열 살 때부터 그녀는 많은 일을 겪게 되었답니다.[9]   6530

기사

누구나 경우에 따라 최상의 것을 취합니다.

나 같으면 이 아름다움의 찌꺼기라도 만족하겠소.

학자

나는 저 여인을 분명하게 보고 있지만, 솔직히 말해서

진짜인지 의심이 듭니다.

눈에 보이는 건 흔히 과장되게 느끼게 해서,   6535

나는 무엇보다 기록된 것을 중히 여깁니다.

그래서 문헌을 읽어보게 되었는데, 그녀는 실제로

수염이 흰 토로야의 노인들에게서 특별한 사랑을 받았답니다.

그것이 이번 경우에도 딱 들어맞는 것 같군요.

나도 젊지는 않지만, 저 여인은 내 마음에 꼭 들거든요.   6540

---

9) 헬레나는 열 살 때 아테네 왕 테세우스에 의해 아티카로 유괴 당했다고 한다.

점성술사

이제는 더 이상 소년이 아니오. 용감한 영웅이 되어

그녀를 끌어안으니, 거역할 수가 없군요.

억센 두 팔로 그녀를 높이 들어 올립니다.

그녀를 납치해 갈 작정인가?

파우스트

저런 뻔뻔한 멍청이!

어디서 감히! 들리지 않느냐? 멈춰라! 너무 지나치군.　　　　　6545

메피스토펠레스

당신 자신이 도깨비 유령극을 하고 있는 거요.

점성술사

한 마디만 더! 여태까지 일어난 사건에 따라,

나는 이 연극을 헬레나의 납치라고 부르겠소.

파우스트

뭐, 납치라고! 내가 이 자리에서 가만히 있을 것 같으냐!

열쇠는 내 손 안에 있다!　　　　　6550

이 열쇠가 고독의 공포와 파도와 물결을 헤치고

여기 안전한 기슭으로 나를 인도했다.

나는 여기 서있다! 여기에 모든 현실이 있다.

여기서 정신은 유령들과 싸워,

위대한 이중세계[10]를 준비할 수 있다.　　　　　6555

---

10) Das Doppelreich. 현실과 초현실의 이중세계

멀리 떨어져 있던 그녀가 어떻게 가까워질 수 있겠는가!

내가 그녀를 구하면, 그녀는 이중으로[11] 내 것이 된다.

공격하자! 어머니들이여! 어머니들이여 용서해 주소서!

저 여자를 한 번 알게 된 자는, 결코 헤어질 수가 없습니다.

점성술사

무슨 짓을 하는 거요, 파우스트! 파우스트여! 그것도 폭력으로,　　　6560

여자를 붙잡으니, 벌써 모습이 희미해지네.

이번엔 열쇠를 젊은이에게

갖다 대는군요! 아이고, 큰일 났군! 순식간에! 저런!

(폭발, 파우스트가 바닥에 쓰러진다. 유령들이 안개 속으로 사라진다.)

메피스토펠레스 *(파우스트를 어깨에 둘러매고)*

이렇게 되는 거지! 바보를 떠맡게 되면,

결국 악마까지도 손해를 보게 된다.　　　6565

(암흑. 소란)

---

11) 헬레나를 어머니들의 나라에서 데려왔고, 이제 파리스에게서 빼앗으면 이중으로 소유하게 된다.

제 2 막

천장이 높은 고딕식 좁은 방

이전에 파우스트가 쓰던 방. 달라진 것이 없다.

메피스토펠레스 *(막 뒤에서 걸어 나온다. 그가 막을 올리고 뒤를 돌아다보았을 때 낡은 침대에 누워있는 파우스트가 보인다.)*
여기 누워 있으시오. 헤어 나오기 어렵게
사랑의 굴레에 묶인 불행한 친구여!
헬레나에게 마비된 자는
그리 쉽게 이성을 되찾지는 못할 것이다.
(주위를 둘러보며)
위쪽을 보아도, 이쪽저쪽을 보아도,　　　　　　　6570
조금도 변한 곳이 없이 옛날 그대로구나.
채색된 창유리는 좀 더 흐려진 것 같고,
거미줄도 더 많아졌으며,
잉크는 굳어버렸고, 종이는 누렇게 색이 바랬구나.

그러나 모든 것이 제자리에 그대로군. 6575

심지어 파우스트 선생이 악마에게

계약서를 작성했던 펜까지 아직 그대로 여기 있구나.

그렇지! 펜대 깊숙이 내가 그를 꾀어 빼앗은,

피 한 방울이 숨겨져 있지.

이와 같이 오직 하나밖에 없는 진품은, 6580

뛰어난 수집가에게 행복을 줄 수 있으리라.

또한 낡은 옷걸이에는 헌 모피 옷이 걸려있군.

저걸 보니 내가 옛날에 소년을 가르쳤던

엉터리 장난이 생각난다.

그 소년은 젊은이가 되어서도 그때 배운 것을 되씹고 있겠지. 6585

털이 포근한 따뜻한 외투를 걸치고,

세상에서 오직 자신만이 절대로 옳다고 생각하는,

대학교수로 다시 한 번 뻐기고 싶은,

그런 욕심이 진정으로 일어나는구나!

학자라면 그 길로 가는 방법을 알겠지만, 6590

악마는 오래전에 이미 지나버린 길이다.

(벗어놓은 외투를 터니까 귀뚜라미, 딱정벌레, 나방이들이 튀어나온다.)

곤충들의 합창

환영합니다! 환영합니다!

우리들의 옛 보호자시여.[1]

---

1) 옛날 메피스토펠레스가 이 옷을 입었을 때 온갖 벌레들을 옮겨놓았기 때문.

우리는 떠다니며 노래하며

당신을 이미 알아보았습니다.　　　　　　　6595

당신은 우리를 그저 한 마리씩

조용히 꽂아 놓으셨는데

이제는 수많은 무리가 되어

춤을 춥니다, 아버지시여!

가슴속 장난꾸러기는　　　　　　　　　　6600

깊이 숨어서 살지만

모피 외투 속에서는 이들이

어느새 기어 나옵니다.

메피스토펠레스

이 어린것들이 나를 기쁘게 하다니 얼마나 놀라운 일이냐!

씨만 뿌려놓으면, 언젠가는 거두어들이게 된다.　　　　　6605

낡은 털옷을 다시 한 번 털어보자.

한 마리씩 여기저기서 튀어나온다.

뛰어올라 사방으로 흩어져라! 수많은 구석진 곳으로

급히 너희들의 몸을 숨겨라!

저기 낡은 상자들이 놓여있는 곳이나,　　　　　　6610

여기 고동색으로 색이 바랜 양피지들 사이에,

오래된 항아리의 먼지 낀 깨진 조각들 속에,

저 해골들의 눈이 움푹 들어간 구멍에,

그와 같은 폐물과 곰팡이 낀 세계에는,

언제나 벌레들이 우굴거려야 한다.　　　　　　6615

(모피 외투를 입는다.)

이리 와서 내 어깨를 다시 한 번 덮어다오!

오늘은 내가 또다시 선생 노릇을 해야겠다.

하지만 그렇게 자처한들 무슨 소용인가!

나를 그렇게 인정해줄 사람도 없는데!

(그가 종을 잡아당기자 날카로운 소리가 울려 퍼지고, 넓은 방들이 흔들리며 문들이 갑자기

열린다.)

조수 *(길고 어두운 복도를 비틀비틀 걸어오며)*

이게 웬 소린가! 이게 웬 돌풍인가!　　　　　　　　　　　　6620

층계가 흔들리고, 벽이 진동한다.

떨리는 창유리를 통해

번쩍이는 번개가 보이는구나.

마룻바닥이 흔들거리고, 천정으로부터

석회와 토사가 떨어져 내린다.　　　　　　　　　　　　6625

그리고 단단히 잠겨있던 문들이

이상한 힘을 통해 열려진다.

저기 좀 봐! 얼마나 무시무시한가! 어떤 거인이

파우스트 선생의 양털 옷을 입고 서있네!

그의 눈짓, 그의 손짓에 나는　　　　　　　　　　　　6630

무릎을 꿇고 주저앉을 것만 같다.

달아나야 할까? 그냥 서있어야 할까?

아 나는 어째야 좋단 말인가!

메피스토펠레스 *(손짓을 하며)*

이리 오게, 여보게! 자네 이름은 니코데무스지?

메피스토펠레스

네, 그렇습니다. 존경하는 선생님, 기도하옵니다.   6635

메피스토펠레스

기도는 그만 두게!

조수

저를 아신다니 정말 기쁩니다!

메피스토펠레스

잘 알고 있네. 나이를 먹었어도 아직 학생이군.

만년 학생이군! 학자들도 다른 것은 할 수 없으니까,

공부를 계속하는 거지, 그래서 나름대로의 사상누각을 세우지만,   6640

아무리 뛰어난 정신도 그것을 완성시킬 수가 없다네.

그러나 그대의 선생은 그 분야에 능통한 분이지.

누가 그 고귀한 바그너 박사님을 모를 수 있겠나?

지금 학계에서 일인자로 꼽히고 있지 않은가!

학계를 짊어진 유일한 분으로,   6645

날마다 지혜를 증진시키고 있지.

온갖 지식을 갈망하는 도청꾼, 청강생들이

그분 주위에 구름처럼 몰려들어,

오직 그분만이 강단에서 빛을 발하고 있다네.

그는 성 베드로처럼 열쇠[2]를 사용하여,   6650

---

2) 마태복음 16장 19절에 베드로는 천국과 지옥의 문 열쇠를 맡아 가지고 있다. 그와 마찬가지로 바

천상의 것이건 지상의 것이건 다 해명해 준다네.

어느 누구보다 반짝이고 빛나서

어떤 명성, 어떤 명예도 그와 견줄 수가 없다네.

파우스트란 이름 자체도 희미해지는 판이니,

오로지 독창적인 인물은 그분 한 분뿐이네.　　　　　　　6655

조수

용서하십시오, 존경하는 선생님! 내가 이런 말씀 드리면,

선생님을 거역하는 것 같아 죄송합니다만,

모든 게 그분에게는 문제가 되지 않습니다.

겸손은 그분의 타고난 천성입니다.

고명하신 그분의 스승이 불가사의하게　　　　　　　　　6660

실종되신 후 그분은 어찌할 바를 모르고 계십니다.

스승님이 돌아오시는 것만이 그분에겐 위안이며 행복일 것입니다.

방도 파우스트 박사께서 계시던 그대로,

그가 떠난 이후 손도 대지 않고,

옛 주인을 기다리고 있습니다.　　　　　　　　　　　　6665

저 같은 건 감히 여기 들어올 생각도 못한답니다.

지금 시간이 어느 때쯤인가요? ―

벽은 불안스럽게 보이고,

문설주가 진동하고, 빗장이 튕겨져 나갔습니다.

그렇지 않았다면 선생님께서 들어오시질 못했을 것입니다.　　6670

그녀도 천상과 지상의 비밀을 가르치고 있다.

메피스토펠레스

자네 선생은 지금 어디 계신가?

나를 그에게 안내하거나 아니면 그를 모셔오게.

조수

아이고! 그의 금지가 하도 엄격해서,

제가 그런 짓을 해도 좋을지 모르겠습니다.

위대한 작업[3] 때문에 그는 몇 달 동안을   6675

아주 조용히 그의 실험실에서 파묻혀 지내십니다.

학자들 중에서 가장 연약한 분인데도,

숯 굽는 사내처럼 귀에서 코끝까지,

시커멓게 검정 칠을 하고,

눈은 불을 부느라 벌겋게 충혈되어 있습니다.   6680

매순간을 그렇게 헐떡이며, 그가 내는

불집게의 잘가닥거리는 소리가 음악처럼 들립니다.

메피스토펠레스

내가 들어가는 걸 거절할 수 있을까?

그의 행복을 빨리 이루어 주려고 왔는데!

(조수는 퇴장하고, 메피스토펠레스는 위엄 있게 자리에 앉는다.)

내가 여기에 자리를 잡고 앉자마자,   6685

저 뒤편에서 낯익은 손님 한 분이 오는군.

하지만 이번에는 그도 최신학파에 속해있으니,

---

3) 인조인간 호문쿨루스를 만들어내는 일.

한없이 시건방을 떨겠지.

학사 *(복도를 마구 달려오면서)*
　　　　대문과 방문이 열려있구나!
　　　　이제야 드디어 희망이 보인다.　　　　　　　　　　6690
　　　　지금까지 곰팡이 냄새 속에서
　　　　산사람이 죽은 사람처럼
　　　　수척해지고 썩어서
　　　　산채로 죽어가는 일은 없으리라!

　　　　이 담들, 이 벽들은　　　　　　　　　　　　　6695
　　　　기울어져 마침내 무너질 것 같다.
　　　　우리가 재빨리 도망치지 않으면
　　　　넘어져 깔려 죽고 말 것이다.
　　　　나는 누구보다 담대하지만
　　　　한 발짝도 더 이상 나갈 수가 없구나!　　　　　6700

　　　　그러나 나는 오늘 이상하기도 하지!
　　　　이곳은 내가 오래전에
　　　　철모르고 불안에 떠는
　　　　선량한 신입생으로 왔던 곳이 아닌가?
　　　　내가 텁석부리 수염쟁이들을 믿고,　　　　　　6705
　　　　그들의 허튼소리에 감동했던 곳이 아닌가?

낡은 책들 속에서
그들이 알았던 것을 가지고 나를 속였다.
자신들이 알았던 것을 스스로는 믿지도 않으면서,
자신과 나에게서 삶을 빼앗아 갔던 것이다.　　　　　　　6710
그런데 저건 뭘까? - 저 뒤쪽 방안에
어두컴컴한 친구가 앉아있네!

가까이 가서 보니 놀랍게도
고동색 모피외투를 걸치고 있다.
내가 그와 헤어질 때 모습 그대로　　　　　　　6715
거친 가죽옷에 싸여있구나!
그 당시 나는 아직 철이 없어서
그는 나에게 아주 노련한 학자로 보였지.
그렇지만 오늘은 그렇게 안될걸.
기운을 내서 그에게 한번 부딪쳐보자!　　　　　　　6720

노(老)선생님, 망각의 강 레테의 탁한 물결이
비스듬히 기울어진 대머리를 적시지 않았다면,
여기 선생님의 교편을 벗어난 옛날 학생이
찾아온 것을 알아보시겠습니까?
선생님은 제가 처음 보았을 때와 똑같이 여전하시군요.　　　　　　　6725
저는 아주 딴사람이 되어 돌아왔습니다.

메피스토펠레스

내가 누른 종소리를 듣고 달려와 주어서 반갑네.

과거에도 나는 자네를 과소평가하지 않았네.

애벌레나 번데기를 보면 이미 그것이 장래에

오색찬란한 나비가 되리라는 것을 알 수 있다네.   6730

자네는 고수머리에 레이스 장식을 한 옷깃을 하고

어린애처럼 들떠 있었지. -

자네는 머리를 땋아 내린[4] 적은 없었나? -

오늘은 스웨덴식 머리를 하고 있군.

아주 과단성 있고 씩씩하게 보이긴 하네만,   6735

절대주의자[5]가 되어 집에 돌아오지는 말게.

학사

노(老)선생님! 우리는 옛날 장소에서 만났습니다만,

새로운 시대의 흐름을 잘 생각하시고

애매한 말씀은 삼가해 주십시오.

지금 우리는 관점이 완전히 다릅니다.   6740

선생님은 착하고 성실한 젊은이를 우롱했습니다.

그것을 선생님은 아무런 기술도 부리지 않고 행하셨지만,

오늘날에는 아무도 감히 그런 짓을 하는 사람은 없습니다.

메피스토펠레스

젊은 사람들에게 진실을 그대로 말하면,

---

4) 유럽에서 18-19초에 유행했던 머리 모양. 스웨덴식 땋아 늘인 머리 모양.

5) 독일 관념론 철학자 피히테, 셸링, 헤겔의 아류들. 체험을 가볍게 생각하고 사변에만 의존하는 사상가.

주둥이가 아직 노란 것들이 아주 싫어한단 말이네.　　　　6745
그러나 그들이 그 뒤 여러 해가 지나
모든 것을 절박하게 피부에 느끼게 되면,
그것이 마치 자기 머리에서 나온 것처럼 우쭐대고
선생은 바보였다고 큰소리를 친다네.

학사

사기꾼이라 했겠지요! - 어떤 교수가 직접　　　　6750
우리 얼굴에다 대고 진리를 말해줄까요?
모두가 늘이고 줄이는 방법을 알아서 순진한 아이들을
때로는 정색을 하고 때로는 쾌활하고 영리하게 다루지오.

메피스토펠레스

배우는 데는 물론 시간이 필요하지.
자네는 벌써 남을 가르칠 나이가 되었군.　　　　6755
많은 달이 지나고 여러 해가 흘렀으니,
남을 가르칠 풍부한 경험을 쌓았을 것으로 보네.

학사

경험이라고요! 그건 거품이나 연기 같은 것이지요!
정신과는 거리가 멉니다.
고백하시지요! 여태까지 인간의 지식은　　　　6760
아무런 쓸모가 없었다고 말입니다.

메피스토펠레스 *(잠시 후에)*

오래전에는 내가 바보라는 생각이 들었었네.
이제는 내 자신이 정말 천박하고 어리석게 여겨지네.

학사

대단히 기쁜 말씀입니다! 분별 있는 말씀을 들었습니다.

이성적인 노인을 만난 것은 이번이 처음입니다.   6765

메피스토펠레스

나는 숨겨진 황금보화를 찾으려다가,

역겨운 석탄만 계속 파낸 꼴이네.

학사

솔직히 고백하시지오, 선생님의 두개골과 대머리는,

저기 있는 텅 빈 해골보다 가치가 없다고!

메피스토펠레스 *(기분 좋게)*

여보게, 그렇게 난폭한 말을 해야 속이 시원한가?   6770

학사

독일에서는 점잖을 때 거짓말을 하지요.

메피스토펠레스 *(바퀴달린 의자를 무대 전면으로 밀고 나온 다음, 관객을 향해)*

여기 위쪽은 눈이 너무 부시고 숨이 막히는군요.

여러분 곁에서 피난처를 찾을 수 있을까요?

학사

시대에 뒤떨어져 아무런 가치가 없는데도

무엇이나 되는 척하는 것은 부당한 태도입니다.   6775

인간의 생명은 핏속에 있고, 그 피가

젊은이에게서 처럼 들끓고 있는 곳이 또 있겠습니까?

그것은 팔팔한 힘 속에 살아있는 피로,

생명에서 새로운 생명을 창조합니다.

거기서 모든 것이 약동하고, 거기서 무엇인가가 이루어집니다.　　6780

약한 것은 쓰러지고, 유용한 것은 뻗어나갑니다.

우리가 세계의 절반을 정복하고 있는 사이에,

당신들은 도대체 무엇을 했습니까? 머리를 끄덕이고, 깊이

생각하고, 꿈꾸고, 검토하고, 계획을, 항상 계획을 세웠지요.

정말이지! 늙음이란 차가운 열병과 같아서　　6785

변덕스러운 고민의 오한에 사로잡히게 됩니다.

누구나 나이 서른 살이 지나면,[6]

이미 죽은 거나 다름없지요.

때가 차면 때려죽이는 게 최상의 방책이지요.

메피스토펠레스

악마도 이쯤 되면 더 이상 할 말이 없구나!　　6790

학사

제가 원하지 않으면, 어떤 악마도 존재할 수 없습니다.

메피스토펠레스 *(옆에 떨어져서)*

악마가 이제 곧 네놈의 다리를 걸어 넘어뜨릴 것이다.

학사

이것이 젊은이들의 가장 고귀한 사명입니다.

세계란 제가 창조하기 전에는 존재하지 않았고,

태양도 제가 바다에서 끌어올린 것입니다.　　6795

---

6) 피히테의 글에 "인간이 30세가 넘으면 그들의 명예를 위해, 또 세상을 위해 죽는 편이 좋다고 하지 않을 수 없다!"라는 대목이 있는데, 이것이 보편적 의미로 오해되어 예나와 바이마르 청년들이 잠시 자주 인용하였다.

달이 차고 기우는 것도 나와 함께 시작되었고,

하루하루는 내가 가는 길을 장식해 줍니다.

대지는 나를 맞아 초록색으로 어우러져 꽃을 피우고,

저 첫날밤 내 손짓 한번으로

무수한 별무리가 찬란한 빛을 발합니다.　　　　　　　6800

나 외에 누가 당신을 속물적이고 편협한

사상의 속박에서 해방시켰습니까?

그러나 나는 자유롭게 정신의 소리에 따라,

즐겁게 내면의 빛을 뒤쫓아 갑니다.

광명을 가슴에 안고 암흑을 등에 지고,　　　　　　　6805

독자적인 무아경 속에서 씩씩하게 나아갑니다. (퇴장)

메피스토펠레스

괴상한 녀석! 신나는 대로 떠들어보라! ―

그러나 다음과 같은 분별이 너를 대단히 괴롭힐 것이다.

누군가는 똑똑한 것을, 누군가는 어리석은 것을 생각했더라도,

그것은 이미 전대(前代)의 조상들이 생각했던 사실이라는 것을!　　6810

하지만 우리는 저런 놈을 걱정할 필요는 없지.

몇 년 후면 달라질 테니까!

포도즙이 아무리 독하게 변해도,

결국에는 맑은 포도주가 되는 법이다.

(아무 갈채도 없는 일층의 젊은 관객들에게)

자네들은 내 말을 듣고도 냉정하구먼.　　　　　　　6815

선량한 젊은이들이라 내버려 두지만,

잘 생각해보게. 악마는 늙은이니까,
자네들도 나이 먹으면 그의 말을 이해할거야!

실험실

중세의 의미에서, 공상적인 목적에 쓰이는 크고 다루기 힘든 기구들.

바그너 *(난로 옆에서)*

섬뜩한 종소리가 울리면서,

그을린 벽들이 흔들리는구나.   6820

진지한 기대가 이제는 이루어질까 하는

불확실성을 더 이상 지속할 수 없다.

벌써 어두움이 밝아지고 있다.

이미 시험관 깊숙한 곳에

불타는 석탄 같은 것이, 아니   6825

찬란한 홍옥 같은 것이 이글거리며,

어둠을 뚫고 빛이 반짝거린다.

밝고 하얀 빛이 보이는 구나!

오, 이번만은 실패하지 말아야지! −

저런, 문이 왜 저렇게 절그렁거릴까?   6830

메피스토펠레스 *(들어오면서)*

안녕하신가! 도움이 될까 해서 찾아왔네.

바그너 *(불안하게)*

어서 오십시오! 귀중한 시간에 오셨습니다. *(낮은 소리로)*

말을 멈추시고 숨을 죽이세요.

굉장한 일이 곧 일어날 것입니다.

메피스토펠레스 *(더 낮은 소리로)*

대체 무슨 일인가?　　　　　　　　　　　　　　　6835

바그너 *(더 낮은 소리로)*

인간을 만드는 중입니다.

메피스토펠레스

인간을? 사랑하는 남녀 한 쌍을

이 연기 나는 유리관 속에 집어넣었단 말인가?

바그너

웬, 천만에요! 지금까지 유행했던 출산 방식을

우리는 어리석은 장난으로 선언합니다.

생명이 튀어나오는 섬세한 작은 반점,　　　　　　　6840

내부에서 밀고 나와 주거니 받거니 하는

사랑스러운 힘은 자신의 모습을 본뜨고,

그 다음은 낯선 것을 자기 소유로 만듭니다.

이러한 것은 이제 그 고유한 가치가 없어졌습니다.

짐승이라면 아직도 계속해서 그것을 즐길지 모르지만,　　6845

위대한 천분을 타고난 인간은,

장차 보다 높고 높은 근원을 가져야 합니다. *(난로 쪽으로 몸을 돌리고.)*

빛이 반짝입니다! 보세요! - 이제야 정말 희망이 보입니다.

우리가 수백 가지 물질을

혼합해, - 이 혼합이 중요합니다. -　　　　　　　　　　6850

인간의 원소를 적절하게 구성해서,

그것을 시험관 속에 넣어 밀봉하고,

충분히 증류를 시키면,

그 일은 은밀하게 성취됩니다. *(다시 난로 쪽으로 몸을 돌리고.)*

진행됩니다! 덩어리가 더욱 맑아집니다!　　　　　　　　6855

확신했던 일이 점점 진실이 되어 갑니다.

사람들이 자연의 신비라고 찬양해 오든 것을,

우리는 오성의 힘으로 감히 해결한 것입니다.

지금까지 자연이 유기적으로 만들어 내든 것을,[1]

우리는 결정체로 만든 것입니다.　　　　　　　　　　6860

메피스토펠레스

오래 살다보면 많은 경험을 하게 되는데,

그런 사람에게 세상에는 아무런 새로운 것이 없네.

나는 이미 유랑시절에

결정으로 된 인류를 본 적이 있네.

바그너 *(그때까지 계속 실험관을 주시하고 있다가)*

올라옵니다. 빛이 반짝이며, 한곳으로 모입니다.　　　　6865

한순간에 이루어졌습니다!

---

1) 유기체 : 많은 부분이 일정한 목적 아래 통일 · 조직되어 부분과 전체가 필연적 관계를 맺는 조직
　체. 결정체 : 일정한 형상을 이룬 물체.

위대한 계획은 처음에는 미친 듯이 보이지만,

그러나 앞으로 우연이란 것을 비웃게 될 것입니다.

그리고 탁월하게 사고(思考)하는 두뇌도,

앞으로는 학자(學者)가 만들어낼 것입니다.　　　　　　　　　6870

(황홀하게 실험관을 들여다보며.)

부드러운 힘에 의해 유리병이 울리는군요.

흐려졌다가 맑아집니다. 이제 완성됩니다!

귀여운 사람의 형체 속에서 애교 있는

작은 인간이 움직이고 있군요.

무엇을 우리는 더 바랄 것이며, 세상은 무엇을 더 이상 바랄 것인가?　6875

신비스러운 일이 분명하게 들어났습니다.

이 음성을 듣기만 하십시오.

그것은 소리가 되고, 또 말이 됩니다.

호문쿨루스[2] *(시험관 속에서 바그너에게)*

아, 아빠! 안녕하세요! 이건 농담이 아니군요?

이리 오셔서, 가슴에 나를 포근히 안아주세요!　　　　　　　　6880

하지만 너무 꼭 껴안지 마세요, 유리병이 깨집니다.

그게 사물들의 속성입니다.

자연 속에서는 우주도 좁지만,

인공적인 것에는 제한된 공간이 필요합니다.

---

2) Homunculus. 괴테가 스위스 출신 의사이자 연금술사인 파라첼수스(1493-1541)의 설에서 힌트
　를 얻었으리라 생각된다. 남성의 정자를 밀폐된 증류기에 넣어두면 생기를 얻게 되는데, 거기에 사
　람 피의 엑기스를 섞어 40주 동안 양육하면 인간의 모습이 된다고 한다.

아니, 장난꾸러기 아저씨, 아저씨도 계셨네요?   6885

좋은 시간에 와주셔서 고맙습니다.

우리에게 와주신 것은 정말 행운입니다.

저도 태어난 이상 활동을 해야겠습니다.

당장 일할 준비를 하고자 합니다.

아저씨는 노련하시니 빠른 길을 알려주세요.   6890

바그너

나도 한마디만! 지금까지 나는 늙은이나 젊은이가

여러 문제를 가지고 나에게 몰려드는 바람에 아주 힘들었소.

예를 들어, 다음과 같은 문제는 아직 누구도 풀 수 없었소.

어떻게 영혼과 육체는 아름답게 잘 어울려,

결코, 떨어지지 않고 굳게 결합하여 있으면서도,   6895

그런데도 끊임없이 서로를 싫어하는지?3) 그리고 또 –

메피스토펠레스

잠깐! 나라면 이렇게 묻고 싶네.

왜 그토록 남자와 여자는 사이가 나쁜지?

그대는, 친구여, 이 문제를 알지 못할 것이네.

이것은 여기 이 꼬마 인간이 할 일이네.   6900

호문쿨루스

할 일이 무엇입니까?

---

3) 영육 일치 (靈肉一致)의 문제는 괴테 시대의 중요한 논쟁거리였다.

메피스토펠레스 *(곁에 있는 문을 가리키며)*

여기서 네 재능을 보여 다오!

바그너 *(여전히 시험관을 바라보며)*

정말 사랑스러운 아이로구나!

(곁에 있는 문이 열리고, 침대에 누워있는 파우스트가 보인다.)

호문쿨루스 *(놀라며)*

대단한데요.

(시험관은 바그너의 손에서 미끄러져 나와 파우스트 위에 떠서 그를 환히 비춰준다.)

주변 경치가 아름답구나! - 무성한 숲속에는

맑은 물이 흐르고, 여인들은 옷을 벗는다.

정말 아름다운 여인들이다! - 볼수록 멋진 광경이다.　　　　6905

그중 한 여인이 유난히도 환하게 빛나고 있다.

뛰어난 영웅의 혈통일까, 아니면 신의 혈통일까?

그 여인이 맑은 물속에 발을 담그고 있다.

기품 있는 몸매엔 우아한 생명의 불길이

부드럽게 흐르는 수정 같은 물결에 닿아 식어간다.　　　　6910

그런데 성급하게 날개 치는 소리가 들려온다.

무엇이 거울같이 잔잔한 수면에 요란한 소리를 내며 오는가?

처녀들은 무서워 도망을 가는데, 오직

그 여왕 혼자만은 태연한 모습으로,

당당하고 여성적인 만족감을 느끼고 바라본다.　　　　6915

백조의 왕이 그녀의 무릎에 기품있고 다정하게

다가온다. 그는 이런 일에 익숙한 것 같다. -

갑자기 운무가 솟아올라

가장 아름다운 장면을,

촘촘히 짠 천으로 덮어버린다.   6920

메피스토펠레스

못하는 말이 없구나!

몸은 작지만, 그대는 굉장한 공상가다.

나는 아무것도 볼 수 없는데 –

호문쿨루스

그럴 거예요. 아저씨는 북쪽에서

암흑시대라 불리는 중세에 자라났고,

기사와 승려들의 혼란 속에서   6925

어떻게 눈이 자유롭게 뜨일 수 있겠습니까!

암흑의 세계만이 당신의 고향일 수밖에 없을 텐데요.

(주위를 둘러보며)

곰팡이가 슬고 거슬리며, 아치형으로

나선무늬가 있는, 낮은 갈색의 벽들! –

이 사람이 잠을 깨면 새로운 고통이 생기겠지요.   6930

그는 즉석에서 곧 죽을 수도 있습니다.

숲속의 샘, 백조들, 벌거벗은 미녀들이,

이분이 예감했던 꿈이었습니다.

어떻게 이런 곳에서 살기를 원하겠습니까?

낙천적인 나도 거의 참을 수가 없는데.   6935

자, 이분을 데리고 나갑시다.

메피스토펠레스

그 방법도 좋은 생각이군.

호문클루스

병사들에겐 출전을 명령하고,

처녀들은 무도장으로 데려가세요.

그러면 모든 것이 곧 해결됩니다.

지금 막 생각이 난 것인데,　6940

오늘은 고전적 발푸르기스의 축제날 밤입니다.[4]

지금 우리가 할 수 있는 가장 좋은 방법은

이분을 그의 성품에 맞는 곳[5]으로 데려가는 것입니다.

메피스토펠레스

그런 축제가 있다는 것을 들어본 적이 없는데.

호문클루스

아저씨 귀에 그런 일이 어떻게 들어가겠습니까?　6945

아저씨가 아는 것은 그저 낭만적인 유령뿐이지요.

진정한 유령이란 역시 고전적이라야 합니다.

메피스토펠레스

그렇다면 어디로 떠나야 한단 말인가?

고전적인 친구들이란 말만 들어도 혐오감이 느껴지는군.

---

4) 고전적 발푸르기스의 밤은 괴테의 시적 상상력에서 나온 새로운 구상으로서 제1부 브로켄 산에서 펼쳐지는 낭만적 발푸르기스의 밤에 대응한다. 일 년에 한 번 있는 이 날 밤 축제에는 고대 그리스의 온갖 영들이 모여든다. 과거 역사의 부활이며 시간을 초월한다. 메피스토펠레스는 고대 발푸르기스 밤에 대해 아는 바가 없다.

5) 그리스

호문클루스

마귀 아저씨, 당신의 낙원은 서북쪽이지만,   6950

이번에는 동남쪽으로 돛을 달고 떠나봅시다.

광활한 평야를 페네이오스 강6)이 유유히 흐르고,

수풀과 나무로 둘러싸인 조용하고 습기 찬 만(灣)을 이루며.

평원은 산의 협곡으로까지 펼쳐지고 있습니다.

그 위에는 신구(新舊)의 고원도시 파라살루스7)가 자리하고 있습니다.   6955

메피스토펠레스

아이고, 맙소사! 그만 두게

폭군 정치와 노예제도의 싸움8)은 보고 싶지도 않네.

지루한 일이지. 겨우 끝났는가 하면,

처음부터 다시 시작하니 말일세.

게다가 악마 아스모데우스9)가 뒤에 숨어서   6960

농간을 부리는데, 아무도 모른단 말일세.

그들은 자유와 권리를 위해 싸운다고 하지만,

알고 보면 노예와 노예들끼리의 싸움일 뿐이네.

호문클루스

그들의 반항적인 기질은 그냥 내버려두세요.

---

6) Peneios. 테살리아 평야를 거쳐 에게 해로 흘러드는 강.

7) Pharsalus. 그리스의 테살리아 고원에 있는 도시로, 케자르와 폼페이우스가 자웅을 겨루었던 격전지. 그 전쟁을 기념하는 6월 8-9일 밤에 발푸르기스 축제가 열리는데, 여기에는 그리스의 유령들이 모여든다는 전설이 있다.

8) 케자르와 폼페이우스의 싸움은 삼두정치와 제정(帝政), 즉 폭군 정치와 노예제도의 싸움이었다.

9) 5378행에서는 아스모디로 나왔다, 부부간을 이간시키는 악마.

모두는 그가 할 수 있는 한 자신을 방어해야 합니다.   6965

어린 시절부터, 그렇게 해서 드디어 어른이 되는 겁니다.

그러나 여기서 문제가 되는 것은 이 사람을 치료하는 방법입니다.

방법이 있으시다면, 한번 시험해 보시고,

그렇지 않다면 나에게 맡기시기 바랍니다.

메피스토펠레스

브로켄 산에서의 마술이라면 이것저것 시험해 볼 수도   6970

있겠는데, 이교도의 세계에선 힘을 쓸 수 없단 말이네.[10]

그리스인들은 별로 쓸모가 없는 종족이지.

그렇지만 쾌락적인 관능의 유희로 너희들을 유혹하고,

인간의 마음을 즐거운 죄악으로 이끌지.

거기에 비하면 우리의 죄악은 늘 음산하지.   6975

자, 이제 무얼 해야 하지?

호문클루스

아저씬 이전에 그렇게 어수룩한 편은 아닌데.

내가 테살리아의 마녀들에 관해 말할 때,

이미 말하고 싶은 것은 다 했어요.

메피스토펠레스 *(음탕하게)*

테살리아의 마녀들이라! 좋지!

내가 오랫동안 찾았던 계집들이지.   6980

그들과 밤마다 함께 지낸다 해서,

---

10) 파우스트가 헬레나 때문에 실신했으나, 이교국인 그리스에선 악마도 힘을 쓸 수 없다는 뜻.

유쾌하다고 할 수는 없지만,

그래도 한 번 찾아가 시도해보는 것도, -

호문클루스

그 외투를 이쪽으로 가져와서, 이 기사[11]를 둘러싸세요!

그 옷은 예전처럼 당신네 두 분을 운반해 줄 것입니다.　　　6985

내가 앞에서 불을 밝히겠습니다.

바그너 *(불안하게)*

그럼 나는?

호문클루스

아, 그렇군요. 아빠께선 집에 남아 가장 중요한 일을 해주세요.

낡은 양피지 책을 펼쳐놓으시고,

처방에 따라 생명의 원소들을 모아,　　　6990

신중하게 하나를 다른 것에 배합해 보세요.

무엇을 배합할까도 중요하지만 어떻게 배합할까를 더 생각하세요.

그동안 나는 세상을 좀 돌아보고,

I자 위에 작은 점하나를 찾아내겠습니다.[12]

그러면 위대한 목적이 이루어집니다.　　　6995

노력을 하면 그에 맞는 보상이 주어질 것입니다.

황금, 명예, 명성, 건강과 장수(長壽),

그리고 학문과 또한 덕성까지도 얻을 수 있을 것입니다.

---

11) 파우스트가 유괴당하는 헬레나를 구하려 했기에 부른 칭호.

12) 아직 육체가 없는 호문클루스가 육체를 얻는 것을 말한다. 그래야만 비로소 완전한 인조인간이
　　생기게 된다.

안녕히 계세요!

바그너 *(슬퍼하며)*

잘 가라! 내 가슴이 미어지는 것 같다.

너를 다시는 못 보게 될까 봐 두렵구나.   7000

메피스토펠레스

자, 그럼 페네이오스 강가로 힘차게 내려가자!

이 조카 녀석을 허술히 봐서는 안 되겠는걸.

(관객을 향해.)

결국 우리는 우리가 만든

피조물에게 의존하게 되는군.

고전적 발푸르기스의 밤

파루살루스 들판

암흑

마녀 에리히토[1]

나 마녀 에리히토는 오늘밤에도 전처럼,   7005

저 음산한 축제에 들어가겠습니다.

---

1) 테살리아의 마녀. 피가 스며든 토지 위를 방황하는 밤의 요귀이자 예언가이기도 하다. 케자르와 폼 페이우스의 싸움에서 케자르의 승리를 예언하였다고 한다.

못된 시인들이 나를 과장해서 비방하듯이
그렇게 혐오스럽지는 않습니다. 그들의 칭찬과 비난은
끝이 없습니다. 계곡 멀리에는
잿빛 천막의 물결이 뿌옇게 보입니다.   7010
그것은 걱정과 두려움으로 가득 찼던 밤의 환영입니다.
얼마나 자주 반복되던 일인가요! 계속해서
영원히 되풀이 되는 일이겠지요. 어느 누구도 나라를
다른 이에게 기꺼이 내주려 하질 않고, 힘으로 빼앗아
힘으로 다스리는 자에게 맡기려 들지 않습니다.   7015
내면의 자아를 다스릴 줄 모르는 자는 이웃의 의지를
자신의 오만한 뜻에 따라 지배하려 듭니다.
여기서도 그런 예로 싸움이 있었지요.
폭력이 더 큰 폭력에 대항하면서
수천의 사랑스러운 꽃으로 엮은 자유의 화환은 찢기고,   7020
메마른 월계관이 승자의 머리 위에 씌어졌겠죠.
이쪽에선 폼페이우스가 이전 영광의 날을 꿈꾸고 있을 때,
저쪽에선 케자르가 흔들리는 작은 저울을 응시하며 밤을 지새웁니다.
승부는 가려졌지요. 어느 쪽이 이겼는지 세상은 알고 있습니다.

모닥불은 빨갛게 불꽃을 날리며 타오르고,   7025
대지는 흘린 피를 반사하며 숨을 내쉽니다.
밤의 진기한 광채에 이끌려
그리스 전설에 나오는 군대들이 모여듭니다.

수많은 모닥불 주변엔 옛날이야기에 나오는 모습들이
불안하게 흔들리거나, 편하게 앉아있기도 합니다.   7030
보름달은 아니지만 밝게 빛나는 달이,
솟아올라 부드러운 빛을 사방에 뿌리며,
천막의 환상은 사라지고, 불길은 파랗게 타오릅니다.

그런데 머리 위에! 웬 유성(流星)인가요?
빛을 내며 신체의 둥근 모습을 보입니다.   7035
생명이 느껴지는군요. 내가 해를 끼치는
생명체에 가까이 가는 것은 나에게는 합당하지 않습니다.
소문만 나빠지고, 나에게 도움이 되지 않습니다.
벌써 내려오는군요. 조심해서 피해야겠습니다. *(퇴장.)*

(공중을 나는 자들.)

호문쿨루스

모닥불과 두려운 잿빛 존재들 위를   7040
다시 한 번 빙 둘러 날아봅시다.
골짜기나 바닥에서 그들은 모두
으스스하게 보이는군요.

메피스토펠레스

옛날 창문을 통해 북방의
혼란과 공포를 보았듯이,   7045
여기서는 완전히 흉물스러운 도깨비뿐이다.
이곳이나 그곳이나 나에겐 모두 고향 같군.

호문쿨루스

보세요! 저기 키다리 여자[1]가

우리 앞을 성큼성큼 지나가고 있어요.

메피스토펠레스

우리가 공중을 나는 것을 보고,   7050

마음이 불안해진 모양이군.

호문쿨루스

가도록 내버려 두세요! 그리고 그분을 내려놓으세요,

당신의 기사를, 그러면 곧

다시 살아날 것입니다.

그는 전설의 나라[2]에서 생명을 찾는 사람이니까.   7055

파우스트 *(땅에 닿자마자)*

헬레나는 어디 있지? -

호문쿨루스

알 수 없습니다.

그렇지만 여기서 물어볼 수는 있습니다.

날이 새기 전에 서둘러서,

모닥불을 차례로 찾으며 다니세요.

어머니들한테까지 갔던 분이니까,   7060

더는 두려워할 것이 없겠지요.

---

1) 마녀 에리히토.

2) 그리스.

메피스토펠레스

나도 여기서 할 일이 있네.

그러나 나는 우리의 행복을 위해 더 좋은 것을 알지 못한다.

각자가 모닥불을 돌아다니며,

자신의 모험을 시도해보는 수밖에.　　　　　　　　　　　　　　7065

그다음 우리가 다시 만나기 위해,

꼬마 친구, 자네의 불빛을 소리를 내며 비쳐주게.

호문쿨루스

이렇게 불빛을 내고, 이렇게 소리를 내겠어요.

(유리가 울리고 강렬하게 빛이 난다.)

자 이제 신기한 일들을 구경하러 가시지요!

파우스트 *(혼자서)*

그녀는 어디 있는가? - 이제는 더 물어볼 필요가 없다. …　　　　7070

이 흙덩이는 그녀가 밟았던 흙덩이가 아니더라도,

이 물결은 그녀에게 밀려왔던 물결이 아니더라도,

이 공기만은 그녀의 말을 전하던 공기가 아니냐.

여기! 기적을 통해, 여기 그리스 땅에 나는 와 있다.

나는 내가 서있는 땅을 곧 알았다.　　　　　　　　　　　　7075

잠자던 나에게 새로운 정신이 불타오르자,

나는 안테우스[3]처럼 생기를 얻어 여기 섰노라.

---

3) 해신 포세이돈과 대지의 여신 가이아 사이에서 태어난 거인의 이름. 발이 대지에 닿기만 하면 새로
운 힘을 얻는다는 거인으로 헤라클레스에게 공중에서 정복을 당했다고 한다.

그리고 여기서 어떠한 진기한 것을 발견한다 해도,

나는 진정으로 불길의 미로를 찾아다니지 않을 수 없다. *(퇴장.)*

페네이오스 강 상류

메피스토펠레스 *(사방을 살피며)*

내가 이 모닥불들 사이를 두루 돌아다니다 보니,　　　　7080

완전히 낯선 곳에 들어와 있음을 알겠다.

거의 모두가 벌거벗었고, 몇몇만 셔츠를 입고 있다.

스핑크스들[1]은 창피함을 모르고, 그라이프들[2] 역시 철면피다.

앞에서나 뒤에서나 눈에 보이는 건,

모두가 곱슬곱슬한 머리에 날개를 달고 있는 것들뿐이다.　　　　7085

우리 역시 속마음이 점잖지 못하지만,

고대 그리스 놈들은 너무 노골적이다.

이것들을 최신 감각으로 잘 가다듬어

현대식으로 여러 가지를 덧붙이지 않을 수 없다.

정말 거슬리는 종족이야! 그러나 불쾌한 표정을 지을 수는 없지.　7090

새로운 손님으로 점잖게 인사를 해야지.

안녕하시오! 아름다운 아가씨들과 현명한 그라이스[3]들!

---

1) Sphinx. 이집트의 스핑크스는 남성의 머리에 사자의 몸을 하고 있지만, 그리스의 것은 여인의 상반신과 날개를 가진 괴물이다.

2) Greif. 독수리 머리에 사자의 몸을 지닌 괴물로 북방의 보물을 수호한다고 한다.

3) Greis. 늙은이의 독일어. 그라이프 Greif와 비슷한 발음을 이용해 빈정대고 있다.

그라이프 *(투덜대는 말투로)*

  그라이스가 아니라 그라이프요! - 늙은이라고 부르면

  누군들 좋아 하겠소? 어떤 말이건

  어원에 따라 영향을 미치는 거요.   7095

  늙은, 기분이 언짢은, 기분이 나쁜, 섬뜩한, 무덤들, 격노한 등은

  어원학상 같은 음에 속하는 말들로

  우리 기분을 상하게 하는 말이요.

메피스토펠레스

  그렇긴 하지만, 너무 빗나가진 마시오.

  존함인 그라이펜에서 그라이는 움켜잡다란 뜻으로 마음에 드실텐대.

그라이프 *(여전히 투덜대는 말투로)*

  당연하지요! 그 말의 친족성은 이미 검증되었소.   7100

  욕도 많이 들었지만, 칭찬도 더 많이 들었소.

  여자, 왕관, 황금이면 무엇이든 긁어모아야 하오.

  긁어모으는 자에게 행운의 여신은 미소를 보낸다오.

개미들 *(거대한 종류들)*

  황금이라고 하셨는데, 우리는 그것을 가득 모아,

  바위틈이나 굴속에 몰래 숨겨 놓았습니다.   7105

  그런데 아리마스펜[4] 족이 그것을 발견해서,

  멀리 가져가 그곳에서 웃고 있습니다.

---

4) Arimaspen-Volk. 그리스 역사가 헤로도토스에 의하면 스키티아(지금의 우랄) 지방에 사는 외눈박이
   종족. 거대한 개미족들이 사금을 모아 집을 지었는데, 아리마스펜 족이 그것을 발견하고 **빼앗았다**고
   한다.

그라이프

우리가 그들을 붙잡아 자백을 시키겠다.

아리마스펜

이 즐거운 축제의 밤만은 참아 주세요.

내일이면 모든 것을 사용해 버릴 것입니다.　　　　　　　7110

이번엔 우리도 성공할 것입니다.

메피스토펠레스 *(스핑크스들 사이에 앉아서)*

이곳에 있는 것이 편하고 즐겁구나!

한 사람 한 사람 이야기하는 것을 다 이해할 수 있으니.

스핑크스

우리가 숨 쉬면서 유령의 소리를 토해내면,

당신이 그것을 구체적으로 표현한 것이오.　　　　　　　7115

차차 당신을 알게 되겠지만, 우선 이름이나 알려주시오.

메피스토펠레스

세상 사람들은 나를 여러 가지 이름으로 부르지!

여기 영국인들 있소? 그들은 여행을 많이 하면서

여러 전쟁터를 찾거나, 폭포들,

허물어진 성벽들, 유서 깊은 음침한 장소들을 찾아다니는데,　　7120

여기도 그들에게 어울리는 목적지라고 할 수 있겠군.

그들이 만든 말이지만, 옛날 무대극에서

그들은 나를 늙은 악마[5])로 보았다네.

---

5) old Iniquity. 영국의 중세 교훈극에 등장하는 역.

스핑크스

왜 그랬을까요?

메피스토펠레스

왜 그랬는지 나도 모르지.

스핑크스

그럴 수도 있겠네요! 별에 대해서는 좀 아시나요?　　　　　7125

지금 몇 시쯤 되었을까요?

메피스토펠레스 *(위를 쳐다보며)*

별들은 살같이 달리고, 기울어진 달은 밝게 빛나는군.

이 정겨운 자리에 기분 좋게 앉아,

그대의 사자 털로 몸을 훈훈하게 녹이고 있는데,

하늘까지 올라가 봤자 밑지는 장사지.　　　　　7130

차라리 글자 맞추기 수수께끼라도 내주게.

스핑크스

당신 자신에 대해 말한다면, 그것이 벌써 수수께끼일 것입니다.

당신 자신을 한번 자세하게 풀어보세요.

"착한 사람이나 악한 사람 모두 필요한 존재로,

착한 이에겐 고행을 이겨내는 흉갑(胸甲)이며,　　　　　7135

악한 이에겐 미친 짓을 함께 행하는 패거리로

둘 다 제우스신을 기쁘게 하는 것이다."

첫째 그라이프 *(투덜대며)*

난 저놈이 싫다!

둘째 그라이프 *(더 강하게 투덜대며)*

저놈은 우리에게 무슨 짓을 할 작정이지?

둘이 함께

저런 추악한 놈은 여기 둘 수 없다!

메피스토펠레스 *(난폭하게)*

네놈은 이 손님의 손톱이   7140

네놈의 날카로운 발톱만큼 할퀼 수 없다고 생각하느냐?

어디 한번 시험해보자!

스핑크스 *(부드럽게)*

얼마든지 여기 머물러도 좋아요.

하지만 곧 우리에게서 달아나고 말겁니다.

당신 나라에선 재미를 보며 사신 모양인데,

여기선 별로 재미가 없으신 것 같군요.   7145

메피스토펠레스

그대의 상반신은 정말 근사한데,

하반신은 짐승이라 소름이 끼친다.

스핑크스

엉터리 수작을 하면 지독한 벌을 받습니다.

우리들의 앞발은 억세답니다.

당신의 쪼그라든 말발굽 따위는,   7150

우리들 사이에서 유쾌할 리가 없지요.

(바다의 요정 세이렌[6]*들이 위쪽에서 전주곡을 노래한다.)*

---

6) Sirene. 『오딧세이』에 나오는 물의 요정. 여자의 머리에 새의 몸을 가졌는데, 아름다운 노래로 뱃사

메피스토펠레스

　저기 강가의 백양나무 가지에 앉아

　흔들거리고 있는 새들은 누구요?

스핑크스

　조심하십시오! 최상의 인물들도

　저들의 노래 소리에는 넘어가고 말았으니.　　　　　　　7155

세이렌들

　　　어찌하여 당신은 그 추하고

　　　이상한 것들[7]과 어울리나요.

　　　들어보세요, 우리는 여기에 몰려와

　　　아름다운 노래를 부르니

　　　이것이 세이렌들에게 어울리는 재주랍니다.　　　7160

스핑크스들 *(같은 곡조로 조롱하며)*

　　　저들을 끌어내리세요!

　　　그들은 나뭇가지 사이에

　　　흉악한 매의 발톱을 숨기고

　　　그대가 귀를 기울이고 있으면

　　　파멸로 습격합니다.　　　　　　　　　　　　　7165

세이렌들

　　　미움도 시기심도 모두 버리고,

　공을 유혹하여 난파시킨다고 한다.

7) 스핑크스를 가리킨다.

하늘 아래 여기저기 흩어진

깨끗한 즐거움을 우리는 모은답니다.

물에서도, 땅에서도

아주 쾌활한 몸짓으로   7170

손님을 맞아들인답니다.

메피스토펠레스

제법 산뜻한 신곡들인데.

목에서 나는 소리, 현에서 나는 소리가,

한 음에서 다른 음으로 얽힌다. 그러나

이렇게 흥얼거리는 소리는 나에게 의미가 없다.   7175

내 귀를 간질이기는 하지만,

가슴속까지 스며들지는 않는다.

스핑크스들

가슴 따위에 관한 헛소리는 말하지 말아요!

쭈그러진 가죽 자루가

당신 얼굴에 더욱 잘 어울리겠소.   7180

파우스트 *(다가오면서)*

얼마나 놀라운 일이냐? 보기만 해도 흐뭇하구나!

불쾌한 모습에도 위대하고 힘찬 모습이 깃들어 있다.

나는 이미 행운을 예감한다.

이 진지한 시선은 어디로 날 이끌어줄까? *(스핑크스들을 가리키며.)*

이들 앞에 그 옛날 오이디푸스가 서 있었겠지? *(세이렌들을 가리키며.)*   7185

이들의 유혹이 두려워 율리시즈는 삼끈으로 자기 몸을 묶었지. *(개미들*

이들에 의해 최상의 보물이 저장되었지. *(그라이프들을 가리키며.)*

이들에 의해 충실하게 그리고 실수 없이 보관되었지.

맑은 정신이 몸속으로 스며드는 것 같다.

형상이 위대할수록 기억에 남는 것도 거대하다.　　　　　　7190

메피스토펠레스

이전 같으면 이런 것들은 저주했을 텐데,

지금은 아주 경건하게 보이는 모양이군요.

하기야 애인을 찾으러 오신 고장이니

괴물들이라도 반가우시겠지요.

파우스트 *(스핑크스들에게)*

그대 여인들이여 내게 말 좀 해다오,　　　　　　7195

그대들 중 누가 헬레나를 보았는가?

스핑크스들

우리는 그녀가 살았던 날까지 미치지 못합니다.

우리의 막내들은 헤라클레스한테 맞아 죽었습니다.[8]

키론[9] 선생께 물어보시기 바랍니다.

그분은 이런 유령들의 밤에는 이리저리 뛰어놀며 다닌답니다.　　　7200

그분을 붙잡기만 하면 많은 이야길 들을 수 있을 겁니다.

---

8) Hercules. 제우스와 알크메네 사이에 태어나 지상의 해로운 괴물을 모두 퇴치했다는 영웅. 스핑크스를 죽였다는 것은 괴테의 창작.

9) Chiron. 상반신은 인간이며 하반신은 말인 캔타우르스족의 현자. 의사이자 음악가이며 천문학자로서 헤라클레스, 에스크라피우스, 아킬레스 등 많은 영웅을 가르쳤다고 한다.

세이렌들

당신에게도 잘못되지 않기를 바랍니다!

율리시즈가 우리를 비웃고 지나가지 않고

우리 곁에 머물렀을 때,

많은 이야길 해주었답니다.   7205

당신도 푸른 바다 기슭에 있는

우리 마을에 오시게 되면

모든 것을 확실하게 이야기해 드리지요.

스핑크스들

귀하신 손님, 속으시면 안됩니다.

율리시즈처럼 제 몸을 옭아매는 대신,   7210

우리들의 친절한 충고를 가슴에 새기세요.

지혜로운 키론 선생을 찾을 수만 있다면,

내가 당신에게 예언한 것을 아시게 될 것입니다.

(파우스트 퇴장한다.)

메피스토펠레스 *(화가 치미는 듯)*

날개를 펄럭이며 까옥까옥 울면서 날아가는 저것은 무엇인가?

너무 빨라서 눈으로 볼 수가 없구나.   7215

하나하나 줄을 지어 날아가서

사냥꾼도 저런 상태라면 지쳐버리겠다.

스핑크스

겨울의 세찬 폭풍에 비교할 수 있고,

알케데스[10]의 화살로도 미칠 수 없지요.

그들은 스튐팔리덴 호수에[11] 사는 민첩한 괴조(怪鳥)들이죠.　　　　7220

독수리 부리에 거위 발을 가지고

까옥까옥 인사하는 건 호의를 표하는 거지요.

그들은 우리 모임에 끼어들어

같은 집안[12]사람임을 증명하려 원합니다.

메피스토펠레스 *(겁먹은 듯)*

그 밖에도 그들 사이에 쉿쉿거리는 게 있는데?　　　　7225

스핑크스

그들은 조금도 겁낼 필요가 없어요.

그들은 레르나의 뱀 대가리들[13]입니다.

허리가 잘렸는데도 살아 있다고 믿습니다. –

그런데 당신은 어떻게 된 건지 말해 주시겠어요?

왜 그렇게 조바심을 내시는지?　　　　7230

어딘가로 가시려거든, 빨리 가세요! …

오 저기 합창단 쪽으로 가시려는 군요.

목을 길게 빼고 있군요. 자제할 필요 없이

어서 가보세요! 예쁜 얼굴들에게 인사를 해야지요.

---

10) 알케우스의 손자인 헤라클레스를 부르는 칭호.

11) 그리스의 펠로폰네스 반도에 있는 아르카디아 지방의 호수. 여기에 살면서 청동의 손톱, 날개, 부리로 큰 해를 끼쳤으나 헤라클레스에게 죽은 괴조(怪鳥).

12) 그리스 신화의 세계.

13) 레르나의 늪지대에 사는 독사. 머리가 아홉으로 목을 잘라도 다시 생겨나기 때문에 헤라클레스는 목을 칠 때마다 불로 지져서 죽였다고 한다.

저들은 라미에[14]들이에요. 쾌락적인 매춘부들이지요.　　　　　　7235

입가에 미소를 띠고 오만한 이마를 하면

사티로스[15] 족들이 대환영을 한답니다.

염소의 발목만 가졌으면 그곳에서 모든 것을 할 수 있지요.

메피스토펠레스

그대들은 여기 머물러 있을 건가? 다시 만나고 싶은데.

스핑크스

그러지요! 빨리 가서 저 바람둥이들 사이에 섞여보세요.　　　　　7240

우리는 이집트 시대부터 수천 년 동안

한 장소에 앉아 있는 데 익숙해 있답니다.

하지만 우리들의 위치를 주의해 보세요.

음력과 양력의 날들을 우리가 정하고 있답니다.

민족들의 역사적인 심판을 보기 위해　　　　　　　　　　　　　7245

우리는 피라미드 앞에 앉아 있습니다.

홍수, 전쟁, 평화 앞에서도

우리는 얼굴 한 번 찡그리지 않는답니다.

페네이오스 강의 하류

페네이오스 강이 하천과 물의 요정으로 둘러싸여 있다.

---

14)　Lamie. 하얀 유방을 들어내어 남성을 유혹하는 마녀. 남자의 피와 살을 빨아먹고 산다고 함.
15)　Satyrvolk. 음탕한 숲의 신으로 반인반양(半人半羊)의 모습을 하고 있다.

페네이오스

흔들거려라, 속삭이는 갈대여,

나지막이 숨 쉬어라, 갈대의 누이들이여, 7250

살랑거리는 가벼운 목초지 숲이여,

속삭이는 포플러나무의 떠는 잔가지들이여,

중단된 꿈길을 더듬어서!

그런데 무서운 진동과

비밀스럽게 만물을 흔드는 전율이 7255

물결 속에 잠들어 쉬는 나를 깨운다.

파우스트 *(강가로 다가서면서)*

내가 올바로 들었다면, 믿지 않을 수 없다.

잔가지들과 수풀의

얽히고설킨 나뭇잎들 뒤에,

사람이 속삭이는 소리 같은 것이 들리는 것을. 7260

물결도 무언가를 재잘거리는 것 같고,

살랑대는 바람도 흥이 겨워 노는 것 같다.

님프들 *(파우스트에게)*

당신에게 진심으로 권하고 싶은 것은

여기 편안하게 누워,

피곤해진 육신을 7265

시원한 그늘에서 쉬세요.

얻기 어려웠든 휴식을

원 없이 즐기세요.

우리는 살랑대며, 졸졸거리며

당신에게 속삭이겠습니다.   7270

파우스트

내가 꿈을 꾸는 건 아니겠지! 오 그 여인들을[1]

내가 본대로 저기서

비할 데 없이 아름다운 모습으로 놀게 해다오.

깊은 감동이 가슴속에 밀려든다!

꿈일까? 아니면 추억일까?   7275

이미 그대는 그런 행복을 맛보았다.

개울물은 상쾌하게 조용히 흐른다.

부드럽게 살랑거리는 촘촘한 숲속에서

쏴쏴 소리를 내지 않고, 소리 없이 흐른다.

사방에서 흘러오는 수많은 샘은,   7280

한데 모여 깨끗하고 맑은 연못을 이루고,

목욕할 수 있게 얕게 패인 공간을 만든다.

건강한 젊은 여인들의 몸뚱이는

거울 같은 수면에 비쳐서

내 눈을 기쁘게 해주는구나!   7285

여인들은 한데 어울려 즐겁게 목욕하면서,

---

1) 헬레나의 모친 레다가 백조의 모습으로 변한 제우스와 가까이하는 꿈속의 모습. 이곳 강변의 풍경
   이 꿈의 장면을 상기시킨다. 지금도 그것을 환상으로 보는 것이다.

대담하게 수영도 하고, 조심조심 시냇물을 건너기도 한다.

마침내는 떠들썩하게 물싸움도 벌어진다.

나는 이것으로 만족해야 하고,

내 눈은 이것을 즐겨야 하련만,   7290

하지만 나의 마음은 점점 앞으로 내달아

내 시선은 날카롭게 저편 은밀한 곳을 바라본다.

푸른 나뭇잎 무성한 그곳에

고귀한 여왕님이 숨어 있을 것 같아.

신기하구나! 만(灣)에서   7295

당당하게 순결한 모습으로

백조들이 헤엄쳐 온다.

섬세하고 즐겁게, 거만하고

뽐내면서 유유히 헤엄쳐 온다.

그 중 유난히 눈에 띄는 한 마리가   7300

대담하고 자신만만하게 자신을 뽐내면서

머리와 부리를 움직이며,

모든 무리 속에서 재빨리 앞으로 헤엄쳐나간다.

온몸의 깃털을 있는 대로 부풀리면서

주름지는 물결[2] 위에 파문을 일으키며   7305

거룩한 장소를 향해 돌진해 간다.

---

2) 제우스의 화신인 백조는 깃털을 부풀려서 그 자신이 흰 물결처럼 보인다.

다른 백조들은 조용히 깃털을 반짝이며
이리저리 헤엄치며 돌아다니다가,
곧 또한 활기차게 화려한 싸움을 벌인다.
경계심을 갖고 여왕을 지키는 처녀들이   7310
자신들의 소임에 열중하지 못하고
자신들의 안전에 마음을 쓰도록 하기 위해서다.

님프들

　　　　자매들이여, 강변의 푸른 언덕에
　　　　귀를 대고 들어보아요.
　　　　내가 올바로 들었다면,   7315
　　　　말발굽 소리가 들리는 것 같아요.
　　　　이런 밤에 급한 소식을
　　　　전하러 오는 자가 누구일까요?

파우스트

급하게 달려오는 말발굽 소리에
대지가 진동한다.   7320
저쪽을 보자!
은혜로운 행운이
나를 벌써 찾아온 것인가?
오 비할 데 없는 기적이여!
기사 한 사람이 말을 타고 달려온다.   7325
지혜와 용기를 타고난 사람으로 보이는데,
눈부시게 하얀 말을 타고 있다.

내가 잘못 보지 않았다면, 나는 그를 안다.

그는 필리라의 이름난 아들! –

케이론! 잠깐 케이론! 그대에게 할 말이 있소.　　　　　　7330

케이론

무슨 일인가? 왜 그런가?

파우스트

걸음을 좀 멈추세요.

케이론

쉬어 갈 수가 없네.

파우스트

그럼, 제발 나를 좀 데리고 가주시오!

케이론

올라타게! 그래야 내가 마음대로 물어볼 수 있지.

어디로 가는가? 그대는 강가에 서있는데,

내가 이 강을 건너게 해줄 수도 있지.　　　　　　7335

파우스트 *(올라타면서)*

마음대로 하시지오. 은혜는 영원히 잊지 않겠소.

당신은 위대한 인물이며 고귀한 교육자로

영웅을 길러 명성을 높였고,

아르고 선[3] (船)에 탔던 훌륭한 젊은이들과,

---

3) Argonauten. 그리스 신화에서 콜키스국의 황금양모를 획득하기 위해 영웅 이아손을 대장으로 아르
고 선(船)을 타고 흑해를 건너 원정했던 영웅들의 총칭.

시인들이 노래 부를 이름난 사람들을 길러내셨지요.　7340

케이론

그런 이야길랑 그만두게!
팔라스조차 스승으로선 존경받지 못했다네.
결국 제자들은 자기 방식대로 발전해 가는 걸세.
누구의 교육도 받지 않은 것처럼 말이네.

파우스트

당신은 온갖 식물들의 이름을 아시고　7345
뿌리들을 가장 깊은 곳까지 알아내어
병자를 고쳐주고, 상처의 아픔을 덜어주는 의사입니다.
진심으로 존경합니다.

케이론

내 곁에 영웅이 부상을 입으면,
치료도 해주고 도움도 주었지.　7350
그러나 나는 나의 의술을 마침내
무녀나 성직자들에게 맡겨버렸지.

파우스트

당신은 정말 위대한 인간입니다.
칭찬의 말은 들으려하지 않는군요.
자기 같은 인물은 너무나 많다는 이유로,　7355
겸손하게 이야기를 피하는군요.

케이론

그대는 아첨으로 환심을 사는 기술이 능하니,

군주나 백성들의 비위를 잘 맞추겠군.

파우스트

그래도 이것만은 인정하시겠지요.

당신은 당신 시대의 위대한 인물들을 보았고,　　　　　　7360

고매한 자들의 행위를 본받으려 애쓰며,

반신(半神)처럼 성실하게 세상을 살아왔음을.

그렇다면 수많은 영웅들 중에서

누구를 가장 훌륭하다고 생각하십니까?

케이론

아르고 선에 탔던 고귀한 용사들이었소.　　　　　　7365

모두가 나름대로 용감했으며,

각자 지닌 힘에 따라

다른 사람에게 부족한 점을 보충할 수 있었소.

넘쳐흐르는 젊음의 힘과 아름다움에서는

디오스쿠렌 형제[4]가 언제나 으뜸이었고,　　　　　　7370

과감하고 민첩한 행동으로 다른 사람을 구하는 데는,

보레아스의 두 아들[5]이 훌륭한 몫을 해냈으며,

신중하고, 힘세며, 현명하고, 지략이 무궁하고,

게다가 여인들에게 인기가 많았던 이는 이아손[6]이었소.

---

4) Dioskuren. 헬레나의 형제로서 쌍둥이인 카스트르와 폴룩스.
5) 바람의 신 보레아스의 아들 카라이스와 체데스로 날개가 있었다고 한다.
6) 아르고 선(船)의 선장.

다음은 오르페우스[7]로, 우아하고 항상 조용하며 사려 깊었고   7375

누구보다 뛰어나게 칠현금을 연주했소.

천리안인 린코이스[8]는 밤낮을 가리지 않고,

성스러운 배를 몰아 암초와 해안을 지나갔소.

모두가 도와야만 위험을 벗어날 수 있었고,

한 사람이 활동하면, 다른 사람들 모두가 칭찬을 해야 했소.   7380

파우스트

헤라클레스에 관해선 한마디도 언급하지 않습니까?

케이론

오, 그 이름으로 내 옛정을 자극하지 마시오.

나는 태양의 신 푀부스[9]를 본 적이 없고,

아레스[10]며 헤르메스[11]도 마찬가지지만,

만인이 신처럼 칭송한 그 분은   7385

바로 내 눈앞에 서있는 것을 보았소.

그는 타고난 왕자였고,

젊었을 때는 더없이 늠름한 모습이었고

형들에게는 공손했으며

사랑스러운 여인들에게도 겸손했소.   7390

대지의 여신 가이아도 다시는 그런 이를 낳지 못할 것이며,

---

7) Orpheus. 에아로스와 뮤즈 신 중 한 명인 카리오베 사이에 난 아들로 칠현금의 명수이며 가수.
8) Lynkeus. 아르고 선의 조타수로 눈이 밝아 천리안이라 불렀다.
9) 태양의 신 아폴론의 다른 이름.
10) 군신(軍神).
11) 신들의 사자(使者).

헤베[12]도 다시는 하늘로 데려가지 못할 것이요.

시인이 노래를 부르려 해도 헛된 일이요,

조각가가 돌에 새겨 보려 해도 헛되이 고생만 할 뿐이요.

파우스트

조각가가 그를 아무리 재현해 보려 해도,　　　　　　　　7395

결코 그의 훌륭한 모습을 보여 주진 못할 것입니다.

가장 뛰어난 남자에 관해서 말씀하셨으니까,

이제는 가장 아름다운 여인에 관해서도 말씀해 주시지오!

케이론

무슨 말이오? 여인들의 아름다움이란 별것이 아니요.

게다가 자칫하면 굳어버린 모습이 되기 쉽지요.　　　　　7400

다만 내가 찬양할 수 있는 것은

기쁜 생명력이 샘솟는 존재요.

아름다움이란 자기도취에 빠지기 쉬운데,

우아한 아름다움이라야 거역할 수 없는 법이지,

내가 태워다 주었던 헬레나와 같이.　　　　　　　　　　7405

파우스트

당신이 그녀를 태워다 주었다고요?

케이론

그렇소, 바로 이 잔등에다.

---

12) 제우스와 헤라 사이에 난 딸로 청춘의 신. 올림포스에서 헤라클레스와 결혼하여 그를 하늘로 데
리고 올라갔다고 한다.

파우스

그렇지 않아도 어찌할 바를 몰랐는데,

그녀가 앉았던 자리에 앉다니 난 정말 행복합니다!

케이론

그녀는 내 머리카락을 꼭 붙잡고 있었소,

당신이 지금 하듯이.

파우스트

오, 정말이지   7410

정신을 잃을 것 같구나! 어떤 모습이었는지 이야기 좀 해주시오.

그녀는 내가 사모하는 유일한 여인이오!

어디서 어디로 그녀를 태워다 주었소?

케이론

그 질문엔 쉽게 대답해 줄 수 있소.

저 디오스쿠렌 형제가 그 당시   7415

누이동생 헬레나를 약탈자[13]의 손에서 구해내었소.

패배하는데 익숙지 않은 약탈자들은

용기를 내서 뒤를 쫓아왔소.

그러나 남매들의 바쁜 걸음걸이를 가로막는 것은

엘로이스의 늪 지역이었소.   7420

오빠들은 걸어서 건넜고, 나는 그녀를 태우고 물을 철벅이며

---

13) 테세우스 일당. 스파르타의 디아나 신전에서 춤추고 있는 헬레나를 아내로 삼기 위해 유괴했다.
그러나 오빠인 카스토르와 폴룩스가 구해내었다고 한다.

헤엄쳐 건넜소.

건너자 그녀는 뛰어내려 물에 젖은

나의 더벅머리를 쓰다듬으며

귀엽고 영리하게 그리고 자신만만하게 칭찬을 해주었소.

얼마나 매력과 젊음이 넘쳐흐르는지! 늙은 나도 즐거웠소!　　　7425

파우스트

그때가 겨우 열 살이었을 텐데요!

케이론

나는 문헌학자들이 자신들뿐만 아니라,

당신도 속였다고 봅니다.

신화 속의 여인은 아주 독특해서,

시인들은 자신이 원하는 대로 그립니다.

언제 나이를 먹었는지, 늙었다는 이야기는 없고　　　7430

언제 보아도 매혹적인 모습을 하고 있어서,

어려서는 유혹을 당하고, 늙어서도 청혼을 받습니다.

시인은 시간에 속박을 당하지 않습니다.

파우스트

그럼 그 여인도 시간에 얽매이지 않았겠지요.

아킬레우스가 페레에서 그 여인을 만난 것도,　　　7435

시간을 초월한 이야기입니다.[14] 얼마나 드문 행복인가요.

---

14) 그리스 후기 전설에 의하면 아킬레우스는 사후 모친의 탄원으로 다시 지상에 돌아와 페레에서 헬
　　레나와 결혼했다고 한다.

운명을 거역하고 사랑을 획득하다니!

나도 그리움의 힘으로

저 유일한 모습을 살려낼 수 없을까?

위대하고 상냥하며, 고귀하고 사랑스러운   7440

신과 동등한 영원한 존재,

당신은 그녀를 옛날에 보았지만, 나는 오늘[15] 보았습니다.

매혹적인 아름다움, 그리움을 북돋는 아름다움,

이제 내 마음과 몸이 꼼짝 못하고 사로잡혔으니,

그녀를 얻지 못한다면 살아갈 수가 없습니다.   7445

케이론

이국에서 온 친구여! 그대는 인간으로써 감격했겠지만,

정령들 사이에선 정신이 나간 것처럼 보일 거요.

마침 여기에 당신에게 다행스런 일이 있소.

내가 매년마다 아주 잠깐씩이긴 하지만,

아스클레피우스의 딸 만토[16]에게 들린답니다.   7450

그녀는 조용히 기도드리며 호소합니다.

아버지가 명예를 위해

이제 의사들의 마음을 바르게 고쳐

무모하게 사람 죽이는 일이 없게 해달라고.

내가 제일 좋아하는 무녀지요.   7455

---

15) 오늘 – 파우스트는 헬레나를 만난 꿈에서 막 깨어났으므로 오늘 일이라고 생각하고 있다.

16) Manto. 테베의 장님 예언자 테레지아스의 딸인데, 괴테는 여기서 의술의 신 아스클레피우스의 딸
로 묘사하고 있다. 만토는 아폴론 신전의 무녀.

얼굴을 찌푸리지 않고, 언제나 상냥하고 귀엽지요.

다행히 그녀 곁에 며칠 머무를 수 있다면,

약초뿌리의 힘으로 그대의 병을 치유할 수 있을 거요.

파우스트

치료는 받고 싶지 않소! 내 정신은 건강합니다!

치료를 받으면 다른 사람처럼 속물이 되고 말 것입니다.　　　　　7460

케이론

귀한 샘물의 효험을 소홀히 하지 마시오!

빨리 내려요! 다 왔으니.

파우스트

아니, 이 무시무시한 밤에 당신은 나를

자갈 깔린 강을 건너 어디로 데려온 거요?

케이론

여기는 로마와 그리스가 맞서 싸우던 곳이오.　　　　　7465

오른편엔 페네이오스 강이 흐르고, 왼편에 솟은 산은 올림포스요.

그 위대한 제국은 모래 속으로 사라져버렸소.

왕은 도망을 가고, 백성들은 승리를 외쳤소.

위를 쳐다보시오! 여기 아주 가까이,

달빛 아래 영원한 신전[17]이 서 있소.　　　　　7470

만토 *(안에서 꿈을 꾸듯)*

　　　말발굽 소리 울리며

---

17) 올림포스의 아폴론 신전

성스런 계단에

반신(半神)들께서 들어오시는군요.

케이론

네 말이 옳다!

눈을 떠보아라!

만토 *(깨어나면서)*

어서 오세요! 오실 줄 알았어요.

케이론

너의 신전이 서있는 한 오게 될 것이다!

만토

지치지도 않고 항상 그렇게 돌아다니시나요?

케이론

네가 늘 그렇게 조용히 평화롭게 사는 것처럼,

나도 돌아다니는 것이 즐겁단다.   7480

만토

내가 기다리고 있으면, 시간이 제 주위를 돈답니다.

그런데 이분은?

케이론

평판이 자자한 오늘밤 축제가

이 사람을 여기까지 이끌어 오게 되었지.

헬레나에게 미쳐서

그녀를 얻으려하지만,   7485

어디서, 어떻게 시작해야 할지 모르고 있다.

무엇보다도 아스클레피우스의 치료가 필요한 사람이다.

만토

불가능한 것을 갈망하는 사람, 내가 좋아하는 모습이군요.

(케이론은 이미 멀리 가고 있다.)

만토

들어오세요! 무모한 양반, 기뻐하십시오!

이 어두운 길은 페르세포네[1]에게로 통한답니다.   7490

그녀는 올림포스 산의 텅 빈 동굴 속에서

금지된 비밀 인사를 엿듣고 있답니다.

여기다 나는 언젠가 오르페우스를 들여보낸 적이 있어요.

그보다 더 잘 해보세요! 힘내세요! 마음을 굳게 먹고!

(그들은 아래로 내려간다.)

페네이오스 강 상류

전과 같이

세이렌들

페네이오스 강 속으로 뛰어들어라!   7495

그곳에서 철썩대며 헤엄을 치자.

육지의 불행한 사람들을 위해

---

1) Persephoneien. 제우스와 테메텔 사이에 난 딸로 명부(冥府)의 신.

노래하고 또 노래하자.
물이 없이는 건강도 없다!
즐겁게 한데 모여 서둘러서   7500
에게해로 내려가면,
온갖 즐거움을 누리게 될 것이다.

(지진)

세이렌들

파도는 거품을 일으키며 되돌아오고,
바닥에는 더 물이 흐르지 않네.
대지가 흔들리고, 물길은 막혀서,   7505
자갈과 강변이 갈라져 연기가 솟구쳐 오른다.
도망치세요! 모두 오세요, 어서 오세요!
이 사건은 누구에게도 불길합니다.

자, 갑시다! 고상하고 유쾌한 손님들이여
명랑한 바다의 축제를 보러 갑시다.   7510
물결치는 파도가 반짝거리며
조용히 굽이쳐 강변을 적셔요.
달빛이 이중으로 빛나는 곳
성스러운 이슬로 우리를 적십니다.
그곳엔 자유로운 삶   7515
여기엔 불안한 지진
현명한 분들은 서둘러 떠납시다!

이곳은 너무나 소름이 끼칩니다.

사이스모스[2] *(땅속에서 우르릉 쾅쾅거리며)*

다시 한 번 힘차게 밀어젖히고,

어깨를 용감하게 추겨 올리자!　　　　　　　　　　7520

그래서 땅 위로 나갈 수만 있다면,

모두가 놀라서 도망칠 것이다.

스핑크스들

얼마나 역겨운 떨림인가,

추악하고 무서운 떨림인가!

이리저리 비틀대며　　　　　　　　　　　　　7525

그네 뛰듯 좌우로 흔들린다.

참을 수 없이 불쾌하구나!

하지만 지옥이 송두리째 입을 벌린다 해도

우리는 장소를 바꾸지 않는다.

이제 둥근 지붕이 하나 솟는다.　　　　　　　　7530

신기하구나, 저 사람이 바로

백발의 노인이 된 그 사람이구나!

산고(産苦)의 여인[3]을 위해

물결의 소용돌이 속에서,

---

2) Seismos. 지진을 뜻하는 그리스어. 괴테가 이것을 의인화한 것이다.

3) 아폴론과 아르테미스의 어머니인 레토를 일컫는다. 헬라 여신의 질투 때문에 쫓기며 해산의 진통
　을 겪고 있을 때, 그녀의 순산을 도우려고 델로스 섬이 바다 한가운데서 솟아났다고 한다.

델로스의 섬을 만들었던 분.　　　　　　　　7535

그는 노력하고, 촉구하고, 압박하고,

두 팔을 뻗고, 등을 구부려,

마치 아틀라스[4]와 같은 몸짓으로

땅과 풀밭과 대지를,

자갈과 진흙, 모래와 점토(粘土)를　　　　7540

우리의 조용한 강 언덕을 밀어 올립니다.

그렇게 해서 고요한 계곡의 땅을

비스듬히 한 조각을 떼어놓았습니다.

피곤을 모르는 엄청난 힘,

거대한 고대 건축의 여상주(女像柱)처럼　　7545

무시무시한 암석구조물을 받쳐 들고,

가슴까지 땅속에 묻힌 채

그 이상은 더 올라올 수 없을 것이다.

스핑크스들이 그렇게 자리를 잡고 있으니.

사이스모스

이 모든 일을 나 혼자 해냈다는 사실을,　　7550

사람들은 결국 인정해 주겠지.

내가 흔들고 채우고 하지 않았다면,

어떻게 세상이 이렇게 아름다울 수가 있겠는가!

저 산들도 내가 그것을,

---

4) Atlas. 허리를 굽히고 두 팔로 천공(天空)을 떠받치고 있는 거인.

맑고 푸른 하늘로   7555

밀어 올리지 않았다면,

어떻게 그림같이 매혹적인 모습으로 서 있겠는가!

밤과 혼돈이라는 태고의 조상들 앞에서,

나는 마음껏 힘을 발휘하여,

거인족과 어울려 공놀이하듯,   7560

펠리온산과 오싸산[5]을 내던지곤 하였지.

우리는 젊은 열기에 계속 날뛰다가,

이윽고 싫증이 나면,

우리는 파르나소스 산[6]에 이중 모자를 씌우듯,

두 개의 산을 올려놓았다.   7565

지금 그곳에는 축복받은 뮤즈의 합창단과 함께

아폴론 신이 행복하게 살고 있다.

번갯불을 안고 있는 주피터[7]를 위해

나는 의자[8]를 높이 올려주었지.

그래서 지금 나는 엄청난 노력으로   7570

심연에서 밀고 올라와

유쾌한 주민들을 향해

새로운 삶을 소리쳐 요구한다.

---

5) 둘 다 테살리아에 있는 산. 거인들이 신을 습격하기 위해 올림포스 산위에 이 산들을 쌓아 올리려
   했다고 한다.

6) Parnaß. 델피에 있는 산. 아폴론과 뮤즈 신들이 살고 있다.

7) Jupiter. 제우스 신의 로마식 이름.

8) 의자는 올림포스 산을 말한다.

스핑크스들

　여기 우뚝 솟은 산들이

　땅에서 솟아 나오는 것을　　　　　　　　　　　　　　7575

　직접 볼 수 없었다면

　태곳적부터 있었다고 말했겠지요.

　무성한 숲이 계속 펼쳐지고 있으며

　바위들은 잇달아 몰려오고 있다.

　스핑크스는 그런 일에 개의치 않고,　　　　　　　　7580

　성스러운 자리를 지키고 있겠다.

그라이프들

　푸른 나뭇잎 속에 금, 장식품 속에 금이,

　갈라진 틈새로 반짝이는 것이 보인다.

　그러한 보물을 빼앗기지 않도록 하라!

　개미들아, 어서! 그것을 파내어라.　　　　　　　　7585

개미들의 합창

　　거인들이 이 산을

　　밀어 올린 것처럼,

　　너희도 재빠르게 기어서

　　위로 올라가거라!

　　민첩하게 들락날락하여라.　　　　　　　　　　　7590

　　이러한 바위틈 속에

　　모든 부스러기는

　　소유할 가치가 있느니,

아무리 작은 것이라도

찾아내야 한다. 7595

가장 빠르게

모든 구석에

헤치고 들어가라,

우글대는 무리들아!

오직 황금만 물어오고 7600

폐석들은 버려라.

그라이프들

들어오너라! 들어와! 오직 황금만 쌓아 올려라!

우리는 그것을 발톱으로 누르고 있다.

최상의 자물쇠다.

아무리 큰 보물이라도 잘 보관될 수 있다. 7605

난쟁이 피그미들.[9]

이렇게 자리를 잡긴 했지만,

어떻게 된 일인지 모두지 알 수가 없다.

우리가 어디서 왔는지 묻지 마세요,

어쨌든 여기 이렇게 와 있으니까요!

인생을 즐겁게 지내는 곳이라면, 7610

그곳이 어디인들 상관이 없소이다.

---

9) Pygmäen. 호메로스에 의하면 세계의 남단에 살고 있는 난쟁이들로서 강 위를 날아 옥수수 밭을 공격해오는 두루미들과 전쟁을 한다는 것이다. 괴테는 이들을 땅속에서 금광을 캐내는 난쟁이로 다루고 있다.

바위 틈새가 보이기만 하면,

어느새 난쟁이들이 차지한답니다.

난쟁이 내외는 너무 부지런해서,

모든 부부의 모범이 되지요.　　　　　　　　　　　　7615

낙원에 살던 그 옛날에도

그렇게 살았는지 알 수 없지만,

우리는 여기를 최상의 장소로 알고 있으니,

우리의 별을 고맙게 생각하고 있습니다.

동쪽이건 서쪽이건 상관없이,　　　　　　　　　　　7620

어머니 대지는 기꺼이 생명을 낳으니까요.

꼬마 난쟁이 닥틸레[10]

어머니 대지는 하룻밤 사이에,

작은 아이들을 낳았습니다.

더 작은 아이들도 낳을 테니까,

어울리는 상대도 발견하겠지요.　　　　　　　　　　7625

피그미의 고령자

급히 서둘러서

편안한 곳에 자리를 잡아라.

그리고 어서 일을 시작하라!

힘이 부족하면 속도로 시작하라.

아직은 평화로우니,　　　　　　　　　　　　　　　7630

---

10) Daktyle. 피그미보다 더 작은 난쟁이로 솜씨 좋은 대장장이.

대장간을 짓고,
갑옷과 무기를 만들어
군대를 무장시켜라.

너희 모든 개미들은
재빠르게 흙더미 속에서   7635
우리에게 금속을 날라 오라!
그리고 너희 닥틸레들,
제일 작고 수가 많은,
너희들에게 명령을 내리겠다.
장작을 운반해 오너라!   7640
층층이 쌓아놓고,
은근히 불을 지펴,
숯을 만들도록 하라!

장군

활과 화살을 가지고
씩씩하게 나오너라!   7645
저 연못가에서
수많은 둥지를 짓고
교만하게 뽐내는
백로를 쏘아라.
한 마리도 놓치지 말고   7650
모조리 한꺼번에!

우리는 그것으로

투구를 장식하겠다.

개미와 닥틸레들

누가 우리를 구해줄 수 있을까?

우리가 철을 구해오면,   7655

저들은 사슬을 만든다.

우리가 뿌리치고 달아나기엔

시간이 되지 않았다.

아직은 좀 더 참아야 한다.

이비쿠스의 학[11]들

살인자의 고함, 죽는 자의 탄식!   7660

두려움에 떠는 날갯짓!

무슨 신음이, 무슨 탄식이

이 높은 곳까지 들려오는가!

모두가 어느새 맞아 죽어서,

호수가 피로 물들었구나!   7665

잘못된 욕망이 백조의

고귀한 장식을 앗아갔다.

배불뚝이에다 꾸부정 다리를 한 악한들의

투구 위에서 이미 그 깃털이 휘날리고 있다.

---

11) Die Kraniche des Ibykus. 이비쿠스는 기원전 6세기 그리스 시인. 쉴러의 담시(譚詩)에 의하면, 이
    비쿠스가 흉한의 손에 암살당한 것을 목격한 학이 그 사실을 폭로하여 복수의 계기를 마련해 준
    다. 여기서는 피그미들이 백로를 죽여 투구의 장식으로 삼았기에 그 복수를 요청하는 것이다.

바다 위를 줄지어 나는 새들이여,　　　　　　　　　　7670

우리의 친구들이여,

가까운 친척이 당한 일에

복수해 줄 것을 그대들에게 요청하노라.

누구도 힘과 피를 아끼지 말고

이 악당들과 영원한 원수가 돼라!　　　　　　　　7675

(까옥까옥 울면서 공중으로 흩어진다.)

메피스토펠레스 *(들판에서)*

북유럽 마녀들이라면 쉽게 다룰 수 있었지만,

이곳 낯선 유령들은 제대로 다룰 수가 없구나.

브로켄산은 정말 편안한 장소였지,

어디를 가든 있는 곳을 알 수가 있었지.

일제 아줌마[12]는 그녀가 서있는 바위 위에서 우리를 지켜주고,　7680

하인리히는 그의 언덕에서 쾌활하게 거닐고,

드르릉 바위는 엘렌트 마을을 향해 코를 골아대며,

모든 것이 천년을 지나도 여전하다.

그러나 이곳에서는 걸어갈 때 혹은 서 있을 때

자기 발밑의 지면이 부풀어 오를지 누가 알겠는가?　　　7685

내가 즐겁게 평평한 골짜기를 거닐면

---

12) 제1부 「발푸르기스의 밤」에서 일젠슈타인이라는 이름으로 나온다. 하인리히 언덕도 브로켄산에
　　있으며, 드르렁 바위와 엘렌트 마을 역시 「발푸르기스의 밤」에서 언급되었다.

내 뒤에서 느닷없이 산이 솟아오른다.
아니 산이라고 하기에는 좀 어렵겠지만,
그래도 나와 스핑크스 사이를 떼어놓을 정도로
충분히 높다. - 여기서 골짜기를 따라 내려가면   7690
많은 불빛이 번쩍이며 신기한 물건들을 비추고 있다.
매혹적인 무리가 아직도 춤추며 나를 유혹하듯
장난스럽게 피하듯 조롱하듯 너울대고 있구나.
슬며시 다가 가볼까! 슬쩍 집어먹는 데는 솜씨가 있으니
여기가 어디든, 무엇이든지 가로채 보자.   7695

라미에들 (메피스토펠레스를 유인하며)
　　　빠르게, 좀 더 빠르게
　　　계속 앞으로!
　　　그리곤 다시 멈칫거리며,
　　　수다스럽게 재잘거리자.
　　　죄 많은 저 늙은이를   7700
　　　우리에게 끌어다가
　　　사정없이 골탕을 먹이면
　　　정말 재미있을 것이다.
　　　말굽 같은 발로
　　　넘어질 듯 흔들거리며   7705
　　　이쪽으로 다가온다.
　　　다리를 질질 끌며
　　　우리가 도망가는 데로

뒤쫓아 오는구나.

메피스토펠레스 *(걸음을 멈추며)*

사나운 운수군! 속아 넘어간 꼴이 됐으니!　　　　　　　7710

아담 때부터 사내란 꾐에 잘 빠지는 멍청이지!

나이가 든대도 누가 똑똑해질 수 있을까?

이만했으면 바보짓은 충분하지 않은가!

허리를 조여 매고, 얼굴에 분칠한들,

그런 종족은 쓸모가 없다는 것을 알지 않은가?　　　　7715

건강한 곳은 한 군데도 없고

사지가 온통 썩어있다.

보거나 만져보면 금방 알 수 있지.

그래도 저런 천한 것이 피리를 불면 춤을 추게 되지.

라미에들 *(걸음을 멈추며)*

잠깐! 저 자는 생각에 잠겨 망설이며 서있다.　　　　　7720

도망가지 않도록 잘 이끌어야 한다!

메피스토펠레스 *(다시 앞으로 걸어가며)*

앞으로 가보자! 의혹의 그물에

바보처럼 얽혀들 수야 없지.

세상에 마녀들이 없다면

누가 악마 노릇을 하겠는가!　　　　　　　　　　　7725

라미에들 *(몹시 우아하게)*

이 양반 주위에 둥글게 모이자.

그러면 사랑이 이 자의 가슴에 피어

틀림없이 누군가에게 고백할 테니.

메피스토펠레스

희미한 불빛에 비치는 모습이지만,

모두가 하나같이 미인들이다.   7730

그러니 욕을 해서는 안되겠군.

엠푸세[13] *(뛰어들면서)*

제 욕도 하지 마세요! 저도 미인으로 여기시고

여러분을 뒤따르게 해 주세요!

라미에들

얘는 우리 모임에 낄 수 없답니다.

항상 우리 놀이를 망쳐놓으니까요.   7735

엠푸세 *(메피스토펠레스에게)*

사촌동생 엠푸세의 인사 받으세요.

당나귀 발굽을 가진 친척이랍니다.

당신은 말발굽을 가졌지만,

사촌오빠, 제 인사를 받으세요.

메피스토펠레스

여기선 모두가 낯선 자들인 줄 알았는데,   7740

이렇게 가까운 친척도 있었나!

오래된 족보라도 펼쳐보아야겠군.

하르츠산에서 헬라스까지 온통 친척이라니!

---

13) Empuse. 라미에들과 동족. 청동의 당나귀 발을 가진 여괴(女怪)로 여러 모습으로 변형된다.

엠푸세

전 무슨 일이든 곧 시작할 수 있답니다.

여러 모습으로 변신도 할 수 있고요.   7745

그렇지만 지금은 당신을 존경하는 의미로

당나귀 머리로 변신했답니다.

메피스토펠레스

이 족속들 사이에선 친척이라는 게

큰 의미를 갖는 말이라는 걸 알겠군.

그렇지만 무슨 일이 일어나도 상관없지만,   7750

당나귀 머리만은 치웠으면 좋겠네.

라미에들

이 뻔뻔스런 여자는 내버려두세요,

아름답고 사랑스러운 것은 모두 위협해서 쫓아내는 여자니까.

아름답고 사랑스러운 것이 있다 해도,

저 여자가 나타나면 사라지고 맙니다.   7755

메피스토펠레스

이 상냥하고 날씬한 마녀들 역시

나에겐 모두가 의심스럽다.

나는 저 장밋빛 뺨 뒤의

또 다른 변신이 두렵구나.

라미에들

한번 시험해 보세요! 우리는 여러 명이니까.   7760

한번 잡아보세요! 놀이에서 행운을 잡으신다면,

제일 좋은 제비를 뽑을 것입니다.

음탕한 군소리가 무슨 소용이 있겠어요?

당신은 신통찮은 난봉꾼이군요.

뽐내고 돌아다니며 큰소리나 치고!　　　　　　　　　　　　7765

이제 저 자가 우리 패거리에 걸려들었다.

차례차례 가면을 벗고

그에게 너희들의 참모습을 보여 주어라!

메피스토펠레스

제일 예쁜 놈을 골라잡았다. … *(그녀를 껴안으며)*　　　　7770

아이고 이런! 말라빠진 빗자루군! *(다른 여자를 껴안으며)*

그러면 이건? … 끔직스런 얼굴이군!

라미에들

더 나은 걸 바라다니! 기가 막히는군.

메피스토펠레스

나는 작은 것을 붙잡고 싶었는데 … . 도마뱀같이 내 손에서

빠져나가는구나!

그리고 머리는 뱀처럼 미끄럽고.　　　　　　　　　　　　7775

그래서 이번엔 키다리 계집을 잡으니 …

이건 바커스 신의 지팡이 아닌가!

끝에는 솔방울 같은 게 하나 달려있고.

이제 어떻게 할까? … 뚱보를 한번 붙잡아볼까,

재미를 볼 수도 있을지 몰라.　　　　　　　　　　　　　　7780

마지막으로 한번 해보자! 그러자!

정말 물렁물렁하고 포동포동하군,

동양인이라면 높은 가격을 치르겠군 …

그러나 오! 말불버섯이 두 조각이 났구나!

라미에들

이제 흩어져 두둥실 떠다니자.   7785

검은 날개를 번갯불처럼 펼쳐

저 굴러 들어온 마녀의 자식 놈을 둘러싸자!

보이지 않는 무시무시한 원을 만들자!

박쥐처럼 소리 없이 날개 짓을 하자.

하지만 녀석은 운 좋게 빠져나갔네.   7790

메피스토펠레스 *(몸을 떨면서)*

내가 아직은 별로 똑똑하진 못한 모양이군.

여기서도 엉망이구나, 북쪽에서도 엉망이더니.

도깨비들은 여기나 거기나 마음이 뒤틀려있고,

민중이나 시인은 멋이 없고,

여기서도 막 열린 가장무도회처럼,   7795

도처에서 감각적인 춤판이다.

나는 귀여운 가장행렬을 향해 손을 뻗어보았지만,

잡히는 건 소름끼치는 놈들뿐 …

그러나 좀 더 계속해서 놀 수 있다면

기꺼이 속아주고도 싶었는데. *(바위 사이를 배회하면서)*   7800

도대체 내가 어디에 있는가? 어디로 나가야 하는가?

전에는 오솔길이었는데, 이제는 자갈밭으로 변했구나.

지금까지 나는 평탄한 길을 걸어왔는데,

지금은 자갈밭에 서있구나.

헛되이 오르락내리락만 하고 있으니,　　　　　　　　　　7805

어디서 스핑크스들을 다시 만날 수 있단 말인가?

이렇게 어처구니없을 줄은 생각도 못했다.

하룻밤 사이에 이런 산이 생기다니!

브로켄산을 옮겨오는

마녀들의 최신 요술이라고 해야겠군.　　　　　　　　　7810

오레아스[14] *(산속 바위에서)*

이리 올라오세요! 나의 산은 태고의

모습을 간직한 채 옛날 그대로 입니다.

험준한 바위 산길이지만 존경하세요.

핀두스 산맥[15]에서 뻗어 나온 마지막 지맥이랍니다.

로마의 장군 폼페이우스가 나를 넘어 도망갔을 때도,　　7815

나는 꼼짝 않고 이렇게 서 있었답니다.

옆에 있는 환상의 모습들은,[16]

닭이 울 때가 되면 곧 사라져 버립니다.

그와 마찬가지로 이야기도 생겨났다가,

갑자기 다시 사라져 버린답니다.　　　　　　　　　　7820

메피스토펠레스

---

14) 산의 정령

15) 테살리아의 산맥이름. 페네이오스 강의 원천이 된다.

16) 신화의 인물이나 요괴 혹은 분화나 지진으로 돌연 출연한 암석 등을 의미함.

우람한 떡갈나무 숲으로 덮인

거룩한 산이여, 그대에게 경의를 표하노라!

사방을 밝게 비추는 달빛도

숲속의 짙은 어둠을 뚫지는 못하는구나. ―

그런데 저 숲 가장자리로   7825

가냘픈 불빛 하나가 지나간다.

저게 무슨 불빛인가?

옳지! 저것은 호문클루스다.

여보게 어린 친구, 어디서 오는 길인가?

호문클루스

나는 이렇게 여기저기를 떠돌아다닙니다.   7830

완전한 의미로 생성되고 싶어 서지요.

이 유리를 깨뜨리고 싶어서 못 견디겠습니다.

그러나 지금까지 내가 살펴본 바로는,

뛰어나가고 싶은 곳이 한 곳도 없었습니다.

당신을 믿고 드리는 말씀인데,   7835

나는 두 사람의 철학자[17] 뒤를 쫓고 있습니다.

엿듣자니 자연! 자연! 하고 외치더군요.

나는 이들 두 사람에게서 떨어지고 싶지 않습니다.

그들이 이 지상의 일을 가장 잘 알 테니까요.

내가 어느 쪽으로 가는 것이 가장 현명할지는,   7840

---

17) 그리스 철학자 아낙사고라스(Anaxagoras)와 탈레스(Thales)를 가리킨다.

결국 저 사람들에게서 배우게 되겠지요.

메피스토펠레스

그런 일은 자네가 직접 하게.

유령들이 판을 치는 곳에서는

철학자도 환영을 받는다네.

그들은 당장이라도 한 다스의 유령을 만들어내어   7845

기술과 호의로 사람들을 기쁘게 할 수 있거든.

하지만 자네도 헤매어보지 않으면 현명해 질 수 없다네.

완전하게 생성되려면, 혼자 힘으로 하게!

호문클루스

좋은 충고는 역시 무시할 수가 없군요.

메피스토펠레스

그럼 떠나게! 다음에 또 보세! *(그들은 헤어진다.)*   7850

아낙사고라스[18] *(탈레스에게)*

자네는 그 고집스런 성격을 굽힐 줄 모르는군.

자네를 설득하려면 도대체 무엇이 더 필요하단 말인가?

탈레스[19]

파도는 모든 바람에 순종하지만,

험준한 바위는 그 옆으로 피해 간다네.

아낙사고라스

---

18) 원래는 원자론을 주장했으나 여기서는 화성론(火成論)의 대표로 등장한다.

19) 자연 철학자로 만물은 물에서 생겼다는 수성론(水成論)을 주장했다.

타오르는 불기운 속에서 이 바위도 생겨났지.   7855

탈레스

생물은 물에서 생성된 것이네.

호문클루스 *(두 사람 사이에서)*

두 분 곁을 따라가도록 해주십시오.

저 자신도 생성되길 간절하게 바라고 있답니다.

아낙사고라스

여보게, 탈레스! 자네는 그래 하룻밤 사이에,

이런 산을 진흙에서 만들 수 있다고 생각하는가?   7860

탈레스

자연과 그 활기찬 흐름은

낮이나 밤이나 시간에 구애받지 않는다네.

어떤 형상이든 규칙에 따라 만들어지고,

아무리 위대한 것이라도 폭력으로 이루어지지는 않는다네.

아낙사고라스

그러나 여기선 그랬지! 지옥의 신 플루톤의 성난 불길과   7865

바람의 신 아이올로스의 무서운 가스 폭발이

오래된 지각의 평평한 바닥을 뚫고

즉시 새로운 산을 하나 만들어 놓았단 말이네.

탈레스

그래서 그 다음은 어떻게 되었나?

산이 생겨났다, 그것으로 족한 것 아닌가?   7870

그런 걸 가지고 싸움을 벌이다가 시간만 허비할 뿐이고,

참을성 있는 민중들을 이리저리 끌고 다닐 뿐이네.

아낙사고라스

그 산에서는 순식간에 미르미돈 족[20]이 생겨나,

바위 틈새에서 자리를 잡고 살게 되었지.

피그미 족, 개미 족, 난쟁이 족   7875

그리고 다른 조그만 종족들이. *(호문클루스에게)*

자네는 한 번도 위대한 일을 시도해보지 않고

그저 은둔자처럼 갇혀서 살아왔군.

혹시 지도자가 되고 싶지 않나?

그렇다면 자네에게 왕의 관을 씌워주겠네.   7880

호문클루스

탈레스 선생께서는 어떻게 생각하십니까?

탈레스

권하고 싶지 않군. 작은 놈들과는 작은 일밖에 못하는 법,

큰놈을 상대해야 작은 놈도 커지는 법이네.

저길 보게! 시커먼 구름 같은 학의 무리를!

저들은 흥분한 난쟁이 족을 위협하고,   7885

왕도 그렇게 위협할 것이네.

날카로운 주둥이와 예리한 발톱으로,

저 작은 무리들을 향해 내리 덮치니,

비참한 운명이 번개처럼 빛을 발하고 있네.

---

20) Myrmidon. 트로야 전쟁 때 아킬레우스가 거느렸던 종족으로 개미로부터 발생했다고 한다.

조용하고 평화로운 연못을 둘러싸고   7890

백로들을 무참히 죽인 결과일세.

비 오듯 쏟아지는 살육의 화살은

잔인하고 피비린내 나는 복수심을 불러 일으켜

이웃 종족인 학들의 분노를 자극해

흉포한 피그미 족의 피를 보려는 것이네.   7895

방패며 투구며 창 따위가 무슨 소용인가?

백로의 깃털장식이 난쟁이 족들에게 무슨 도움을 주겠나?

난쟁이 족과 개미 족들이 숨는 꼴을 보게!

난쟁이 군대는 어느새 동요되어 도망치며 무너지고 있네.

아낙사고라스 *(잠시 침묵한 후 엄숙하게)*

나는 지금까지 지하세계를 찬양해왔지만,   7900

이번에는 하늘을 향해 기도해야겠구나 …

그대! 천상에서 영원히 늙지 않고,

세 가지 이름과 세 가지 형상[21]을 지닌 자여,

우리 종족의 고통 때문에 당신을 부릅니다.

디아나, 루나, 헤카테여![22]   7905

가슴을 펴고, 깊은 명상에 잠기는 자여,

조용히 빛을 발하는 강하고 은근한 자여,

그대 그림자의 무서운 입을 벌려

---

21) 초승달, 보름달, 그믐달을 가리킨다.

22) 달의 여신을 천상에선 디아나, 지상에선 루나, 지하에선 헤카테라고 부른다.

마술 없이 옛날의 위력을 보여주소서!

(잠시 사이를 두고)

> 내 소원이 벌써 이루어졌는가?   7910
>
> 하늘을 향한
>
> 나의 소망이
>
> 자연의 질서를 어지럽혔는가?

둥글게 에워싸인 여신의 옥좌가

점점 크게 가까이 다가온다.   7915

보기에도 무섭고 엄청나구나!

불길은 어둠 속에서 붉게 물들어간다 …

더 가까이 오지 말라! 위협적인 둥근 달이여!

그대는 우리와 땅과 바다를 파멸시키려는가!

테살리아의 마녀들이 뻔뻔스런 마술로   7920

친한 체하며 그대를 궤도로부터

끌어내린 것이 … 또 무시무시한 재앙을

그대에게 강요한 것이 사실이었단 말인가?

빛나는 원반이 암흑으로 휩싸이고,

갑자기 터져서 번쩍번쩍 불꽃이 튄다!   7925

저 폭발음! 저 쉿쉿거리는 소리!

그 사이로 천둥소리, 폭풍소리! -

겸손하게 옥좌의 계단 앞에 엎드려 빌자 -

용서하소서! 저의 잘못을 … *(땅바닥에 머리를 조아리고 엎드린다.)*

탈레스

이 친구는 도대체 못 보고 못 듣는 게 없군!　　　　　7930

우리에게 무슨 일이 일어났는지 나는 정말 알 수가 없다.

또 그가 말하는 걸 느끼지도 못했다.

솔직히 말해 정상적인 시간은 아니다.

그리고 달님은 예나 다름없이

제 자리에 태평스럽게 떠 있지 아니한가!　　　　　7935

호문클루스

하지만 저 피그미들이 있던 자리를 보세요.

둥글던 산이 이제 뾰족해졌습니다.

나는 무시무시한 충격을 느꼈습니다.

바위가 달에서 떨어져

그만 다짜고짜로　　　　　7940

친구건 적이건 닥치는 대로 짓이겨 죽였어요.

그래도 나는 그 기술을 찬양합니다.

단 하룻밤에 창조력을 발휘하여,

아래로부터 위에 이르기까지 동시에

이런 산을 만들어 냈으니 말예요.　　　　　7945

탈레스

진정하게! 그것은 단지 환상이었다네.

저 추악한 난쟁이 족은 사라져야 해!

그대가 왕이 되지 않은 건 잘한 일이야.

이제 유쾌한 바다축제나 보러 갈까?

그곳에선 귀한 손님들을 환대하고 존중한다네. *(함께 퇴장한다.)*   7950

메피스토펠레스 *(반대쪽에서 기어 올라오며)*

내가 어쩌다가 이런 가파른 암벽 계단이나,

늙은 떡갈나무의 딱딱한 뿌리 사이를 헤치며 다니게 되었는가!

내 고향 하르츠산에서는 송진 냄새가

내가 좋아하는 역청 냄새를 풍겨 내 마음에 들었다네.

근처엔 유황도 있었고 … 그런데 여기 이 그리스에는   7955

그와 같은 냄새가 흔적도 없구나!

그러나 호기심이 일어 알아보고 싶은 것은,

지옥의 고통과 불꽃을 무엇으로 불러일으키는가 하는 것이다.

나무의 요정 드리아스

당신 나라에서는 제법 현명했을지 모르지만,

낯선 나라에서는 별수 없겠지요.   7960

그렇게 고향 생각만 하지 마시고,

여기 이 신성한 떡갈나무의 체면도 존중해 주세요.

메피스토펠레스

누구나 떠나온 곳을 그리워하는 법,

정들어 살게 되면 그곳이 천국이지.

그런데 저기 동굴 속 흐릿한 빛 속에,   7965

웅크리고 앉아있는 세 친구는 누군가?

나무의 요정 드리아스

포르키아스의 딸[23]들이지요. 두렵지 않으시다면,

가까이 가서 이야기를 걸어 보세요.

메피스토펠레스

못할 것도 없지! – 하지만 모습을 보니 끔찍하구나!

나도 남한테 지기 싫어하는 성미지만, 솔직히 말해　　　　7970

저런 모습은 한 번도 본 적이 없다.

정말 알라우네[24]보다 훨씬 더 고약하게 생겼구나. …

태곳적부터 비난받던 어떤 죄악도

이런 세 귀신을 한 번 보기만 하면

조금도 추하단 생각이 들지 않겠군.　　　　7975

우리 고향 같으면 가장 무서운 지옥일지라도

문지방에 저런 걸 두고는 견딜 수 없을 것이다.

여기 이 미(美)의 나라에 저런 것이

뿌리를 내리고 고전적이라며 명성을 얻고 있다니. …

저들이 움직인다. 내 냄새를 맡았나보다.　　　　7980

박쥐같은 흡혈귀가 피리소리를 내며 지저귄다.

포르키스의 딸들

동생들아, 눈 좀 빌려다오. 우리들의 신전에

누가 이렇게 가까이 왔는지 봐야겠다.

---

23) 바다의 신 포르키아스와 바다의 요정 케테 사이에 난 세 자매로 한 개의 눈과 한 개의 이빨만을 가
　　졌다고 한다.

24) 4979 만드라고라 참조. – 일명 알라우네. 그 뿌리는 인간의 모습을 하고 있다. 불로장수와 막대
　　한 부를 가져다주는 마법의 약으로 사용했다. 검둥개를 이용해서 한밤중에 그 뿌리를 캐낸다고
　　한다.

메피스토펠레스

> 존경하는 분들이여! 가까이 다가가
>
> 세 분의 축복을 받고 싶어서,　　　　　　　　　　　　　　7985
>
> 아직 안면은 없지만, 이렇게 찾아왔습니다.
>
> 내 생각이 틀리지 않는다면, 우리는 먼 친척이 될 것입니다.
>
> 예로부터 존경받는 신들은 모두 찾아뵈었습니다.
>
> 오프스와 레아 신[25]도, 혼돈이 낳은
>
> 당신의 자매 파르첸들[26]도 엊그제 만나　　　　　　　　7990
>
> 깍듯이 인사를 드렸습니다.
>
> 그렇지만 당신 같은 분들은 본 적이 없습니다.
>
> 말문이 막히고, 놀라움으로 가슴이 뜁니다.

포르키스의 딸들

> 이 유령은 제법 사리를 아는 것 같군.

메피스토펠레스

> 어느 시인도 당신들을 찬양하지 않다니 이상합니다. -　　7995
>
> 어떻게 그런 일이 일어날 수 있단 말인가요?
>
> 화폭에서도 당신들의 고상한 모습을 본 적이 없습니다.
>
> 조각가들도 끌로 유노, 팔라스, 비너스보다는
>
> 당신들의 모습을 새겼더라면 훨씬 가치가 있었을 것인데.

포르키스의 딸들

---

25) 오프스 Ops는 로마에서 대지의 신, 레아 Rhea는 그리스의 신으로 제우스의 어머니. 훗날 양자는
　　거룩한 신으로 동일시되었다.

26) Die Parzen. 인간의 수명을 다스리는 운명의 세 여인.

고독함과 조용한 어둠속에 묻혀 있다 보니   8000

우리 셋은 그런 걸 생각해 본 적이 없다오.

메피스토펠레스

그럴 수밖에 없겠군요! 이렇게 세상을 등진 채,

아무도 만나지 않고, 누구도 당신들을 찾지 않으니 말입니다.

당신들도 영광과 예술이 같은 자리를 차지하고,

대리석 덩어리도 영웅의 모습이 되어   8005

날마다 민첩하게 세상으로 걸어 나오는

그런 고장에 살았어야 했었는데. 그곳에서는 --

포르키스의 딸들

조용히 입 닥치고, 우리 마음을 들뜨게 하지 말아요!

우리가 그것을 더 좋다고 생각한들 무슨 소용이 있겠어요?

밤에 태어나, 밤과 친척이 되어,   8010

아무도 알지 못하고, 심지어 우리 자신도 알지 못한답니다.

메피스토펠레스

그러시다면 할 말이 없군요.

하지만 자신의 몸을 타인으로 바꿀 수는 있겠지요?

당신들 셋은 눈 하나 이빨 하나면 충분하니,

세 사람의 본질을 두 사람으로 줄이고,   8015

세 번째 분의 모습을 나에게 맡긴다 해도

신화는 신화일 테니까 별 지장은 없겠지요. 아주 잠깐 동안.

포르키스의 첫 딸

어떻게 생각해? 괜찮을까?

포르키스의 다른 두 딸

　　한번 해보자! 하지만 눈과 이빨은 안돼.

메피스토펠레스

　　그러면 가장 좋은 것을 내놓는 셈이니,　　　　　　　　　　8020

　　어찌 같은 모습이 될 수 있겠습니까!

포르키스의 첫 딸

　　한 눈을 감으세요. 쉽게 할 수 있어요.

　　그리고 곧 앞니 하나만 내 보이세요.

　　그러면 옆모습이 곧 같아지고,

　　우리는 동기처럼 닮아질 거예요.　　　　　　　　　　　　8025

메피스토펠레스

　　영광입니다! 한 번 해보지요!

포르키스의 딸들

　　한 번 해보세요!

메피스토펠레스 *(옆모습이 포르키스의 딸이 되어)*

　　자 이렇게 해서 나는

　　혼돈세계의 자랑스러운 아들이 되었구나!

포르키스의 딸들

　　우리는 분명 혼돈세계의 딸들이고요.

메피스토펠레스

　　사람들이 날 자웅동체로 비난할 테니 좀 창피하군.

포르키스의 딸들

　　새로 생긴 세 자매는 정말 미인이 되었어요!　　　　　　8030

우리는 이제 눈도 둘, 이빨도 둘이에요.

메피스토펠레스

여러 사람의 눈을 피해 숨어있어야겠군.

지옥의 웅덩이 속에서 악마를 놀래줄 정도니 말이야. *(퇴장한다.)*

에게 해(海)의 암석 만(灣)

달이 중천에 떠있다.

세이렌들 *(암석 위 여기저기 자리를 잡고 피리를 불며 노래한다.)*

이전에는 무서운 한 밤중에

당신을 테살리아의 마녀들이   8035

무엄하게 끌어내렸죠.

오늘은 당신의 밤하늘에서

하늘거리는 물결을 부드럽게 비쳐

반짝이는 모습을 조용히 굽어보소서.

또 파도를 헤치고 솟아나오는   8040

혼란 소동을 살펴보소서.

우리는 당신을 위해 모든 각오가 되어 있사오니

아름다운 루나여, 자비를 베푸소서!

네레우스의 딸들과 트리톤들[1] *(바다의 괴물로서)*

---

1) 해신(海神) 네레우스에게는 50명의 딸이 있는데, 그들을 네레이덴이라 부른다. 트리톤은 해신 포

넓은 바다에 울려 퍼지게
날카로운 소리를 크게 내어   8045
바닷속에서 무리를 불러냅시다! -
무서운 폭풍의 심연에서 벗어나
조용한 해변으로 비켜났더니
감미로운 노래가 우리를 이끄는구나.
보세요! 우리는 황홀함 속에서   8050
황금사슬로 몸단장을 하고
왕관과 보석은 물론
팔찌와 허리띠까지 갖추었습니다.
이 모든 것이 당신의 선물이랍니다.
우리 만(灣)에서 당신 정령들의   8055
노래를 듣고 파선한 배에서 쏟아져 내려
여기 가라앉은 보물들이랍니다.

세이렌들

우리는 잘 압니다. 신선한 바닷속에서
물고기들이 편안하게 헤엄치며
근심걱정 없이 살아간다는 것을.   8060
그러나 축제에 모여든 무리들이여,
오늘 우리는 알고 싶소,
그대들이 물고기들보다 더 훌륭하다는 것을.

세이돈의 아들로 하반신은 물고기와 같고 소라 같은 피리를 불었다.

네레우스의 딸들과 트리톤들

　우리가 여기 오기 전,

　그런 생각을 했었지요.　　　　　　　　　　　　　　8065

　형제들아, 자매들아, 어서 서둘러라!

　오늘 잠시 여행을 해서

　우리가 물고기보다 훌륭하다는 것을

　완전하게 증명해야 되겠다. *(퇴장한다.)*

세이렌들

　순식간에 모두가 사라졌군요!　　　　　　　　　　8070

　사모트라케[2] 섬을 향해

　순풍을 타고 곧장 떠나갔어요.

　고귀한 카비렌[3]의 나라에 가서

　무슨 일을 할 생각일까요?

　그들은 신비하기 그지없는 신들!　　　　　　　　8075

　끊임없이 자신들을 생산하면서도

　자신들이 누군지 알지 못하지요.

　사랑스런 루나여! 자비를 베푸시며

　하늘 높이 영원히 머무르소서.

　긴긴 밤이 새지 않고,　　　　　　　　　　　　　8080

　밝은 날이 우리를 몰아내지 않도록.

---

2) 에게 해의 북동쪽에 있는 섬.

3) 사모트라케인과 페니키아인의 수호신으로 끊임없이 자가 생산을 하며 정체나 거처를 알 수 없는 신
　비스런 존재.

탈레스 *(해변에서 호문클루스에게)*

자네를 네레우스 영감에게 데려가겠네.
그가 살고 있는 동굴은 여기서 멀지 않지만
어찌나 완고하고
심통 사나운 고집쟁인지   8085
모든 인간 세계의 일이 이 영감에겐
도무지 마음에 들지 않는다네.
하지만 이 영감은 장래를 볼 수 있어서
모두가 그에게 경의를 표하고
그를 그 자리에 앉혀 놓고 있다네.   8090
사실 여러 사람에게 좋은 일도 많이 했거든.

호문클루스

우리도 시험 삼아 문을 한번 두드려봅시다!
유리나 불꽃으로 곧장 값을 치르지는 않겠지요.

네레우스

내 귀에 들리는 게 인간의 목소리 아닌가?
저 소리 들으니 참을 수 없이 화가 치밀어 오르는군!   8095
저들은 신의 영역에까지 도달하려고 법석을 떨지만,
결국은 자신을 닮을 수밖에 없는 저주받은 존재들이지.
나는 옛날부터 신들처럼 편안하게 살 수 있지만,
뛰어난 놈에겐 잘 해주려고 애를 써왔다.
하지만 마지막에 놈들이 해놓은 짓을 보면   8100
내가 충고를 한 게 아무런 쓸모가 없단 말이다.

탈레스

그렇긴 해도, 바다의 영감님, 모두가 당신을 믿고 있사오니,

현명한 분이시여, 우리를 내쫓지 마십시오!

이 불길을 보세요, 인간을 닮긴 했지만,

당신의 충고를 온힘을 다해 따르겠습니다.　　　　　　　　　8105

네레우스

뭐 충고를 따라! 인간에게 충고가 무슨 소용이 있었더냐?

현명한 말도 완고한 인간의 귀에는 굳어버리고 만다.

여러 번 실패하여 스스로 자책도 해 보았지만,

인간은 여전히 제 고집만 부리고 있다.

파리스에게도 나는 이방의 여인이 그의 욕정에 올가미를　　　　8110

씌우기 전에 아버지처럼 얼마나 경고를 했던가 말이다!

그가 그리스 해안에 대담하게 서 있었을 때,

나는 마음속에서 본 것을 그에게 일러주었지.

바람을 타고 미친 듯이 사방으로 번져가는 불길,

불타는 서까래와 그 아래서 벌어지는 살육과 죽음을,　　　　　8115

그래서 트로이 심판의 날은 시구(詩句)로 엮어져

천년을 두고 전해질 무서운 사실이라고 했지.

이 늙은이의 말이 그 건방진 녀석에겐 한낱 웃음거리로 보여,

그는 자신의 욕망을 따랐고, 결국 일리오스[4]는 멸망하고 말았지 -.

오랜 고통 끝에 굳어버린 거인의 시체는　　　　　　　　　　8120

---

4) Ilios. 트로이를 말함.

핀두스[5]의 독수리들에게 아주 반가운 먹이었지.

오디세우스도 마찬가지야! 그에게도 나는 미리미리

마녀 키르케[6]의 간계와 외눈박이 거인 키클롭스[7]의 무서움도,

게다가 자신의 우유부단함과 부하들의 경거망동도

모두 알려주었지! 그러나 무슨 소용이 있었던가?　　　　　8125

풍랑에 실컷 시달린 후 늦게야 간신히

파도 덕분에 손님을 후대하는 해변[8]에 다다를 수가 있었지.

탈레스

그와 같은 행동은 현명한 사람에게는 고통을 주었겠지만,

착한 사람은 그럼에도 다시 한 번 시도해 볼 것입니다.

작은 감사라도 그를 기쁘게 해주고,　　　　　8130

무거운 배은망덕을 완전히 상쇄해 줄 것입니다.

이렇게 말하는 것은, 우리에게도 적지 않은 청이 있어서 입니다.

여기 이 아이가 현명하게 생성되길 소망하고 있습니다.

네레우스

내가 느끼는 이 유쾌한 기분을 망치지 말라!

오늘 나는 아주 다른 일을 해야 한다.　　　　　8135

나는 도리스가 낳은 내 딸들, 바다의 여신들을

모두 여기로 불렀다.

---

5) Pindus. 테살리아 산맥의 산 이름. 핀두스의 독수리는 그리스 군을 가리킴.
6) Circe. 헬리오스의 딸. 에오스에 살며 마술을 쓰는 요정. 독수리를 의미함.
7) Cyklop. 호메로스의 『오디세이』에 나오는 외눈박이 거인.
8) 페아켄 국(國)의 해변. 그곳의 왕 알키오스가 그들 일행을 친절히 맞아 고국으로 보내준다.

올림포스 산에도, 너희들의 나라에도

그렇게 귀엽고 예쁜 모습은 없을 것이다.

그 애들은 우아한 몸짓으로   8140

해룡(海龍)의 등에서 해신(海神)의 말안장에 옮겨 타고,

마치 물거품이 둥실둥실 싣고 가는 양,

화사하게 물과 그렇게 잘 어울린다.

그 중에서 가장 예쁜 딸 갈라테아는 비너스의

오색찬란한 조개마차를 타고 올 것이다.   8145

그 애는 키프로스가 우리를 떠난 후

파포스에서 여신으로 공경을 받고 있다.

비너스의 후계자로서 벌써 오래전부터

신전이 있는 도시와 마차의 옥좌를 차지하고 있지.

물러가게! 아비의 기쁨을 누리고 있는 이 시간에   8150

가슴에 증오를 품고 입에 욕설을 담는 것은 어울리지 않네.

프로테우스에게 가서 그 괴상한 자에게 물어보게.

어떻게 해야 생성되고 변신할 수 있는지. *(바다 쪽으로 사라진다.)*

탈레스

이번 길에 아무것도 얻은 것이 없구나.

프로테우스를 만난다 해도 그는 곧 사라져버릴 것이다.   8155

설혹 상대를 해준다 해도 결국 그의 말은

우리를 놀라게 하거나 어리둥절하게 만들겠지.

그러나 자네는 그런 충고가 필요하다니까,

시험 삼아 발길을 돌려 가보도록 하세! *(퇴장한다.)*

세이렌들 *(바위 위에서)*

　　저 멀리서 물결치는 바다를　　　　　　　　　　8160

　　미끄러지듯 헤치고 오는 이들은 누굴까?

　　순풍에 흰 돛을 달고

　　미끄러지듯 오는 모습이

　　보기에도 눈이 부신 화려한

　　바다의 처녀들이군요.　　　　　　　　　　　8165

　　우리 저 아래로 내려갑시다.

　　벌써 저들의 음성이 들립니다.

네레우스의 딸들과 트리톤들

　　우리가 손에 받쳐 들고 온 것은

　　여러분 모두를 기쁘게 할 거예요.

　　커다란 거북 첼로네의 등 위에서　　　　　　8170

　　빛나는 엄숙한 모습.

　　우리가 모셔온 신들[9]이랍니다.

　　거룩한 노래로 맞아주세요.

세이렌들

　　모습은 작아도

　　힘은 장사　　　　　　　　　　　　　　　8175

　　난파한 자들을 구할 수 있는 자,

---

9) 해신 네레우스의 딸들과 트리톤들은 그 수호신을 모셔오면서 자신들이 다른 어류보다 우월함을 나
타내려한다.

옛날부터 공경 받는 신들입니다.

네레우스의 딸들과 트리톤들

평화로운 축제를 열기 위해

카비렌 신들을 모셔왔습니다.

이분들이 성스럽게 다스리시면   8180

해신 넵툰도 조용해진답니다.

세이렌들

우리는 당신들 뒤를 따르겠어요.

배가 난파되면

거역할 수 없는 큰 힘으로

사공들을 구해주세요.   8185

네레우스의 딸들과 트리톤들

우리는 세 분을 모시고 왔습니다.

네 번째 분은 오려하지 않았습니다.

자기야말로 모두를 대신하는

진정한 신이라고 하면서

세이렌들

한 신이 다른 신을   8190

조롱도 하지요.

하지만 당신들은 모든 은총을 공경하고,

모든 화를 두려워해야 합니다.

네레우스의 딸들과 트리톤들

원래 그들은 일곱 분입니다.

세이렌들

　　나머지 세 분은 어디 있습니까?　　　　　　　　　　　8195

네레우스의 딸들과 트리톤들

　　우리도 대답할 수 없습니다.

　　올림포스 산에 가서 물어 보시지요.

　　그곳에는 생각지도 못했던

　　여덟 번째 분[10]도 계신다고 합니다.

　　자비롭게 우리를 돌봐주지만　　　　　　　　　　　8200

　　아직은 모두가 완성된 것은 아니지요.

　　이처럼 비교할 수 없는 신들이

　　계속 생겨나

　　이룰 수 없는 것을 동경하며

　　마냥 허기에 차 괴로워하지요.　　　　　　　　　　8205

세이렌들

　　신이 어디에 계시던

　　우리의 버릇은

　　해와 달에게 기도하는 것

　　그것은 보람 있는 일이랍니다.

네레우스의 딸들과 트리톤들

　　이런 축제를 이끄는　　　　　　　　　　　　　　　8210

---

10) 카비렌은 끊임없이 자기 생성을 하기 때문에 정확한 숫자를 알 수 없다. 원래 셋이라고 하나 넷, 다
　　섯, 일곱 때로는 여덟이라는 설도 있다.

우리의 명예는 드높이 빛나라!

세이렌들

옛 시절 영웅들의 명성이

어디서 어떻게 빛났는지 몰라도

이처럼 빛나지는 못했을 거예요.

영웅들은 황금모피를 얻었지만,　　　　　　　　　8215

그대들은 카비렌 신들을 모셔왔군요. *(낮은 음성으로 반복한다.)*

영웅들은 황금모피를 얻었지만,

우리와 그대들은 카비렌 신들을 모셔왔군요

(네레우스의 딸들과 트리톤들이 지나간다.)

호문클로스

저 못생긴 신들[11)]의 모습은

마치 흙으로 구운 못생긴 항아리 같군요.　　　　8220

그런데 학자들은 저런 것들과 맞붙어

굳은 머리로 애를 쓰는군요.

탈레스

저거야말로 사람들이 탐내는 것이라네.

동전도 녹이 슬어야 값이 나가지 않나.

프로테우스 *(모습을 나타내지 않고)*

나처럼 나이 먹은 몽상가에겐　　　　　　　　　8225

---

11) 카비렌이란 신은 문학이나 예술에서 거의 다루지 않는데, 철학자 프리드리히 셸링이 「사모트라케의 신들에 관하여」라는 논문에서 다룬 사실을 괴테가 야유하고 있는 것이다.

괴상할수록 더 존경심이 든단 말이네.

탈레스

프로테우스, 자네 어디 있나?

프로테우스 *(복화술로 때로는 가까이 때로는 멀리서)*

여기! 그리고 여기!

탈레스

자네의 그 해묵은 농담을 나무라지는 않네만,

친구에게 공허한 헛소리는 그만두게!

난 자네가 엉뚱한 곳에서 떠들고 있다는 걸 알고 있네.　　　　8230

프로테우스 *(마치 먼 곳에서처럼)*

잘 있게!

탈레스 *(낮은 목소리로 호문쿨루스에게)*

그는 아주 가까이 있네. 불을 밝혀보세.

그는 물고기처럼 호기심이 많아,

어떤 모습으로 숨어 있든 간에,

불빛을 보이면 꾀어낼 수가 있다네.

호문쿨루스

밝은 불빛은 당장에라도 쏟아낼 수 있지만,　　　　8235

유리가 깨지지 않도록 조심해야겠어요.

프로테우스 *(커다란 거북의 모습으로)*

무엇이 저렇게 우아하고 아름답게 빛나지?

탈레스 *(호문쿨루스를 가리키며)*

좋아! 보고 싶으면 좀 더 가까이 다가오게.

힘이 들더라도 싫어하지 말고.

우리가 감추고 있는 것을 보고 싶거든,　　　　　　　　　8240

인간답게 두발로 선 모습으로 나타나게.

그것이 우리의 호의이자 요구네.

프로테우스 *(기품 있는 모습으로)*

약삭빠른 술책은 아직도 여전하군.

탈레스

변신하는 게 아직도 자네의 즐거움이군. *(호문쿨루스를 내보인다.)*

프로테우스 *(놀라면서)*

빛을 내는 난쟁이군! 이런 건 처음 보는데!　　　　　　　8245

탈레스

이 친구가 생성되고 싶다고 방법을 묻네.

내가 이 친구에게서 들은 바로는

자기는 이상스럽게도 반 밖에 세상에 태어나지 못했다네.

정신적인 본성에는 부족한 것이 없는데,

만져볼 수 있는 육체가 없다는 거야.　　　　　　　　　8250

지금까지 그에게 무게가 있는 것은 유리뿐이라서

어떻게 해서든 육체를 가졌으면 한다네.

프로테우스

진정한 처녀의 아들이군.

태어나서는 안될 것이 태어났구나!

탈레스 *(나지막이)*

그리고 다른 면에서 보아도 좀 의심스럽네.　　　　　　8255

이 난쟁이 인간은 내 생각으론 자웅동체 같단 말이야.

프로테우스

그렇다면 더욱 잘 되었네.

그가 원하는 대로 사용하면 될 테니까.

그러나 여기서 복잡하게 생각할 필요는 없네.

넓은 바다에서 시작하면 되니까!   8260

그곳에서 처음엔 작은 것에서 시작하면 되네.

가장 작은 놈을 즐겨 삼키고,

그렇게 해서 점점 자라나

보다 높은 완성에 이르게 되지.

호문쿨루스

여기선 정말 부드러운 바람이 붑니다.   8265

싱그러운 초록의 냄새도 향기가 나고.

프로테우스

그럴 거다, 귀여운 애야!

조금 더 나가면 기분이 더욱 좋아질 것이다.

그렇게 해서 이 좁은 해변의 끝에 이르면

공기의 상쾌함이 이루 말할 수 없단다.   8270

저 앞에 일렁이며 다가오는

행렬이 보인다.

우리 함께 가보자!

탈레스

나도 함께 가겠네.

호문쿨루스

진기한 세 도깨비[12]의 행차군요!

(로두스 섬의 텔킨족들이 해마海馬)와 해룡(海龍)을 타고 해신(海神) 넵튠의 삼지창을 손에

들고 등장)

합창

광란하는 파도를 진정시켜 주도록　　　　　　　　　　　　　8275

우리는 넵튠에게 삼지창을 만들어 주었습니다.

우뢰의 신이 먹구름으로 하늘을 덮고

무섭게 으르렁거리면, 그 소리에 넵튠이 화답을 합니다.

위에선 번갯불이 이리저리 번쩍거리고,

아래서는 세찬 파도가 밀어닥치며 물방울이 사방으로 튑니다.　　8280

그 와중에서 겁에 질려 버티던 자는

오래도록 휘둘리다가 물속 깊이 가라앉습니다.

그래서 넵튠은 오늘 우리에게 왕홀(王笏)을 넘겨주었습니다.

이제 우리는 축제의 기분으로 안심하고 유쾌하게 돌아다닐 수 있습니다.

세이렌들

헬리오스를 숭배하고　　　　　　　　　　　　　　　　8285

밝은 날의 축복을 받은 이들이여,

달의 여신 루나를 찬양하는

이 시간, 잘들 오셨습니다!

텔킨족들

---

12) 탈레스는 철학자의 망령, 호문쿨루스는 연금술의 산물인 일종의 데몬, 프로테우스는 바다의 괴물.

창공에 높이 떠있는 사랑스럽기 그지없는 달의 여신이여!

그대 오라버니를 찬양하는 노래, 기쁘게 들어주소서.   8290

그리고 기쁨에 넘친 로도스 섬에 귀를 기울이소서.

그곳에선 헬리오스를 찬양하는 노랫소리가 울려 퍼집니다.

그가 하루의 운행을 시작해 중천에 이르면

불타는 찬란한 눈으로 우리를 내려다봅니다.

산, 도시, 해변, 파도까지   8295

신의 마음에 들어 사랑스럽고 화창합니다.

안개가 없다가 슬쩍 끼어들면,

태양과 산들바람으로 섬은 다시 맑아집니다.

그곳에 고귀한 신은 가지가지 형상으로 나타납니다.

젊은이로, 거인으로, 위대하게, 정답게   8300

신의 위엄을 존귀한 인간의 모습[13]으로

만들어낸 것은 우리가 처음이었다오.

프로테우스

마음껏 노래하고, 마음껏 자랑하게!

태양의 성스러운 생명의 빛에 비하면,

생명 없는 동상쯤은 그저 장난일 뿐.   8305

끊임없이 쉬지 않고 녹이면서

청동을 부어 무엇인가를 주조해 놓고

---

13) 태양의 신 아폴로의 동상은 수없이 많지만, 기원전 303년 로도스 섬에 세워진 105피트의 거대한 상은 고대 7대 불가사의 중 하나로 꼽힌다. 신상을 인간의 모습으로 만든 것은 텔킨족이 처음이었다. 그 상은 80년 후 대지진으로 붕괴된다.

무슨 물건이 된 줄로 생각하고 있는데,

이 거만함은 결국 무엇이란 말인가?

신상(神像)들은 거대한 모습으로 늘어서 있지만,   8310

지진 한번으로 무너져버려

오래전에 다시 녹아버렸다.

지상의 일은 무엇이든 간에

결국 헛수고일 뿐이다.

살아가는 데는 파도가 훨씬 유용하리라.   8315

그대를 영원한 물의 세계로 데려가는 것은

프로테우스-돌고래란 말일세. *(모습을 바꾼다.)*

자, 되었네. 자네에게 멋진 행운이 찾아올 거네.

내가 자네를 등에 태우고 가서

저 넓은 바다와 인연을 맺게 해주지.   8320

탈레스

생명의 창조를 처음부터 시작해보려는

자네의 기특한 소망에 찬사를 보내네!

신속하게 행동할 준비가 되었는가!

영원의 규범에 따라 활동하고

수천수만의 형체를 거쳐   8325

인간이 되기까지 많은 시간이 필요하리라!

호문쿨루스 *(프로테우스-돌고래를 탄다)*

프로테우스

정신만으로 넓은 물의 세계로 함께 가자!

거기서 자네는 종횡으로 두루 살 수 있으며

원하는 대로 활동할 수 있다.

다만 보다 높은 차원으론 오르려고 하지 말라.　　　　　8330

자네가 일단 인간이 되고나면

그것으로 자네의 목적은 이루어졌으니까.

탈레스

그것은 사정에 따라서지.

시대의 총아가 되는 것도 멋진 일 아닌가.

프로테우스 *(탈레스에게)*

자네 같은 인간 말인가!　　　　　8335

그런 정도면 얼마간 견딜 수 있겠지.

창백한 도깨비 무리 속에서

나는 자네를 벌써 몇백 년째 보아왔으니.

세이렌들 *(바위 위에서)*

둥근 달님 주위로 구름 따라

화려한 원을 그리는 것은 무엇일까요?　　　　　8340

그것은 사랑에 불타는 비둘기들이랍니다.

눈부시게 하얀 날개를 하고

사랑으로 가슴 태우는 저 새들은

파포스에서 날아왔습니다.

우리들의 축제는 지금이 한창이라　　　　　8345

명랑한 기쁨이 넘쳐납니다!

네레우스 *(탈레스에게 다가가면서)*

어떤 나그네가 밤길을 걸으며

이 달무리를 공기현상이라고 불렀다지만,

우리 영(靈)들은 다르게 생각하고 있소.

그것이 비둘기라는 것이   8350

유일하게 옳은 생각일 것이오.

예부터 익혀온 특이한 방법의

신기한 비행으로, 내 딸이 타고 오는

조가비 마차를 인도해 오는 비둘기 말이오.

탈레스

나 역시 그 말이 옳다고 생각합니다.   8355

조용하고 따뜻한 보금자리에

성스런 삶이 유지된다면

진실한 남자의 마음에도 들겠지요.

프셀렌족과 마르센족[14] *(물소, 바다 송아지, 숫양을 타고)*

우리는 키프로스의 거친 동굴 속에

바다의 신에 의해서도 봉쇄되지 않고   8360

지진의 신에 의해서도 파괴되지 않은 채

영원한 미풍에 감싸여서

아득히 먼 옛날과 마찬가지로

조용하고 즐거운 마음으로

---

14) 전자는 리비아, 후자는 이탈리아에 사는 뱀을 다루는 곡예사 종족. 여기서는 비너스 신의 수레를
   수호하는 무리로 묘사되었다.

키프로스의 마차를 보존해 왔습니다.   8365

그리고 밤마다 물결이 살랑댈 때면

사랑스러운 물결 속을 헤치고

새로운 종족의 눈에 띄지 않게

사랑스러운 따님[15]을 인도한답니다.

조용히 일하는 우리들은   8370

독수리가, 날개달린 사자가,

십자가가, 초생 달이[16]

위에 살면서 우리를 다스릴 때도,

그들이 교체되고 흔들릴 때도,

서로 쫓고 죽이고 할 때도,   8375

나라와 도시들이 멸망할 때도,

우리는 항상 변치 않고

사랑스런 따님을 모셔 온답니다.

세이렌들

가볍게 움직이며, 얌전한 걸음걸이로

수레 주위에 원을 그리며,   8380

뱀처럼 꼬리에 꼬리를 물고

때로는 행렬에 얽혔다 흩어지는

늠름한 네레우스의 딸들이여, 가까이 오세요.

---

15) 8144행 갈라테아 참조.

16) 키프로스는 기원전 58년 이후 로마(독수리 문장), 베니스(날개달린 사자 문장), 기독교 기사단(십
　　자가 문장), 오스만 터키(초생 달 문장)의 지배를 당했다.

정답고 굳건한 여인들이여
도리스의 귀여운 딸들이여 8385
어머니의 모습을 닮은 갈라테아를 데려오세요.
신과 똑같이 엄숙하며
불멸의 품위를 갖추고 있지만,
인간세계의 부드러운 여인처럼
매혹적인 우아함을 보이지요. 8390

도리스의 딸들 *(모두 돌고래를 타고 합창을 하며 네레우스 곁을 지나간다)*
루나여, 우리에게 빛과 그늘을 보내
이 젊은 꽃들을 비춰주소서!
사랑하는 낭군들을 아버님께 보여드리며
간청하고자 합니다. *(네레우스에게)*
이들은 성난 파도의 이빨로부터 8395
우리가 구해낸 젊은이들이랍니다.
갈대와 이끼 위에 눕혀놓고
따뜻한 햇볕을 쬐게 하였더니,
뜨거운 키스로 답하며
진심으로 우리에게 고마워하고 있습니다. 8400
사랑스런 이들을 너그러이 보아주세요!

네레우스
일거양득이니 아주 잘한 일이다.
자비를 베풀고 동시에 자신도 즐거웠다니.

도리스의 딸들

아버님께서 우리가 행한 일을 칭찬하시고,
우리가 얻은 기쁨을 너그러이 허락하신다면,　　　　　8405
이들을 불사의 몸으로 만들어
우리의 젊은 가슴에 영원히 안겨주세요.

네레우스

사로잡은 젊은이들과 마음껏 즐기고,
그들을 너희들의 낭군으로 만들어라.
그러나 제우스신만이 베풀 수 있는 일을　　　　　8410
내가 혼자 행할 수는 없지 않느냐?
너희를 싣고 출렁이는 파도도
영원한 사랑을 지켜주지는 않을 것이다.
그러니 사랑의 꿈에서 깨어나거든
그들을 편안하게 육지로 돌려보내주어라.　　　　　8415

도리스의 딸들

사랑스러운 젊은이들은 우리에게 소중하지만,
그러나 슬프게도 이별을 해야겠네요.
우리는 영원히 신뢰를 지키고자 했지만,
신들이 그것을 허락하지 않는답니다.

젊은이들

우리는 젊고 씩씩한 뱃사공들　　　　　8420
앞으로도 저희를 도와주시기 바랍니다.
우리는 이런 행운을 가져본 적이 없었고
더 이상은 바라지도 않습니다.

갈라테아 (조가비 마차를 타고 다가온다)

네레우스

　너로구나, 사랑스런 딸아!

갈라테아

　오 아버님, 안녕하세요!

　돌고래야, 잠깐 멈추어라! 아버님의 눈길이 날 붙잡는구나.　　　8425

네레우스

　벌써 지나갔구나. 원을 그리듯

　펄럭이며 지나가 버렸구나!

　마음속으로 아무리 슬퍼한들 무슨 소용이랴!

　아, 나도 같이 데려갔으면 좋았으련만!

　그러나 단 한 번 본 것만으로도　　　8430

　일 년은 능히 견딜 수 있으리라.

탈레스

　만세! 만세! 만만세!

　아름다움과 진실이 온몸에 스며드니

　기쁨이 꽃처럼 피어오르는구나.

　만물의 근원은 물!　　　8435

　만물은 물에 의해 생명이 유지된다!

　대양이여 우리를 영원히 다스리소서.

　그대가 구름을 보내지 않았다면,

　수많은 실개천을 흐르게 하지 않았다면,

　여기저기서 하천이 구비치지 않았다면,　　　8440

강들을 만들어 놓지 않았다면,

산들은 어찌되었고, 평야와 세상은 어찌되었겠는가?

싱싱한 생명을 유지시키는 건 오직 그대뿐이다.

메아리 *(전체 등장인물의 합창)*

싱싱한 생명을 샘솟게 하는 건 오직 그대뿐이다.

네레우스

내 딸들은 파도에 흔들거리며 멀리 돌아간다.　　　　　　8445

이제는 더 이상 눈을 마주칠 수도 없구나.

멀리서 원을 그리며

축제의 분위기를 보이려는 듯

모두가 빙글빙글 돌고 있다.

그러나 나는 갈라테아의　　　　　　8450

조가비 옥좌를 보고 또 본다.

그것은 붐비는 무리 속에서

별처럼 반짝인다.

사랑스런 그 모습은 무리 속에서 밝게 빛나는구나!

저렇게 멀리 떨어져 있어도　　　　　　8455

언제나 가깝고 진실하게,

밝고 맑게 빛나고 있구나.

호문쿨루스

이 자비로운 물속에는

내가 무엇을 비춰보아도

모든 것이 매혹적으로 아름답다.　　　　　　8460

프로테우스

　이 생명의 물에

　자네의 권위가 비로소

　장려한 울림과 함께 빛난다.

네레우스

　어떤 새로운 비밀이 행렬의 중앙에서

　우리에게 펼쳐지려 하는 것일까?　　　　　　　　　　　8465

　조가비 마차 옆 갈라테아 발치에서 반짝이는 것은 무엇인가?

　사랑의 맥박이 고동치듯 때로는 강렬하게,

　때로는 사랑스럽게, 때로는 달콤하게 불타오르는 것은 무엇인가?

탈레스

　저건 프로테우스가 꾀어낸 호문쿨루스랍니다.

　격렬한 동경의 징조들로　　　　　　　　　　　　　　　8470

　괴로운 고통의 신음소리가 느껴집니다.

　찬란한 옥좌에 부딪혀 산산조각이 나지 않을까?

　아니, 불길이 오르고, 번쩍 빛나드니, 벌써 녹아 흐르는구나.

세이렌들

　파도를 환히 비추고, 그 파도를 서로 부딪쳐 산산이

　흩어지게 하는 저 신기한 불빛은 무엇인가요?　　　　　8475

　빛을 내며 흔들거리며 이쪽을 밝혀줍니다.

　달밤의 물결 위에 빛나는 저 물체들,

　주변의 모든 것은 불길에 싸여 흘러내리네요.

만물의 근원인 에로스[17]여, 이대로 다스리소서!

모두 함께

바다여 만세! 파도여 만세!   8480

거룩한 불길에 싸인,

물이여 만세! 불이여 만세!

진기한 신의 위업이여 만세!

부드럽게 나부끼는 바람이여 만세!

비밀에 가득 찬 동굴이여 만세!   8485

이 세상 만물을 높이 찬양하라!

물과 불과 바람과 흙, 네 가지 모두를 찬양하라!

---

17) Eros. 플라톤의 『향연』에 의하면 에로스는 혼돈에서 생성된 자연발생의 신이다. 만물의 근원인 물
과 불이 서로 반발하면서도 하나가 되듯 에로스의 힘도 융합의 기능을 지녔다.

제 3 막

스파르타에 있는 메넬라오스 왕[1]의 궁전 앞

헬레나 등장. 사로잡힌 트로야 여인들의 합창. 판탈리스가 합창대를 지휘한다.

헬레나

찬사도 많이 받고 비난도 많이 받은 헬레나입니다.

우리는 지금 막 도착한 해안으로부터 오는 길이에요.

거센 파도에 취해 아직도 어지럽군요.　　　　　　　　　　8490

프리기아의 평원[2]을 떠나 높이 솟구치는 파도를 타고

포세이돈의 은총과 오이로스의 덕[3]으로

간신히 고국의 항구로 돌아왔답니다.

---

1) Menelas. 스파르타의 왕. 왕비 헬레나가 트로야의 파리스 왕자에게 유괴 당하자 전쟁을 일으켜 트로야를 멸망시킨다.
2) 트로야의 평야지대.
3) 포세이돈은 바다의 신(로마 신화에서는 넵튠), 오이로스는 남동풍을 뜻함.

저 밑에선 메넬라오스 왕이 그의 가장 용감한

전사들과 함께 개선을 축하하고 있군요.   8495

그대 고귀한 왕궁이여 나를 환영해다오!

이 왕궁은 부왕 틴다레오스께서 이국에서 돌아와

팔라스 언덕4) 가까운 곳에 세우신 것이에요.

나는 여기서 동생 클리템네스트라5)와 함께

또 카스토르와 폴룩스6)도 함께 즐겁게 놀며 자랐답니다.   8500

스파르타의 어느 집보다 아름답게 꾸며진 궁전이었지요.

청동의 성문들아, 날 반겨다오!

옛날에 너희들이 손님을 맞으려고 활짝 열렸을 때,

많은 사람들 가운데 선택되어 내 앞에

신랑 메넬라오스 님이 눈부신 모습으로 나타나셨지.   8505

다시 한 번 열려다오. 왕비에 어울리게 입장하여

전하의 급한 분부를 충실히 수행하게 해다오.

나를 안으로 들게 해다오! 여태껏 불운하게도 나에게 달라붙어

괴롭히던 모든 것을 털어버리고 싶다.

내가 이 성문을 걱정 없이 떠나,   8510

성스러운 의무를 다하고자 키테라 신전7)을 찾았다가,

그곳에서 뜻밖에 프리기아의 도둑한테 유괴를 당해서,

---

4) Pallas. 스파르타의 수호신 팔라스(아테나)의 신전이 있는 곳.

5) Klytämnestren. 틴다레우스왕과 레다 사이에 태어난 딸로 헬레나의 동생이며, 아가멤논왕의 부인.

6) Kastor und Pollux. 제우스신의 쌍둥이 아들.

7) 아프로디테의 신전. 헬레나는 이곳에 갔다가 아프로디테의 도움을 받은 파리스의 유혹에 빠져 트로야로 간다.

온갖 우여곡절을 겪게 되었는데, 그것이 세상 사람들의 이야깃거리가

되었지요. 그러나 자신에 관해 이런저런 이야기가 늘어나

동화가 되어버린다면 더 이상 듣고 싶지 않답니다.　　　　　8515

합창

　　　　오, 귀하신 왕비님, 당신이 지니신

　　　　최상의 보물을 거부하지 마십시오!

　　　　가장 큰 행복은 오직 당신 혼자만의 것,

　　　　미인의 영광은 그토록 뛰어나답니다.

　　　　영웅은 이름을 내세우고　　　　　　　　　　8520

　　　　뽐내고 길을 걷지만,

　　　　모든 것을 정복하는 미를 보면

　　　　완고한 사나이도 고집을 꺾는답니다.

헬레나

　　그만! 난 남편과 함께 배를 타고 와서,

　　그의 분부인 도시로 먼저 오게 되었다.　　　　　8525

　　그러나 그가 어떤 생각을 품고 있는지 모르겠다.

　　아내로 온 것인지? 왕비로 온 것인지?

　　아니면 왕의 쓰라린 고통이나 그리스인들의

　　오래 참아온 불행을 위한 재물로 온 것인지?

　　또 전쟁 중에 사로잡혔지만, 포로인지도 모르겠다!　8530

　　불사의 신들은 아름다운 나에게

　　이중적이고 미심쩍은 동반자, 명성과 운명을 정해주었다.

　　그것이 이 성문의 문턱에 이르자

음흉하고 무서운 모습으로 곁에 서있는 것 같다.
텅 빈 배안에서도 남편은 날 쳐다보는 일이 8535
드물었고, 나와 마주 앉아 마치 불길한 일을 생각하듯
위로의 말은 한마디도 건네지 않았다.
그런데 앞선 배들이 오이로타스 강[8] 안쪽으로 깊숙이
들어가 뱃머리가 기슭에 닿자,
남편은 신의 계시라도 받은 듯 말했다. 8540
"여기서 나는 병사들을 질서 있게 하선시켜서
해변에 정돈시켜 사열할 작정이오.
그러나 당신은 계속 가시오. 성스런 오이로타스 강의
비옥한 해안을 따라 계속 올라가시오.
이슬 젖은 초원 위로 말을 달려, 8545
아름다운 평원에 도착할 때까지.
그곳엔 아담한 산들로 둘러싸인
비옥하고 넓은 평야 라케데몬[9]이 있을 것이오.
그 다음 높은 탑이 솟아있는 왕궁으로 들어가,
늙었지만 현명한 시녀장을 데리고 8550
내가 그곳에 남겨두고 온 시녀들을 점검하시오.
그들은 당신에게 당신 부친이 남겨놓은 것과
내가 전쟁과 평화를 겪으며 끊임없이 불려서

---

8) Eurotas. 스파르타를 거쳐 라코니아만으로 들어가는 강.
9) Lakedämon. 스파르타를 가리킨다.

쌓아놓은 풍성한 재화를 보여줄 거요.
모든 것이 잘 정돈되어 있을 것이오.   8555
왕이 집에 돌아왔을 때
모든 것이 전과 다름없이
제자리에 있는 것을 확인하는 것은 그의 특권이오.
신하들의 힘으론 무엇 하나 변경시킬 수가 없는 법이오.”

합창

끊임없이 불어난 호화로운 보화로   8560
왕비님의 눈과 마음을 위로하세요.
아름다운 목걸이, 눈부신 왕관이
오만하게 버티고 거만을 떨지만,
왕비님이 등장하여 분부를 내리시면
그들은 재빨리 준비를 갖춘답니다.   8565
황금과 진주와 보석들이 왕비님의
아름다움과 견주는 걸 보고 싶군요.

헬레나

그리고 왕은 계속 분부하셨다.
“모든 것의 정돈 상태를 두루 살핀 다음
필요하다고 생각되면 삼발이 향로와   8570
성스러운 제사를 지낼 때 제주(祭主)가 다루게 될
갖가지 제기(祭器)들을 꺼내놓도록 하시오.
가마솥과 접시들과 주발은 물론
커다란 항아리엔 신성한 샘의 정결한 물을

가득 담아 놓으시오. 게다가 불길이 재빨리 8575
타오를 마른 장작도 준비해 놓으시고,
마지막으로 날이 잘 선 칼도 잊지 마시오.
그밖에 모든 것은 당신 재량에 맡기겠소.”
내가 떠날 것을 연방 재촉하면서 하신 말씀이었다.
그러나 올림포스 신들을 경배하기 위해 도살할 8580
살아 숨 쉬는 생명체에 대한 말씀은 없었다.
그것이 이상하긴 했지만 나는 더 이상 걱정하지 않고
모든 것을 높으신 신의 손에 내맡겼다.
인간들이 좋게 생각하든 나쁘게 생각하든,
신들은 자신들이 뜻하는 대로 이루어 갈 것이니, 8585
죽을 운명의 우리는 참을 수밖에 없다.
때때로 제주(祭主)의 무거운 도끼가 봉납을 위해
땅에 엎드린 동물의 목을 쳐야했지만
이룰 수 없는 경우도 있다. 그것은 가까운 적이나
신의 방해가 그것을 막았기 때문이다. 8590

합창

무슨 일이 일어날지 알 수 없으니,
왕비님, 용기를 내어
앞으로 나아가세요!
좋은 일 나쁜 일은 기약 없이
인간에게 닥쳐오는 법이니, 8595
미리 안다 해도 믿을 수가 없답니다.

트로야가 불탔을 때 우리는 겪지 않았나요?

눈앞에서 죽음을, 그 치욕의 죽음을.

그래도 우리는 여기서

당신을 따르고 기꺼이 섬기며,　　　　　　　　　　8600

하늘의 눈부신 태양과

지상에서 가장 아름다운 당신을

행복에 넘쳐 바라보고 있답니다!

헬레나

그래, 내버려두자! 무엇이 내 앞에 서있건,

지체하지 않고 왕궁으로 올라가는 게 내 임무이니까.　　8605

오랜 고통 속에서 한없이 그리워했지만 거의 잃을 뻔한 왕궁이

다시 눈앞에 서있으니, 어쩔 바를 모르겠구나.

어릴 때 단숨에 뛰어오르던 높은 계단도

발걸음 힘차게 올라가기가 힘들구나.

합창

슬프게 포로가 된　　　　　　　　　　　　　　8610

여인들이여, 온갖 고통을

멀리 던져버리고,

왕비님과 행복을 나누고,

헬레나와 행복을 나누세요.

늦은 귀향길이지만　　　　　　　　　　　　　8615

확실한 걸음걸이로

마냥 즐겁게

고향집으로 다가가세요.

행복하게 준비하여
고향으로 인도하신   8620
신들을 찬양하소서!
자유롭게 해방된 자는
날개달린 듯
아무리 험한 곳도 훨훨 날아가지만
사로잡힌 자는 그리움에 잠겨   7625
감방의 벽 위로 팔을 버리고
여위어만 간다오.

그러나 신께서는 손을 내밀어
이국의 왕비님을 붙잡아,
일리오스의 폐허로부터,   8630
새롭게 단장한
조상들의 옛 궁전으로
데리고 왔답니다.
왕비님께서는
젊은 날 겪었던   8635
이루 말할 수 없는
기쁨과 고통을 새롭게 기억하시겠지요.

판탈리스 *(합창을 지휘하는 여인)*

즐거움에 싸인 노래의 오솔길을 벗어나

왕궁의 대문으로 눈길을 돌려보세요.

하지만 웬일일까요? 자매들이여, 왕비님께서는   8640

흥분하신 듯 격한 걸음으로 되돌아오시는군요.

웬일이신가요, 위대한 여왕님, 궁전 홀에서

시녀들의 인사 대신, 충격적인 일을

당하셨나요? 숨기지 마셔요.

불쾌한 빛이 안면에 가득한 걸 보니   8645

고귀한 분노가 놀라움과 싸우는 것 같군요.

헬레나 *(문을 열어놓은 체 흥분하여)*

제우스의 딸인 나에게 웬만한 두려움은 문제가 될 수 없고,

가볍게 스치는 공포의 손길도 내게는 미칠 수 없지만,

하지만 공포가 태초의 어두운 품속에서

갖가지 모양으로 화산의 불구덩이에서   8650

이글거리는 구름처럼 위로 치솟는다면

어떠한 영웅의 가슴이라도 흔들어 놓았을 것이다.

오늘은 무시무시한 악마의 무리들이

내가 궁정 안으로 들어가는 것을 가로막고 있어서,

나는 자주 드나들던 그리웠던 문지방을   8655

내쫓긴 나그네처럼 멀리 떠나고 싶었다.

하지만 안돼! 해가 비치는 밝은 곳으로 피하긴 했지만,

너희들이 요괴일지라도 나를 계속해서 쫓아내진 못하리라.

봉헌을 해야겠다. 그러면 정화된 부엌의 불이

나를 주인으로 맞아줄 것이다.   8660

합창을 지휘하는 여인

고귀한 왕비님, 당신을 받드는 시녀들에게
왕비님이 겪은 일을 말씀해주세요.

헬레나

내가 보아야 했던 것을, 태초의 어두움이 곧바로
자기가 낳은 모습을 자신의 깊은 품속으로
삼켜버리지 않는다면, 너희들도 보게 되리라.   8665
하지만 너희들이 알 수 있도록, 말로 이야기해 주겠다.
나는 먼저 해야 할 일을 생각하면서
왕궁의 엄숙한 내실로 기뻐하며 들어갔을 때,
황량한 복도의 적막감에 우선 매우 놀랐다.
분주하게 오가는 사람들을 만날 수 없었고,   8670
바쁘게 일하는 사람들도 볼 수 없었으며,
예전에 어떤 손님이든 친절하게 맞아주던
하녀도 시녀장도 나타나지 않았다.
그러나 내가 부엌의 아궁이 가까이 이르자
꺼져가는 잿더미의 어스름 속에   8675
얼굴을 가린 키가 큰 여인이 앉아 있었다.
자는 것은 아니고 생각에 잠겨 있는 모습이었다.
나는 남편이 고용해서 남겨둔
시녀장이라고 짐작해서 주인다운 어조로
일을 하도록 명했다.   8680

그러나 그녀는 옷을 휘감은 채 꼼짝도 하지 않았다.

내가 엄하게 다시 명하자, 그녀는 오른팔을 내밀어

나를 부엌과 방에서 내쫓으려고 했다.

나는 화가 치밀어 그녀에게서 몸을 돌려

곧 층계 쪽으로 달려갔는데, 그 위엔 잘 장식된   8685

부부의 침실이 마련되어 있었고, 그 옆엔 보물의 방이 있었다.

그 요물은 갑자기 바닥에서 일어나

억압적으로 길을 가로 막으며, 바짝 마른 큰 키에

움푹 팬 핏발이 선 탁한 눈빛으로 나를 바라보았는데,

눈과 마음을 어지럽히는 기괴한 모습이었다.   8690

내가 말을 한들 무슨 소용이겠는가. 말로는

조물주처럼 형상들을 창조할 수가 없다.

저길 좀 봐요! 그녀가 햇빛이 비치는 곳까지 나왔다!

하지만 여기선 남편인 왕께서 오실 때까지 우리가 주인이다.

저 끔찍한 요물들을 아름다운 친구,   8695

태양신 푀부스가 동굴에 가두거나 포박해 버릴 것이다.

포르키아스 *(문기둥 사이로 문지방에 나타난다)*

합창

　　　청춘의 고수머리가 관자놀이에서

　　　물결치지만 나는 많은 것을 체험했다.

　　　많은 무서운 것도 보았다.

　　　일리오스 성이 불타오르는 밤에   8700

　　　전쟁의 참상을.

희뿌연 먼지 구름 휘날리며
미친 듯 달려오는 전사들 속에서
나는 신들의 무서운 울부짖음을 듣는다.
싸움을 재촉하는 소리가 들판을 지나 성벽을 향해   8705
쩌렁쩌렁 울리는 걸 듣는다.

아! 일리오스의 성벽들은 굳건했지만,
어느새 불길은
이웃에서 이웃으로 번져갔고,
이곳저곳에 널리 퍼져   8710
세찬 바람과 함께
어두운 도시를 뒤덮는다.

나는 도망가며 연기와 화염 속에서
훨훨 타오르는 불꽃 사이로
무섭도록 분노한 신들이 다가옴을 본다.   8715
기괴한 모습으로 성큼성큼 다가와
불에 휩싸인 연기 속으로
거인처럼 사라지는 것을
본다. 아니면

겁에 사로잡힌 내 마음의   8720

망상일까? 무엇이라고
말할 수는 없지만, 그러나 여기서도
내 눈 앞에 무서운 광경이 보인다.
그런 것을 나는 확실하게 알 수 있다.
두렵다는 생각이 나를   8725
위험한 것에서 끌어당기지 않았다면
두 손으로 붙잡을 수도 있었다.

포르키아스의 딸들 중
그대는 어느 딸인가?
그대는 이 종족과   8730
너무 닮았다. 혹시
태어날 때부터 백발이고
눈 하나 이빨 하나를
교대로 사용한다는
그라이프 아닌가?   8735

그대 같은 괴물이
아름다운 왕비님과
훌륭한 식별의 눈을 가진 태양신
푀부스 앞에서 감히 얼씬거린단 말인가?
그렇지만 모습을 드러내 보아라.   8740
푀부스의 신성한 눈은

한 번도 그늘을 본 적이 없으니
추한 것은 보시지 않을 것이다.

아, 슬프다! 서글픈 운명은
우리들 죽어야 할 인간들을 강요하여   8745
형언할 수 없는 눈의 고통을 느끼게 하는 것이다.
그것은 사악하고 영원히 저주받을 것들이
아름다움을 사랑하는 자들에게 주는 고통이다.
그대 뻔뻔스럽게 우리에게 나타난다면
우리의 저주를 들어라.   8750
신들에 의해 만들어진 복 받은 인간들의
저주하는 입에서 나오는 온갖
비방과 욕설을 들어라.

포르키아스

수치스러움과 아름다움이 손에 손을 맞잡고
이 세상 푸른 들길을 함께 가는 일은 없을 거라는   8755
옛말의 뜻이 여전히 진실하고 진실하지.
이 둘 사이의 해묵은 증오는 너무 뿌리 깊어서,
어디선가 길에서 서로 만나도
각자 상대방에게서 등을 돌리고
수치스러움은 자신을 슬프게, 아름다움은 자신을 자랑스럽게   8760
생각하며 다시금 격렬하게 멀리 떠나버리지.
만약 연륜(年輪)이 양자를 미리 묶어놓지 않았다면,

지옥의 공허한 어둠이 그들을 감쌀 때까지 달려가겠지.

그리고 그대들 뻔뻔스런 여인들, 낯선 땅에서 온 모양인데,

거만을 떠는 모습이 마치 두루미 떼 같구나.　　　　　　8765

마치 우리의 머리 위에 길게 뻗은 구름 속에서

시끄럽게 목 쉰 소리를 내며 날아가는 무리처럼.

조용한 나그네는 고개를 들어 바라보지만,

그러나 그들은 자신들의 길을 간다.

나그네도 자신의 길을 간다. 우리도 우리의 길을 갈 것이다.　　8770

왕의 거룩한 궁전에서 메나데[10]처럼 거칠고,

주정꾼들처럼 미쳐 날뛰는 그대들은 도대체 누구인가?

개가 달을 향해 짖어대듯, 왕궁의 시녀장에게

소리를 질러대는 그대들은 도대체 누구인가?

그대들이 어떤 족속인지 감출 수 있다고 생각하는가?　　　8775

전쟁이 낳고 전쟁이 길러낸 애송이 같은 그대들!

유혹하고 유혹에 빠지면서 사내를 홀리는 그대들!

병사와 시민들의 힘을 소모시키는 존재들,

그대들을 보고 있으면 마치 메뚜기 떼가

푸른 전답을 뒤덮으며 갉아먹고 있는 것 같다.　　　　　8780

다른 사람들이 노력을 좀먹는 존재들!

나라의 복지를 모조리 갉아먹는 존재들!

---

10) Mänade. 주신(酒神) 바카스의 시중을 드는 무녀.

약탈당하고, 장마당에서 사고나 팔 물건들!

헬레나

안주인의 면전에서 시녀들을 비난하는 것은,

외람되이 여주인의 권한을 침해하는 짓이오.　　　　　　　　8785

칭찬할 것은 칭찬하고 잘못된 일을 벌주는 것은

오직 여주인에게만 주어진 권한이오.

그리고 굳건한 일리오스 성이 포위되어 함락되고

멸망했을 때 이 시녀들이 보여준

헌신에 대해 나는 대단히 만족하고 있소.　　　　　　　　8790

우리가 길을 잃고 괴로워하며 유랑할 때도

모두가 자신을 아끼지 않고 충실했소. 그래서 나는

여기서도 명랑한 이 사람들의 시중을 기대하고 있소.

주인은 하인이 하는 일이 문제지, 어떤 사람인가는 묻지 않는 법이오.

그러니 그대는 입을 다물고 더 이상 시녀들을 꾸짖지 마시오.　　8795

그대가 지금까지 안주인을 대신해서

왕궁을 지켜온 공로는 인정하겠소.

하지만 이제 주인이 돌아왔으니, 그대는 물러가

칭찬대신 벌을 받지 않도록 잘 처신하기 바라오.

포르키아스

하인들을 꾸짖는 것은 신의 축복을 받은　　　　　　　　8800

왕비님이 오랜 기간 슬기롭게

집안을 다스려 얻게 된 커다란 권한이지요.

이제 당신은 새로이 인정을 받고

여왕으로서 안주인으로서 옛 자리에 납시니

오랫동안 느슨해진 고삐를 다잡아 다스리시고   8805

보화는 물론 우리까지 모두 거두어 주소서.

그러나 무엇보다도 이 늙은이를 보호해 주소서.

백조같이 아름다운 당신 곁에서

털도 제대로 안 난 채 꽥꽥 거리는 저 거위 떼들로부터.

합창을 지휘하는 여인

미인 곁에 추물이 서있으니 더욱 추하군.   8810

포르키아스

현명한 분 곁에 바보가 서있으니 더욱 멍청해 보이는군.

(여기서부터 합창대에서 한 사람씩 나와 대답한다.)

합창대원 1

아버지 에레부스[11], 어머니 밤에 대해 말해보라.

포르키아스

그럼 네 언니 스킬라[12]에 관해 말해보라.

합창대원

너희 족보에는 괴물들이 우글거리지.

포르키아스

지옥에나 가라! 그곳에서 너희 패거리를 찾아라.   8815

합창대원

---

11) Erebus. 카오스(혼돈)에서 태어난 암흑의 신. 그의 자매인 〈밤〉과 교접하여 〈낮〉을 출생시켰다.

12) Scylla. 머리가 여섯인 바다의 괴물로 남자를 잡아먹고 개처럼 짖는다고 한다.

지옥에 사는 것들도 너에 비하면 모두가 너무 젊다.

포르키아스

그렇다면 티레지아스¹³⁾ 노인하고나 붙어라.

합창대원

오리온¹⁴⁾의 유모가 네 고손녀쯤 되겠구나.

포르키아스

하르피에들¹⁵⁾이 너를 오물 속에서 길러 냈을걸.

합창대원 5

무얼 먹어서 너는 그렇게 비쩍 말랐지?　　　　　　　　　　　8820

포르키아스

네가 그렇게 탐내는 피는 아니다.

합창대원 6

자신이 역겨운 송장이면서 송장을 찾는가!

포르키아스

뻔뻔한 주둥이 속에 흡혈귀의 이빨이 번쩍이는구나.

합창을 지휘하는 여인

그대 정체를 폭로해서 입을 틀어막겠다.

포르키아스

그래, 네 이름부터 먼저 대라. 그러면 수수께끼가 풀릴 테니까.　　8825

---

13) Tiresias. 테베의 장님 예언자.

14) Orion. 거대한 체구의 사냥꾼. 성좌의 이름으로 사용된다.

15) Harpye. 아르고 선(船)의 전설에 나오는 괴조(怪鳥). 남의 음식을 더럽히고 빼앗는다고 한다. 여기
　　선 남의 애인을 가로채는 호색녀로 비유된다.

헬레나

    나는 화가 나서가 아니라 슬픈 마음으로 그대들의
    시끄러운 말다툼을 금지 시키려고 중간에 나섰다.
    충직한 하인들 간에 일어나는 불화만큼
    주인을 해롭게 하는 것은 없으니까.
    그리되면 주인 명령은 메아리가 되어 더 이상   8830
    재빠르게 이루어진 행동으로 되돌아 올 수가 없다.
    당황하여 욕설만 퍼붓는 주인 주위를
    멋대로 들끓으며 날뛸 뿐이다.
    뿐만 아니라 그대들은 무엄하게도 화를 내면서
    불길한 자들의 끔찍한 형상을 불러내었기에,   8835
    내가 고향땅을 밟고 있어도, 그들이 내 주위를 둘러싸서
    마치 내 자신이 지옥에 빠져 있는 느낌이다.
    이것은 추억인가? 아니면 나를 사로잡고 있는 망상인가?
    도시를 황폐하게 만든 무서운 꿈의 형상은
    과거의 나였나? 현재의 나인가? 미래의 나일 것인가?   8840
    시녀들은 떨고 있지만, 나이 많은 그대
    침착하게 서서 내가 알아듣도록 말 좀 해다오.

포르키아스

    오랜 세월 겪은 여러 행복을 회상해보면
    높은 신의 은총도 결국 한바탕 꿈과 같은 것.
    그러나 당신은 한없이 큰 은총을 받으신 분으로,   8845
    일생에서 만난 연인들은 사랑에 열정적이어서

어떤 대담한 모험들도 거침없이 해치웠습니다.

처음엔 테세우스가 애간장을 태우며 당신을 붙잡으려 했지요.

그는 헤라클레스처럼 강하고 잘 생긴 사내였지요.

헬레나

열 살짜리 날씬한 사슴 같았던 나를 유괴해   8850

아티카의 아피드누스 성에 가두어 놓았다.

포르키아스

그러나 곧 카스토르와 폴룩스에게 구출되어

뭇 영웅들의 구애 대상이 되었지요.

헬레나

하지만 솔직히 말해 내가 누구보다 좋아했던 이는

펠리데[16]를 꼭 닮은 파트로클루스이었다.   8855

포르키아스

하지만 당신은 아버님의 뜻에 따라 대담한 항해자이자

내정에도 뛰어난 메넬라오스와 결혼하셨지요.

헬레나

아버님은 딸과 또 나라의 통치권까지 그에게 넘겨주었다.

그리고 부부생활에서 딸 헤르미오네가 태어났다.

포르키아스

하지만 그가 유산인 크레타 섬을 찾으려 원정길에 나간 사이   8860

---

16) Pelide. 펠레우스의 아들 아킬레우스를 가리킨다. 파트로클루스는 그의 친구.

외로운 당신 앞에 너무나 아름다운 손님[17]이 나타났지요.

헬레나

왜 그대는 과부나 다름없던 그때를,

그리고 거기서 자라난 무서운 재앙을 생각나게 하는가?

포르키아스

그 원정에서 자유로운 크레타 여인인 내가

포로로 잡혀와 오랜 노예생활을 하게 되었지요.　　　　　　　　8865

헬레나

그분은 그대를 곧 이곳의 시녀 장(長)으로 임명하고,

성과 용감하게 쟁취해온 보화들을 맡기지 않았는가?

포르키아스

당신은 이 성체들을 버리고, 탑으로 둘러싸인 도시 일리오스에서

끝없는 사랑의 즐거움을 누리지 않았나요?

헬레나

사랑의 즐거움이란 당치도 않다! 한없는 괴로움이　　　　　　　　8870

가슴과 머리 위로 끝없이 쏟아져 내렸다.

포르키아스

하지만 소문으론 당신은 두 개의 모습을 지녀,

일리오스에서도 그리고 이집트[18]에서도 계셨다고 하던데요.

---

17) 트로야의 왕자 파리스를 말한다.

18) 파리스에게 유괴된 헬레나는 환상에 지나지 않고 실제로는 신의 사신 헤르메스에게 인도되어 이집
트에 가 있다가 남편 메넬라오스가 트로이에서 귀환할 때 이집트에서 헬레나와 상봉했다는 전설이
있다.

헬레나

황폐한 내 마음의 어리석음을 혼란시키지 말라.

지금까지도 어느 쪽이 진짜 나인지 모르고 있다. 8875

포르키아스

또 이런 소문도 있지요. 아킬레우스까지도

공허한 저승에서 나와 당신을 열렬히 따라다녔다고.

그는 전에도 온갖 운명을 거역하면서 당신을 사랑했지요.

헬레나

나는 우상으로써 우상인 그분과 인연을 맺었을 뿐이다.

전설도 그것은 꿈이었다고 말하고 있다. 8880

나는 이대로 사라져 스스로 우상이 되고 싶다. *(합창대의 한쪽 편 팔에 쓰러진다.)*

합창

입을 닫고, 침묵하라!

흉측한 시선, 험담만 하는 너!

끔찍한 외 이빨의 입술,

그 무섭고 끔찍한 목구멍에서 8885

좋은 말이 나올 수가 없다.

겉으로는 다정해 보이지만 사악한 자,

양가죽을 쓴 늑대,

머리가 셋 달린 개의 아가리보다

훨씬 더 무시무시하구나. 8890

우리는 불안하게 엿듣고 있다.

깊이 숨어있는 귀물의
저 음흉한 흉계가
언제? 어떻게? 어디서 터져 나올지.

위안에 넘치는 정답고   8895
근심을 잊게 하는 온화한 말 대신,
과거의 온갖 일을 들추어
좋은 일보다 악한 일만 찾아내
현재의 영광은 물론
은은히 비추는 미래의   8900
희망의 빛까지도
모조리 어둡게 한다.

입을 닫고, 침묵하라!
곧 꺼질 것만 같은
왕비님의 영혼을   8905
아직은 단단히 붙들도록 하자.
지금까지 태양이 비춘 분 가운데
누구보다 아름다운 분.

(헬레나는 원기를 회복하고 다시 중앙에 등장한다.)

포르키아스

매혹적으로 가려진 눈부신 광체 속에서
높이 뜬 오늘의 태양이여 구름을 헤치고 나와,   8910

그대 앞에 펼쳐진 세상을 다정한 눈길로 보아다오.

저들은 날 추하다고 비난하지만, 나도 아름다움은 잘 안답니다.

헬레나

나는 어지러운 몽롱한 상태에서 비틀거리며 일어났지만,

내 몸이 너무 피곤해 다시 쉬고 싶다.

그러나 어떤 위험이 닥치더라도 정신을 가다듬고 기운을 차리는 것이　8915

왕비에게 또 모든 인간에게 어울리는 태도이리라!

포르키아스

당신은 이제 위엄 있고 아름다운 모습으로 우리 앞에 서있습니다.

그리고 무엇인가 분부하고 싶은 눈빛이군요. 무슨 분부인지 말씀하

십시오.

헬레나

너희들의 무엄한 다툼 때문에 시간을 많이 허비했노라.

서둘러 왕이 명하신대로 제물을 준비해다오.　8920

포르키아스

모든 것이 준비되어 있습니다. 접시, 삼발이 향로, 날기로운 도끼,

정화수와 향료: 바칠 제물만 말씀하십시오.

헬레나

왕께서 그 말씀은 안하셨는데.

포르키아스

말씀을 안 하셨다고요? 오, 저런 딱한 일이!

헬레나

무엇이 딱하단 말이냐?

포르키아스

왕비님, 당신이 바로 제물이에요!

헬레나

내가? 8925

포르키아스

그리고 이 시녀들도.

합창

오, 어쩌나!

포르키아스

도끼날에 목이 떨어지겠죠.

헬레나

끔찍하군! 짐작은 했지만 내 신세가 가련하구나!

포르키아스

피할 길이 없어 보입니다.

합창

아! 그럼 우리는? 어떻게 될까요?

포르키아스

왕비께선 고귀한 죽음을 맞으시겠지만,

그대들은 지붕을 받치는 높은 대들보에서

그물에 걸린 지빠귀마냥 줄줄이 매달려 버둥거리게 될 것이다.

헬레나와 합창 (*미리 준비된 의미심장한 모습으로, 매우 놀라 경악하며 서있다.*)

포르키아스

유령들! – – 그대들은 너희 것이 아닌 8930

밝은 낮과 헤어지는 것에 놀라 동상처럼 거기에 서있구나.

너희와 똑같이 유령 같은 인간들도,

숭고한 태양빛을 포기하길 원치 않는다.

그러나 그들을 죽음에서 탄원하고 구해줄 자는 아무도 없다.

그들은 모두가 그걸 알지만 승복하는 자는 적다.　　　　　　8935

너희들은 이제 끝장이다! 자, 슬슬 일을 시작해보자.

(손뼉을 친다. 그러자 문간에 가면을 쓴 난쟁이들이 나타나 명령에 따라 재빠르게 움직인다.)

이리 오너라, 음산하고 공처럼 둥근 도깨비들아!

여기로 굴러 와서 마음대로 부셔버리도록 해라.

황금 뿔 달린 제단(祭壇)에 자리를 펼쳐놓고,

도끼는 은빛 주변에 번쩍번쩍 빛나게 놓아두어라.　　　　　　8940

검은 피로 더러워진 곳 씻어내도록

항아리마다 물을 가득 채워놓아라.

그리고 여기 먼지 구덩이에는 양탄자를 근사하게 깔아라.

그래서 제물이신 왕비님이 무릎을 꿇은 채

목이 떨어지면 즉시 둘둘 말아서　　　　　　8945

지체에 어울리는 훌륭한 장사를 지내야 한다.

합창을 지휘하는 여인

왕비께선 수심에 잠겨 여기 옆에 서 계시고,

시녀들은 베어놓은 목초처럼 풀이 죽어있군요.

그러니 태곳적 할머니인 당신과 이야기해 보는 것이

제일 맏이인 나의 거룩한 의무라는 생각이 드는군요.　　　　　　8950

이 시녀들이 당신을 오해하고 덤벼들었지만,

당신은 경험도 많고 현명하고 우리에게 호의적인 것 같으니,

우리를 구원할 방법을 말씀해 주세요.

포르키아스

그건 쉬운 일이지. 그건 오로지 왕비에게 달려있다.

왕비 자신은 물론 그대들의 목숨까지도.   8955

결심이 필요하다, 그것도 빠르게.

합창

운명의 여신 파르쩨들 중 당신은 가장 현명한 예언자시니,

황금의 가위[19]는 접어두시고, 우리에게 구원의 날을 일러주세요.

우리의 사지는 공중에 매달려 끊임없이 흔들리는 느낌입니다.

우선 춤을 추며 즐기다가   8960

사랑하는 이의 품에서 쉬고 싶습니다.

헬레나

이들은 두렵겠지! 나는 슬프기는 해도 두렵지는 않소.

그러나 그대가 구원의 방법을 안다면, 고맙게 받아들이겠소.

현명하고 시야가 넓은 이는 때때로

불가능한 것도 가능한 것으로 보이겠지요. 자, 말해보시오! –   8965

합창

말해주세요, 어서요! 어떻게 모면할 수 있을까요?

끔찍한 목걸이가 되어 우리의 목을 위협하고 있는

회색의 추악한 올가미를.

---

19) 운명의 세 여신 중 아트로포스는 명(命)줄을 끊는 가위를 가지고 있다.

신들의 어머니인 레아의 자비가 없었다면,

가련한 우리들은 질식해서 숨이 끊어지고 말 것입니다.   8970

포르키아스

이야기가 길어도 참고 조용히 들을 수 있겠나?

여러 가지 이야기가 있어서 그러는데.

합창

참고말고요! 이야기 듣는 동안은 살아있을 테니까요.

포르키아스

집에서 기다리며 귀한 보물을 간수하고,

대궐의 높은 벽에 갈라진 틈을 메우고,   8975

비가 새지 않도록 지붕을 안전하게 보존하는 이는

긴긴 인생을 편안하게 살 수 있을 것이오.

그러나 문지방의 신성한 경계선을 쉽사리

들뜬 걸음으로 넘어간 자는,

다시 돌아와 옛 자리를 발견한다 해도,   8980

모든 것이 변화되어 있을 것이요. 비록 파괴된 건 없다 해도.

헬레나

무엇 때문에 그와 같이 뻔한 이야길 하나요.

이야길 한다면서 불쾌한 일은 들추지 마세요.

포르키아스

이건 사실이지 결코 비난은 아닙니다.

메넬라오스 왕께서 해적질을 하며 이 만(灣)에서 저 만으로,   8985

해변과 섬에서 모든 것을 약탈하고 휩쓸어서

약탈한 노획품들을 성안에 쌓아두었지요.

일리오스 침략에 10년이란 긴 세월이 걸렸지만,

귀국길엔 또 얼마나 긴 시간이 소요될지 모릅니다.

하지만 부왕 틴다레오스의 장엄한 궁전은 어찌 되었나요?　　　8990

궁전 주변의 영지는 또 어찌 되었나요?

헬레나

그대는 비난하는 일이 완전히 몸에 배어서

험담이 아니라면 입을 놀릴 수 없는 모양이군요?

포르키아스

스파르타의 뒤쪽 북방의 고원지대에

오랜 세월 타이게토스 산을 등지고 있는　　　9995

계곡이 버려져 있었는데, 그곳에는 맑은 냇물이

오이로타스 강으로 흘러내리고, 계곡을 지나

넓은 갈대밭을 흐르며 백조들을 키웁니다.

그 뒤쪽 고요한 산간지역에 용감한 종족[20]이

북쪽 어둠의 나라에서 이주해 왔지요. 그곳에다　　　9000

그들은 기어오를 수 없는 굳건한 성체를 세워놓고,

나라와 백성들을 멋대로 괴롭히고 있습니다.

헬레나

그런 일이 일어났을까요? 불가능한 일로 보이는데.

---

20) 파우스트 무리를 말한다. 13세기경 십자군 전쟁에 참가했던 한 귀족이 스파르타 근방에서 성을
　　쌓고 살았다는 고사를 작품에 이용.

포르키아스

시간이 걸렸지요. 아마 20년은 됐을걸요.

헬레나

두목이 있었나요? 도둑떼는 많았나요? 도당을 짜고 있었나요?   9005

포르키아스

도둑떼는 아니지만, 두목은 한 사람 있었습니다.

그가 나를 한번 습격 했지만, 그를 비난하고 싶지는 않습니다.

모든 것을 가져갈 수도 있었는데, 약간의 선물로

만족하였고, 그것을 배상금이라 부르지는 않았습니다.

헬레나.

어떻게 생겼든가요?

포르키아스

나쁘진 않았습니다. 내 맘에 꼭 들더군요.   9010

명랑하고 용감하고 세련된 남자로

그리스 사람들에겐 보기 드문 분별 있는 사람이었어요.

그 종족을 사람들은 야만인이라 부르지만,

일리오스 침공 때 많은 영웅들이 식인종처럼

잔인했던 것에 비하면, 나는 그렇게 생각하지 않습니다.   9015

나는 그의 위대함을 존경하고, 그를 신뢰합니다.

그리고 그의 성채! 당신들 눈으로 직접 보았어야 하는데!

그것은 애꾸눈 거인족 치크로프들이 거친 돌 위에

거친 돌을 마구 쌓아올려 만든 성처럼,

당신 조상들이 졸렬하게 쌓아올린   9020

그런 볼품없는 성벽과는 완전히 다릅니다.

그곳은 모든 것이 수직 수평으로 규칙적입니다.

밖에서라도 한번 보세요! 하늘 높이 치솟아 올라가고,

견고하고, 이음새도 말끔하고, 강철같이 미끈합니다.

여길 기어 오른다구요? - 그런 생각 자체가 미끄러져 떨어질

겁니다. 9025

안쪽엔 커다란 중앙 뜰이 있고, 주위론

갖가지 종류와 목적을 가진 건물들이 둘러싸고 있습니다.

여러분은 그곳에서 크고 작은 기둥들, 크고 작은 아치형 문들,

안과 밖을 볼 수 있는 발코니와 회랑들,

그리고 문장(紋章)을 볼 수 있습니다. 9030

합창

문장이란 무엇인가요?

포르키아스

그대들이 보다시피, 아약스[21]가 그의 방패에

도사린 뱀을 새겨 넣은 것이라네.

테베를 공략한 일곱 용사들도 자신들의 방패에다 의미심장한 문장을

새겨 넣고 있지. 그곳에는 밤하늘에 빛나는 달과 별,

또 여신, 영웅과 사다리, 검이나 횃불 그리고 평화로운 9035

도시들을 참혹하게 위협하는 도구들을 볼 수 있지.

지금 이야기하고 있는 우리의 영웅들도 선조 대대로

---

21) Ajax. 트로야 전쟁의 영웅 중 아킬레스 다음으로 용맹한 장군.

문장을 찬란한 형상으로 새기고 다닌다네.

사자, 독수리, 발톱과 부리,

물소 뿔, 날개, 장미, 공작새의 꼬리,　　　　　　　　　　9040

또 금, 흑, 은, 청, 홍 등 각색 줄무늬도 볼 수 있지.

그런 것들이 방마다 줄줄이 걸려있다네.

이 세상처럼 끝없이 넓은 방안에.

그대들은 그곳에서 춤도 출 수 있을걸!

합창

그곳에는 춤추는 남자들도 있나요?

포르키아스

최상의 춤꾼들이지! 금발에 싱싱한 젊은이들이고.　　　　　　9045

청춘의 향기! 오직 파리스만이 왕비님께

가까이 왔을 때 그런 향기를 풍겼지.

헬레나

그대는 딴 이야기만 하고 있군, 결론을 말해주세요!

포르키아스

그것은 왕비님께서 말씀하셔야죠, 진정으로 좋다고 하시면!

당장 왕비님을 그 성으로 안내하겠습니다.　　　　　　　　9050

합창

어서 말씀하셔요! 그래서 왕비님은 물론 우리도 구해주셔요.

헬레나

뭐라고? 메넬라오스 왕이 잔인하게 나를 해칠까 바

두려워해야 한단 말인가?

포르키아스

잊으셨습니까, 전사한 파리스의 동생

데이포부스를 처참하게 사지를 절단한 사실을.　　9055

과부가 된 당신을 억지로 졸라

첩으로 삼았기 때문이지요. 코와 귀를 잘라내고

다른 곳도 불구를 만들었지요. 끔찍했지요.

헬레나

그가 그런 일을 행한 건 나 때문이었지.

포르키아스

그 남자 때문에 당신에게도 똑같은 짓을 할 것입니다.　　9060

아름다움은 나누어 가질 수 없는 것. 그것을 독점한 자는,

공유한 자를 저주하면서 아름다움을 차라리 파멸시켜 버린답니다.

(멀리서 트럼펫 소리. 합창대가 움찔한다.)

저 날카로운 트럼펫 소리가 귀와 오장육부를 찢어놓듯이,

사나이의 가슴속엔 질투가 들끓고 있답니다.

그는 결코 잊지 못할 것입니다. 그가 한때 소유했던 것을,　　9065

이제는 잃어버려 더 이상 소유할 수 없다는 것을.

합창

저 뿔피리 소리가 들리지 않으세요? 번쩍이는 무기가 보이지 않으세요?

포르키아스

어서 오십시오, 폐하, 상세히 보고 드리겠습니다.

합창

그러나 우리는?

포르키아스

잘 알 텐데. 왕비의 죽음을 눈앞에 보고,

그대들도 저 안에서 죽으리라는 걸. 어쩔 수 없는 일이다.　　　　9070

(잠시 후)

헬레나

나는 내가 다음에 해야 할 일을 생각해 보았소

그대가 악령인 것은 나도 잘 알고 있고,

선을 악으로 돌려놓을까 두렵기도 하지만,

그러나 우선 그대를 따라 성으로 가겠소.

그밖에 일은 내가 알아서 하겠소. 왕비로서　　　　9075

가슴 깊이 은밀하게 간직한 것을

누구에게도 알리고 싶지 않소. 자, 할멈! 앞장서시오.

합창

오, 우리는 발걸음을 재촉하여

기쁨에 넘쳐 갑니다.

우리 뒤에는 죽음,　　　　9080

우리 앞은 또한

높이 솟은 성의

넘을 수 없는 성벽,

일리오스의 성처럼

왕비님을 지켜다오.　　　　9085

그러나 그 성은 결국

교활한 책략으로 무너지고 말았다.

아니? 어쩐 일인가?
자매들이여, 주위를 둘러봐요!
밝은 대낮이라 생각했는데   9090
신성한 오이로타스 강에서
안개가 줄줄이 피어올라
갈대가 뒤덮인 아름다운 강변이
어느새 시야에서 사라졌네요.
또한 자유롭고 우아하고 오만하게   9095
떼 지어 흥겹게 헤엄치며
부드럽게 미끄러지던 백조들도
아아, 더 이상 볼 수가 없네요!

그러나, 아아, 그러나
백조들의 울음소리가 들립니다.   9100
멀리서 목쉰 울음소리가!
저것은 죽음을 미리 알리는 소리라고 하는데;
아아, 몰락의 예고가 아니라
구원을 약속하는 복음이기를
간절하게 바랍니다.   9105
백조와 같이 길고
흰 아름다운 목을 가진
우리도 우리지만,

아아, 백조의 딸인 우리 왕비님
가련하구나! 가련하구나!

안개가 주위를 휩싸   9110
모든 것을 덮어버렸다.
우리는 서로를 볼 수가 없구나!
어인 일인가? 우리는 걸어가고 있는가?
우리는 총총걸음으로
땅 위를 부유하는가?   9115
아무것도 안 보이는가? 헤르메스 신이 앞에 서서
떠가는 게 아닐까? 황금 지팡이를 번쩍이며
불쾌한 잿빛 날씨에
알 수 없는 형상들로 가득한
붐비고 영원히 공허한 지옥의 나라로   9120
우리가 다시 돌아가도록 요청하고 명령하는 게 아닐까?

아니, 갑자기 어두워지더니, 빛도 없이 안개가 사라지는구나.
짙은 잿빛으로, 벽 갈색으로 성벽이 눈앞에,
확트인 눈앞에 나타나는구나. 안마당인가? 깊은 웅덩인가?
어쨌든 몸이 오싹 하구나! 오, 자매들이여, 우리는 사로잡혔다.   9125
일찍이 겪어보지 못한 방식으로 사로잡혀 버렸다.

성의 안마당

중세의 호화롭고 환상적인 건물들이 둘러서 있다.

합창을 지휘하는 여인

성급하고 어리석고 비난하는 것이 진정한 여인의 모습인가!

순간에 좌우되고, 행복과 불행의

직감에 놀아나고, 그대들은 그 둘 중 어느 것에도

침착하게 맞설 줄 모른다. 하나가 상대에게 심하게 대들면,   9130

상대도 격렬하게 맞서 덤비지.

기쁘거나 슬플 때만 울고 웃으며 서로 가락이 맞는구나.

자, 조용히! 왕비께서 자신과 우리를 위해

어떤 고귀한 결정을 내리실지 경청하며 기다리자.

헬레나

그대 피토니사[1]여 어디 있느냐?   9135

어두운 성의 둥근 천장에서 내려오너라.

훌륭한 성주에게 가서 내가 온 것을 알리고,

환영할 준비를 한다면 고마운 일이다.

어서 빨리 그에게 안내해 다오.

방황을 끝내고 쉬고 싶을 뿐이다.   9140

합창을 지휘하는 여인

---

1) Pythonissa. 델피의 신전에서 아폴론에게 봉사하는 무녀(巫女).

왕비시여, 사방을 둘러보아도 헛된 일입니다.
불쾌한 모습은 사라졌거나, 아니면 우리가 빠져나온
저 안개 속에 그대로 남아 있는지 모르겠군요.
나는 어떻게 왔는지 알 수 없습니다. 기이한 걸음으로 바쁘게
이상스럽게도 여러 개가 모여 하나가 된 성의   9145
미로 속에서 길을 잃고 헤매는지도 모르겠습니다.
성주를 찾아 왕후다운 훌륭한 인사를 차리기 위해.
그러나 보세요! 저 위에는 수많은 사람들이 떼를 지어
회랑에도, 창가에도, 문간에도 오락가락하고
수많은 하인들도 바쁘게 오고가고 있군요.   9150
정중하게 손님을 영접할 모양이군요.

합창

가슴이 탁 트이는군! 오, 저쪽을 보세요.
단정한 걸음으로 젊고 잘 생긴 남자들이
질서정연한 모습으로 예의바르게
걸어옵니다. 어떻게? 누구의 명령으로   9155
저 훌륭한 젊은이들이
이토록 일찍 열을 지어 나타났을까?
가장 놀라운 것은 무엇인가! 우아한 걸음걸이인가?
빛나는 이마에 물결치는 고수머리인가?
아니면, 부드러운 솜털이 송송한   9160
복숭아처럼 빨간 두 뺨일까?
기꺼이 깨물어주고 싶다만, 겁이 나는구나.

비슷한 경우가 있었는데, 입 속에,
말하기도 끔찍하지만! 재가 가득 찼었지.[2]

그런데 제일 잘 생긴   9165
이들이 이쪽으로 온다.
무엇을 가져오는가?
옥좌로 올라가는 계단,
양탄자와 좌석,
휘장과 천막 같은   9170
장식품들이군요.
우리 왕비님의 머리 위에는
구름 같은 화관(花冠)이
너울거리고 있다.
왕비님은 안내를 받아   9175
푹신한 좌석에 앉았습니다.
앞으로 나가자,
한층 또 한층
엄숙하게 줄을 서세요!
훌륭하고, 오 훌륭하다, 또 한 번 훌륭하다.   9180
이와 같은 영접을 축복합시다!

(합창대가 말한 것은 모두가 차례로 이루어진다.)

---

2) 사해(死海)에 면한 소돔이란 나라의 사과에는 재가 들어 있다는 고사가 있다.

파우스트

합창을 지휘하는 여인 *(파우스트를 주위 깊게 바라보며)*
　　이분에게 신들이 종종 그랬던 것처럼
　　놀라울 정도로 품위 있는 모습,
　　고귀한 몸가짐, 사랑스런 풍채를 임시로 잠시
　　빌려준 것이 아니라면, 이분은 어떤 일을 시작하던,　　　9185
　　즉 남자들 간의 싸움이든, 아름다운 여인들과의
　　작은 다툼에서 언제나 성공할 것입니다.
　　나는 칭찬이 자자한 분들을 눈으로 직접 보았지만,
　　그는 진정 어느 누구보다 훌륭하십니다.
　　천천히, 진지하게, 엄숙한 걸음걸이로　　　　　　　　9190
　　성주님이 나오십니다. 돌아보소서. 왕비님!

파우스트 *(묶인 남자를 옆에 데리고 가까이 걸어온다)*
　　어울리는 엄숙한 인사 대신 그리고
　　공경에 찬 환영사 대신 나는 그대에게
　　사슬에 묶인 하인을 데리고 왔습니다.
　　이 자가 나에 대한 자신의 의무를 다하지 못했기 때문입니다.　　9195
　　자, 여기 무릎을 꿇어라! 이 고귀한 부인께
　　네가 범한 잘못을 실토하도록 해라.
　　지체 높으신 여왕이시여, 이 자는 유난히도
　　눈이 날카로워 높은 탑으로부터

사방을 감시하도록 명을 받았지요. 그곳에서 하늘 공간과　　9200

넓은 땅을 예리하게 살피다가,

여기저기서 일어나는 일이나,

언덕에서부터 골짜기를 거쳐 견고한 성에 이르기까지

가축의 무리이건 군대이건 모두 보고해야 했습니다.

가축이면 보호하고, 군대면 대적해야 했지요.　　9205

그러나 이 자는 오늘 근무를 태만히 했습니다.

당신이 오시는데도 보고를 하지 않아

귀빈에게 마땅한 정중한 영접을 소홀히 했습니다.

무엄한 죄를 범했으니 사형에 처해

자신의 피 속에 누워있어야 마땅하나,　　9210

처벌하든 용서하든 모든 걸 맡기오니

오직 당신의 뜻대로 처리하시기 바랍니다.

헬레나

재판관으로서, 통치자로서

높은 권한을 저에게 주시는군요.

혹 저를 시험해보는 건 아니신지--　　9215

우선 나는 재판관의 첫째 의무로서

그의 진술을 듣고 싶군요. 자, 말해보아라!

망루지기 린코이스

무릎을 꿇게 하시든, 우러러 보게 하시든,

죽이시든 살리시든 마음대로 하옵소서.

저는 이미 신께서 보낸 이 부인께　　9220

제 몸을 바쳤으니까요.

아침에 해 뜨는 것을 고대하면서
동쪽의 해돋이를 살피고 있었는데,
갑자기 태양이 놀랍게도
남쪽에서 솟았습니다.[3]   9225

나는 그쪽으로 눈길을 돌려,
골짜기나 산을 보지 않고
넓은 땅이나 하늘을 보지 않고
오로지 당신만을 보았습니다.

높은 나무 위 삵처럼   9230
날카로운 시력을 지녔지만,
깊고 어두운 꿈에서 깨어난 듯
몽롱했습니다.

내가 있는 곳이 어디인가?
성첩(城堞)? 탑? 닫힌 성문?   9235
안개가 너울대더니 사라지고
이 여신께서 나타나셨습니다!

---

3) 헬레나가 남쪽의 스파르타 쪽에서 나타난 것을 해가 뜬 것에 비유한 것이다.

눈도 가슴도 여신을 향하고
부드러운 광채를 한껏 마셨습니다.
이 눈부신 아름다움이   9240
제 눈을 멀게 만들었습니다.

저는 망루지기의 소임을 잊어버리고
뿔피리를 불겠다는 맹세도 잊었답니다.
저에게 죽음의 벌을 내리셔도 좋습니다.
아름다움은 모든 원망을 억눌러 줄 테니까요.   9245

헬레나

아, 슬프군요! 나 때문에 저지른 잘못을
내가 처벌할 수는 없습니다. 왜 이토록 가혹한 운명이
나를 따라다니는지? 어디를 가나 사내들의 가슴을
유혹해서, 그 자신도, 또 그가 맡은 소중한 임무도
등한시하게 했습니다.   9250
반신(半神)들, 영웅들, 여러 신들 심지어 악령까지도[4]
나를 빼앗고 유혹하고 쟁탈전을 벌리며 이리저리 몰아대어
정처 없이 여기저기로 끌고 다녔습니다.
홀몸으로 세상을 어지럽혔고, 이중의 몸으론 더욱 심했으며,

---

[4] 반신은 테세우스와 아킬레우스, 영웅은 파리스, 여러 신들은 헤르메스 등, 악령은 포르키스가 된
메피스토펠레스를 가리킨다.

이제 삼중 사중의 몸이 되어 재앙에 재앙을 불러오고 있습니다.　9255

이 선량한 사람은 데려다 풀어주십시오.

신에게 유혹당한 자가 수모를 받을 수는 없지요.

파우스트

놀라운 일이군요, 여왕이시여! 나는 여기서

사랑의 화살을 쏘는 여인과 그것에 맞는 사람을 보는군요.

활의 화살은 날아가　9260

저자의 가슴을 맞추고, 계속 날아들어

나를 맞히는 군요. 이 성(城) 안 어디를 둘러보아도

깃털 달린 화살이 소리 내며 날아다닙니다.

그런데 나는 무엇입니까? 당신은 순식간에

충직한 신하가 나를 배신케 했고, 내 성을 위태롭게 했습니다.　9265

그러니 벌써 두렵군요. 내 군대가

패배를 모르는 부인께 순종할까 봐.

이렇게 되니 나 자신은 물론 내 것이라 망상했던

모든 것을 당신에게 바치는 도리밖에 없습니다.

당신의 발 앞에 엎드려 자진해 충성을 맹세하노니,　9270

오시자마자 모든 재산과 옥좌를 차지하신

당신을 주인으로 섬기게 해 주십시오.

린코이스 *(상자 하나를 들고 등장. 그 뒤를 다른 상자를 든 남자들이 뒤따른다)*

　나를 되돌아보소서. 여왕이시여!

　부유한 자도 알현을 애원합니다.

　그가 당신을 보면 거지의 가련함과　9275

제후의 부유함을 동시에 느낍니다.

과거의 나는 무엇이었죠? 지금은 무엇인가요?
무엇을 원하고, 무엇을 할까요?
시력이 아무리 날카로워도 무슨 소용인가!
여왕님의 옥좌에 부딪혀 다시 돌아 나오는데.   9280

우리는 동쪽에서 왔습니다.
서쪽에서는 재난이었지요.
백성들의 길고 긴 행렬은
앞선 사람이 끝 사람을 모를 정도였지요.

앞 사람이 쓰러지면, 두 번째 사람이 일어서고   9285
세 번째 사람은 창을 들고 나섰습니다.
모두가 용기백배 힘을 내서
천명을 죽였어도 눈도 깜짝하지 않았어요.

우리는 돌진하고 밀고 나갔습니다.
우리는 이 고장 저 고장을 점령해 나갔습니다.   9290
그리고 오늘은 내가 지배하여 호령하던 곳을
내일은 다른 놈이 빼앗고 약탈했습니다.

우리는 살폈습니다. - 재빨리 살폈습니다.

어떤 자는 절세의 미녀를 움켜잡았고,
어떤 자는 다리가 튼튼한 황소를 사로잡았고,   9295
말들은 누구나 끌고 갔습니다.

그러나 내가 좋아한 것은 아무도
본 적이 없는 진품을 찾는 것이지요.
다른 사람도 가지고 있는 것이라면,
그것은 나에게 메마른 풀잎 같은 것입니다.   9300

나는 날카로운 나의 시선을 따라
보물을 찾아다녔습니다.
모든 주머니 속을 들여다보았고,
모든 장롱도 살펴보았습니다.

그렇게 해서 금덩어리들이 내 것이 되었으나,   9305
가장 화려한 것은 보석이었습니다.
그 중에서도 이 초록 빛 에메랄드는
당신의 가슴을 아름답게 장식할 것입니다.

그리고 귀와 입 사이에서 한들거리기엔
바다 밑에서 건져 올린 진주가 제격입니다.   9310
붉은 빛의 루비는 당신 뺨의 붉은 색에 눌려
그 빛이 무색하게 될 것입니다.

이렇게 나는 최상의 보물들을 여기
당신의 옥좌 앞에 옮겨놓겠습니다.
피 흘린 수많은 전투에서 쟁취한 것들을					9315
당신의 발아래 바치겠습니다.

이렇게 많은 상자들을 끌고 왔지만,
철제 상자는 더욱 많습니다.
당신의 뒤를 따르게 해주신다면,
당신의 보물창고를 가득 채워드리겠습니다.					9320

왜냐하면 당신이 옥좌에 오르자마자,
지혜도 부유함도 권세도
오로지 당신 앞에서
머리를 숙이고 허리를 굽힐 테니까요.

내 것으로 굳게 붙잡고 있었던 모든 것이					9325
이제는 나를 떠나 당신 것이 될 것입니다.
나는 그것을 귀하고 고상하고 값지다고 여겼지만
이제는 보잘 것 없다고 여겨집니다.

내가 소유했던 것은 사라져버리고
베어져 시들어버린 풀잎이 되었습니다.					9330

오, 당신의 밝은 눈빛으로

모든 가치를 되찾게 하소서!

파우스트

용감하게 싸워서 쟁취한 짐들을 냉큼 치우도록 하라.

나무라진 않겠다만 칭찬은 할 수 없다.

이미 성안에 숨겨 논 모든 것이 이분의 것인데,   9335

무엇을 특별히 더 바친다는 말인가!

가서 보화를 차곡차곡 쌓아 올려서,

이제껏 보지 못한 호화로움과

숭고한 광경을 이루어 놓도록 하라!

둥근 천장을 신선한 하늘처럼 빛나게 하고   9340

생명 없는 물건으로 낙원을 만들어라.

여왕님보다 한 걸음 앞서 가서,

꽃무늬 양탄자를 차례로 펼쳐놓아라.

여왕님의 발걸음 부드러운 바닥을 걷게 하고

신성한 분의 시선은 눈부시지 않게 최상의 광채를 비추도록 하라.

린코이스

성주님의 분부는 대단히 쉬어서

소인에겐 마치 장난 같은 일입니다.

그러나 아름다운 분의 위력은

재산과 생명을 지배한답니다.

이미 전군(全軍)은 온순해지고

모든 창검은 무디어져 쓸모가 없고

미인의 아름다운 모습 앞에서는
태양도 빛을 잃고 차가워집니다.
눈에 보이는 게 너무 풍성해
모든 것이 공허하고 무의미해진답니다. *(퇴장.)*　　　　9355

헬레나 *(파우스트에게)*

당신과 이야기를 나누고 싶습니다. 여기
내 옆으로 올라오시지요! 이 빈자리에
주인이 앉으신다면, 내 자리도 안전하겠지요.

파우스트

우선 무릎을 꿇고 당신에게 충성을 바치도록
허락하여 주십시오, 고귀한 부인이시여, 저를 당신의　　　9360
곁으로 이끄는 손에 키스하도록 해주십시오.
나를 끝없이 넓은 제국의 공동 통치자로
인정해 주시고, 당신의 숭배자요 하인이요 수호자를
한 몸에 지닌 사람으로 받아 주십시오.

헬레나

여러 가지 이상한 일을 보고 듣고,　　　　　　　　　　9365
놀라서 많은 것을 물어보고 싶습니다.
왜 저 남자의 말이 이상하면서도
정답게 들리는지 가르쳐 주세요.
하나의 소리가 다른 소리에 쾌적하게 어울리고
한마디 말이 귓전에 울리면,　　　　　　　　　　　　9370

다음 말이 따라와 처음 말을 애무하는 것 같군요.[5]

파우스트

우리 백성의 말투가 마음에 드신다면

오 그렇다면 노래도 틀림없이 당신을 매혹하여

귀와 마음속 깊은 곳까지 기쁨을 줄 것입니다.

그러나 가장 확실한 것은 우리가 직접 연습해보는 것입니다.   9375

말을 주고받으며[6] 그것을 유인하고 불러내는 것입니다.

헬레나

오 어떻게 하면 그렇게 아름답게 말할 수 있을까요?

파우스트.

가슴에 그리움이 넘치면

주위를 돌아보며 묻습니다. --   9380

헬레나

누가 같이 즐길 거냐고.

파우스트

이제 마음은 앞도 뒤도 돌아보지 않고,

오직 현재만이 --

헬레나

우리들의 행복입니다.

---

5) 린코이스의 대사(臺詞)는 고대 그리스의 시에는 없던 게르만식 운(韻)이 들어간 시형(詩形)을 쓰고 있어서, 헬레나에게 신기하게 들린 것이다.

6) 고대 그리스의 미를 대표하는 헬레나와 중세 게르만 정신을 대표하는 파우스트 사이에 시와 언어를 통한 결합이 이루어진다.

파우스트

현재만이 보물이지요. 소득이고 재산이며 담보이지요.
누가 그것을 보증하지요?

헬레나

내 손이 그것을 보증하겠어요.

합창

왕비께서 성(城)의 성주께   9385
친절을 베푸시는 것을
누가 의심할까요?
고백컨대 우리 모두는
일리오스의 굴욕적인 몰락과
미로 같은 유랑의 길을 떠난 이후   9390
이전에 자주 그랬던 것처럼
늘 포로의 신세랍니다.

남자의 사랑에 익숙한 여인은
이것저것 가리지는 않아도
남자의 진가를 알지요.   9395
금발의 고수머리 목동이든,
검은 텁석부리 판 신이든,
기회가 오기만 하면
오동포동한 팔다리를
아낌없이 내맡긴답니다.   9400

벌써 두 분 점점

가까이 다가가, 어깨에 어깨를,

무릎에 무릎을 맞대고 앉아 있군요.

손과 손을 꼭 잡은 채

화려하고 폭신한 옥좌 위에서   9405

몸을 흔들고 계시는군요.

지체 높은 분들은

은밀한 즐거움도

여러 사람의 눈앞에서

거리낌 없이 보여주는군요.   9410

헬레나

나는 멀리 있는 듯하면서도 가까이 있는 기분이에요.

그러나 기꺼이 말하고 싶군요. 나는 여기에 있다! 여기에!라고.

파우스트

나는 숨이 막히고, 몸이 떨리고, 말문이 막힙니다.

마치 시간도 장소도 사라져버린 꿈만 같습니다.

헬레나

나는 생을 다 산 것 같기도 하고 새로 시작하는 것 같기도 합니다.   9415

낯선 당신에게 정성을 바쳐 당신과 하나가 된 것 같습니다.

파우스트

한 번 뿐인 운명을 너무 따지지 마십시오.

존재한다는 것은 의무입니다, 비록 순간적일지라도.

포르키아스 *(황급히 들어오면서)*

사랑의 입문서를 해독하고

사랑만을 골똘히 생각하며   9420

여유 있게 사랑을 즐기는데,

지금 그럴 시간이 없습니다.

저 둔탁한 천둥소리가 들리지 않습니까?

저 요란한 나팔소리를 들어 보세요.

파멸이 멀지 않습니다.   9425

메넬라오스 왕의 군대가 파도처럼

당신들을 치기 위해 밀려옵니다.

격전을 치를 준비를 하세요!

승리자의 무리에 에워싸여

데이포부스처럼 난도질을 당하고   9430

여인을 손에 넣은 대가를 치를 것입니다.

우선 시녀들이 목매달려 흔들거리고,

곧 부인이 바쳐질 제단에는

날이 선 새 도끼가 준비될 것입니다.

파우스트

두려움을 모르는 방해꾼들! 귀찮게 밀려오는군.   9435

내가 위험에 처했다 해도 어리석게 날뛰진 않겠다.

아름다운 사신이라도 불길한 소식 가져오면 미워지는 법인데,

추악한 그대는 그저 못된 소식만 가져오는구나.

그러나 이번엔 그대가 틀릴 것이다. 공허한 한숨이

허공을 울릴 뿐, 여기엔 위험이 없다.   9440

위험이 있다 해도 그저 공허한 위협일 뿐이다.

(신호, 망루에서 들리는 포성 소리, 나팔소리와 목관악기 소리, 군악, 대군이 행진하는 소리)

파우스트

아니, 그대는 곧 단결된

용사들의 모습을 보게 될 것이다.

강력한 힘으로 여인을 지킬 수 있는 자만이

그녀의 사랑을 받을 수 있는 법이다.   9445

(부대를 떠나 가까이 오는 지휘관들에게.)

가슴에 조용한 분노를 억누르고 돌격하라.

그것은 그대들에게 승리를 가져다 줄 것이다.

너희들 북방의 젊은 꽃이여,[7]

너희들 동방의 꽃다운 힘이여.[8]

강철로 몸을 싸고, 빛에 둘러싸여,   9450

나라를 차례로 무찔렀던 용사들,

그들이 나타나면 대지가 진동했고,

그들이 지나가면 천둥소리 요란했다.

---

7) 게르만족, 프랑켄족, 노르만족.

8) 고트족.

우리가 필로스[9]에 상륙했을 때

늙은 네스토르는 더 이상 그곳에 없었다.　　　　　9455

그리고 모든 조그만 왕국들은

거칠 것 없는 우리 군대가 쳐부수었다.

지체 말고 이 성곽으로부터

이제 메넬라오스 왕을 바다로 몰아내어라.

거기서 헤매든 약탈하든 매복하든　　　　　9460

그것은 그의 성향이요 운명이다.

스파르타 왕비님의 명을 받아

그대 장군들께 인사를 전하노라.

산과 계곡은 공략하여 왕비께 바치고,

영내의 전리품은 그대들 몫이다.　　　　　9465

게르만 족들이여, 그대들은

방어벽을 쌓고 코린트 항만을 지켜라.

수많은 계곡을 가진 아카이아는

그대 고트족들이 지키도록 하라.

엘리스로 향해서는 프랑켄 군(軍)이 진격하고,　　　　　9470

---

9) Pylos. 펠로폰네수스 반도의 항구 도시로 트로야 전쟁 당시 네스토르 장군의 거성이 있었다.

메세네는 작센인들에게 맡기겠다.
노르만족은 바다를 소탕하고 그리고
아르골리스를 얻어 영토를 넓히도록 하라.

그다음 각자가 정착하게 되면
밖으로 국력과 국위를 선양하라.　　　　　　　　　9475
그러나 왕비께서 오랜 세월 안주하셨던
스파르타만은 그대들 위에 군림하리라.

그대들 모두가 번영하는 나라에서
즐겁게 사는 것을 왕비께서 보시리라.
그대들은 안심하고 왕비 휘하에서　　　　　　　　9480
신분보장과 권리와 빛을 얻으리라.

(파우스트가 층계를 내려온다. 제후들은 자세한 명령과 지시를 듣기 위해 그를 빙 둘러싼다.)

합창

최고의 미인을 얻고자 하는 자는
무엇보다 유능해야 하고,
무기를 슬기롭게 간수해야 합니다.
세상에 제일가는 미녀를　　　　　　　　　　　9485
비위를 맞춰가며 얻었다 해도,
안심하고 오래도록 소유할 수는 없답니다.
남몰래 잠입하여 유인해 가는 자도 있고
대담하게 약탈해 가는 도둑도 있으니,

이것을 막아낼 방도를 생각해야 합니다.   9490

그래서 나는 우리의 성주님을 찬양하고
누구보다 뛰어난 분이라고 생각합니다.
용사들과 용맹하고 현명하게 결합되어서,
그가 어떤 지시를 내린다 해도
순순히 명령을 따를 것입니다.   9495
그의 명령을 충실히 이행하는 것은
용사들 자신의 이익도 도모하는 일이라,
성주님도 이를 가상히 여겨 보상하시니
양쪽 다 높은 명예를 얻게 되지요.

그러니 도대체 어느 누가 왕비님을   9500
저 강력한 주인에게서 빼앗을 수 있을까요?
왕비님은 저분 것이고, 그렇게 되어야 합니다.
우리는 이중으로 그렇게 되길 바랍니다.
그분이 왕비님과 우리 모두를 안으론 안전한 성벽으로,
밖으론 강력한 군대로 지켜 주시길 바랍니다.   9505

파우스트

여기 이들에게 하사할 선물은 -
각자에게 풍요로운 영토 하나씩 -
크고 훌륭하지 않은가? 자 진군하라!
우리는 중앙을 수비하겠다.

이들이 다투어 지키는 곳은,   9510
사방에서 파도가 밀려들고,
나지막한 언덕이 줄줄이 잇달아
유럽의 마지막 산맥과 연결된 반도이다.

태양이 비치는 어느 나라보다도
이 나라의 모든 부족들은 영광 있어라.   9515
일찍이 왕비를 우러렀던 이 나라,
이제는 왕비님의 영토가 되었도다.

오이로타스 강의 갈대의 속삭임과 더불어
그녀가 빛을 발하며 알을 깨고 태어났을 때 **10)**
고귀한 어머니와 자매보다   9520
눈에 서린 빛이 더욱 빛났다.

오직 당신만을 향한 이 나라
번영의 꽃 아름답게 피어나소서!
이 나라는 당신의 것이오니
오 당신의 조국을 소중히 여기소서!   9525

---

10) 헬레나는 레다의 알에서 태어났다고 한다.

산등성이의 뾰족한 봉우리들은
아직 차가운 햇살을 견디고 있으나,
바위가 초록색으로 빛나는 곳에는
염소가 알뜰하게 풀을 뜯는다.

샘물이 솟아 냇물 되어 흐르고,　　　　　　　　　　9530
계곡과 산비탈 그리고 풀밭은 벌써 푸르다.
넓은 평원의 수많은 언덕 위로
양떼들이 흩어져 이리저리 노닌다.

이리저리 나뉘어서 조심스런 걸음으로
뿔 달린 황소들은 험한 절벽 길을 가지만,　　　　　　9535
암벽들이 둥글게 패어서 많은 동굴들이 만들어져
온갖 동물들의 피난처가 되고 있다.

목신은 그들을 지켜주고, 관목이 무성한
축축하게 젖은 협곡에는 생명의 요정들이 산다.
빼곡하게 서있는 나무들은 가지를 뻗어　　　　　　　9540
높은 하늘 그리워하며 솟아오른다.

이것은 태고의 숲! 떡갈나무는 힘차게 솟아오르고,
가지와 가지는 억세게 얽혀있다.
단풍나무는 부드럽고 달콤하게 물기를 머금고

깨끗한 자태로 잎들을 나부낀다.   9545

고요한 숲에서는 따뜻한 우유가 솟아나와
어머니답게 아이와 양을 길러주고,
가까이에서 나는 과일은 들판의 풍성한 음식,
오목하게 파인 나무줄기에선 꿀이 흐른다.

여기선 유복한 생활이 대대로 이어져와   9550
입에도 뺨에도 활기가 넘치고
누구나 그가 거주하는 곳에서 영생을 얻어
모두가 건강하고 행복하게 살고 있다.

이렇게 순수한 날을 보낸 아이들은
자라서 아버지의 힘을 가지게 된다.   9555
우리는 그저 놀랄 뿐, 언제나 남는 의문은
그들이 신인가, 아니면 인간인가?

아폴론도 목자의 모습을 하고 있어서
가장 아름다운 목동도 아폴론의 모습을 닮았다.
자연이 순수한 영역을 다스리는 곳에서는   9560
온 세계가 서로 화합하는 것이다.

(헬레나 옆에 앉으며.)

이제 이렇게 나도 당신도 성공했으니

과거는 우리 뒤에 묻어 둡시다.

오, 당신은 최상의 신에게서 태어났음을 잊지 마시오.[11]

당신은 유일하게 최초의 세계에 속합니다.   9565

아무리 견고한 성이라도 당신을 가둘 수는 없습니다!

스파르타의 이웃에 있는 아르카디아[12]는

아직도 영원한 힘을 지니고

우리가 기쁨에 차 머물도록 기다리고 있습니다.

축복의 땅에 살도록 권유받아   9570

당신은 더없이 즐거운 운명 속으로 피해왔습니다.

옥좌가 정자로 변하듯

우리의 행복도 아르카디아에서 자유롭기를!

(무대가 완전히 바뀐다. 줄지어 늘어선 암벽 동굴에 문 닫힌 정자들이 기대어 있다. 그늘진 숲이 주위를 둘러싼 절벽까지 잇대어 있다. 파우스트와 헬레나는 보이지 않는다. 합창대는 잠이 든 채 여기저기 흩어져 누워있다.)

포르키아스

이 여인들이 얼마나 오래 자고 있는지 모르겠군.

내가 이 눈으로 똑똑히 본 것을, 이들도   9575

꿈에서 보았는지 그것도 알 수가 없군.

---

11) 헬레나의 아버지 제우스 신.
12) Arkadien. 스파르타의 북쪽, 펠로폰네소스 반도의 중앙부에 있는 산악지대. 소박하고 명랑하며 음
   악을 좋아하는 주민들이 살기 때문에 낙원으로 알려져 있다.

이들을 깨워야겠다. 이 젊은 것들을 놀래주어야지.

뻔한 해결을 끝까지 보겠다고 저 아래 관중석에

죽치고 앉아있는 털보들[13]도 놀라겠지.

일어나라! 일어나! 그리고 재빨리 머리를 흔들고　　　　　　　9580

눈에서 잠을 쫓아내렴. 그렇게 눈을 끔벅이지 말고 내 말을 들어라!

합창

말하세요! 무슨 놀라운 일이 일어났는지 이야기해 주세요.

우리는 믿을 수 없는 일을 제일 듣고 싶답니다.

우리는 오랫동안 이런 바위들만 지루하게 바라보고 있었답니다.

포르키아스

이제 겨우 눈을 비비고 일어났는데, 벌써 지루하단 말이냐?　　　　9585

자 들어보아라! 이 동굴의 암실, 이 정자 안에는

목가에 나오는 한 쌍의 연인처럼

우리 성주님과 왕비님이 남모르게 숨어 계신다.

합창

어디, 저 안에요?

포르키아스

속세를 버리시고, 나 혼자만 은밀히 불러 시중들게 하셨다.

영예롭게 나는 곁에 서있지만, 또 한편으론 약효를 잘 아는　　　　9590

나무뿌리며, 이끼, 나무껍질을 찾는다고 이리저리 돌아다니며

신임에 어울리게 딴전을 피우기도 한단다.

---

13) 관객을 보고 하는 말.

그래야만 두 분은 호젓하게 재미를 보실 수 있으니까.

합창

당신은 마치 저 안에 온 세상이 들어있는 듯 말씀하시는군요.

숲과 들판, 시냇물, 호수. 마치 꾸며낸 이야기 같군요!　　　　9595

포르키아스

물론, 이 철부지들아! 저곳은 깊이를 알 수 없는 곳이다.

방과 방, 뜰과 뜰을 나는 유심히 살펴보았다.

그런데 갑자기 웃음소리가 동굴 속으로 메아리쳤다.

보니까, 한 사내아이가 왕비님 품에서 성주님 품으로,

아빠로부터 엄마에게로 뛰어다니며 재롱을, 장난을,　　　　9600

순진한 사랑놀이를, 농담을, 환희를 주고받으며

즐겁게 떠들어서 내 귀가 멀 지경이었다.

벌거숭이에 날개 없는 천사, 판신[14] 같았지만 짐승은 아니었다.

그가 단단한 바닥 위에서 뛰는데도, 바닥은 반작용으로

그를 공중 높이 솟구치게 하고, 두세 번 껑충껑충 뛰자　　　　9605

천장까지 닿았다.

어머니는 놀라 소리쳤다. 애야, 뛰는 건 마음대로 해도 좋다만,

날지는 말아라. 자유롭게 나는 건 금지되어 있단다.

그러자 성실한 아버지도 경고했다. 대지에는 탄력이 있어

발끝이 바닥에 닿기만 해도 너를 뛰어오르게 한다.　　　　9610

---

14) Faun. 반인반양(半人半羊)의 임야의 신 또는 목축의 신으로 목신으로도 불림. 호색적인 신. 오이
　　포리온은 전라(全裸)의 동자(童子)다.

대지의 아들 안테우스처럼[15] 곧 기운을 얻게 된단다.

그래서 아이는 암벽 위로 뛰어올라, 이쪽 가장자리에서

다른 쪽 가장자리로 마치 공이 튀듯 뛰어다니다가,

갑자기 거친 바위 틈새로 사라져버렸다.

아이를 잃어버렸다 생각했다. 어머니는 울고, 아버지는 달래었다.　　9615

나도 걱정이 되어 어깨를 쭈빗하며 서있는데, 이번엔 어떻게

나타난 줄 알아! 그곳에 보물이 숨겨져 있었는지?

꽃무늬 옷을 입고 점잖게 나타난 거야.

장식용 술이 양 소매에 흔들리고 가슴엔 장식품이 펄럭였지.

황금의 칠현금을 손에 들고 마치 어린 아폴론처럼　　9620

신이 나서 절벽 가장자리에 나타났단다. 우리는 놀랐지.

부모도 무척이나 기뻐하면서 서로를 얼싸 껴안더군.

그 애의 머리가 어떻게 빛나는지? 무엇이 빛을 발하는지 알 수가 없었다.

황금 장식인가? 강력한 정신력의 불꽃인가?

그는 아직 소년이면서도 영원의 선율이　　9625

온몸에 약동하며, 아름다운 모든 것의 미래의 주인으로

당당히 행동했다. 그대들은 그의 소리를 들어보고,

그를 한번 보기만 해도 넋을 놓고 감탄하리라.

합창

　　　　당신은 그것을 기적이라 부르나요,

---

15) Antäus. 해신 포세이돈과 대지의 여신 사이에 난 아들. 대지에 발을 딛고 있을 때는 괴력을 발휘하
　　나 공중으로 오르는 순간 무력해진다. 이를 안 헤라클레스가 그를 안고 공중으로 올라가 교살하
　　였다.

크레타 아주머니?   9630

당신은 노래에 담긴 교훈적인 말을

한 번도 귀담아 듣지 않았군요.

이오니아와 헬라스[16] 땅에

옛 조상 때부터 전해오는

신과 영웅에 관한 숫한 전설을   9635

한 번도 들은 적이 없나요?

현재 일어나고 있는

모든 일은

훌륭했던 조상 시대의

슬픈 여운이랍니다.   9640

마야의 아들[17]을 노래한

진실보다 더

귀여운 거짓말에 비하면

당신 이야기는 아무것도 아니예요.

귀엽고 튼튼했지만   9645

이제 막 태어난 젖먹이를

수다스런 유모들이

---

16) 이오니아 Ionien는 그리스의 서쪽 군도(群島)이고, 헬라스 Hellas는 그리스의 옛 이름.

17) 봄의 여신 마야 Maja와 제우스 사이에 난 아들 헤르메스(로마 신화에서는 메르쿠리우스)를 말한
다. 그 역시 아르카디아의 동굴에서 태어났다는 전설이 있다.

철없이 잘못 생각해서

깨끗한 강보에 포근히 싸서

값진 장식 천으로 묶어 놓았죠.　　　　　　　　9650

하지만 귀엽고 튼튼한 장난꾸러기는

유연하고 탄력 있는 사지를

살그머니 뽑아내고

조심스레 쌓아둔

진홍빛 포대기를　　　　　　　　9655

그 자리에 그대로 버려두었다오.

그리고는 방금 생겨난 나비가

단단한 번데기 속에서

날개를 펴고 재빨리 빠져나오듯

햇빛 찬란한 대기 속으로　　　　　　　　9660

대담하게 날아갔습니다.

또 그 날렵한 아이는

도둑과 악당보다

뛰어난 점을 보이며 모두에게

영원히 은혜로운 영(靈)임을　　　　　　　　9665

교묘한 솜씨로

증명했다.

바다의 신으로부터는 재빨리

삼지창을 그리고 군신(軍神) 아레스의

검조차 칼집에서 약삭빠르게 뽑았다.   9670

아폴론에게선 활과 화살을,

대장장이 신 헤파이스토스에게서는 집게를 훔쳤지요.,

심지어 그가 불을 무서워하지 않았다면

아버지 제우스에게선 번개도 훔쳤을 거예요.

그러나 에로스와 싸웠을 땐   9675

다리를 걸어 넘어뜨렸고,

키프로스 여신이 그를 애무하는 사이

그녀의 가슴에서 허리띠를 훔쳐냈지요.

(매혹적이고 맑은 운율의 현악소리가 동굴 속에서 울려나온다. 모두가 귀 기울려 듣다가 진정으로 감동한 듯이 보인다. 여기서부터 다음 쉴 때까지 화음으로 조화된 음악이 연주된다.)

포르키아스

더없이 아름다운 이 음악을 들으면서,

그런 꾸민 이야기는 그만 두기 바란다.   9680

그대들 신이라는 그 낡은 무리들은

이제 그만 두어라. 그들의 시대는 지나갔다.

아무도 그들을 이해하려고 하지 않는다.

우리는 보다 높은 변혁을 요구한다.

사람의 마음을 움직이려면   9685

마음에서 우러나와야 한다. *(포르키아스는 암벽 쪽으로 물러난다.)*

합창

당신처럼 무시무시한 할머니도

이처럼 은근한 음악을 좋아하는군요.

우리의 마음도 상쾌하게 치유되어

눈물이 날정도로 부드러워졌어요.　　　　　　　9690

태양의 광채는 사라지게 하라,

우리의 영혼이 맑아지면

세상에 없는 것을

우리는 마음에서 찾습니다.

(헬레나, 파우스트, 오이포리온이 위에서 말한 옷을 입고 등장.)

오이포리온

어린애들의 노래 소리를 들으면　　　　　　　9695

그것은 곧 당신들의 즐거움이 되지요.

내가 박자에 맞춰 뛰는걸 보면

당신들의 가슴은 부모답게 뛸 거예요.

헬레나

인간다운 행복을 누리기 위해선

사랑이 고귀한 두 사람을 가깝게 하지만,　　　　9700

신의 기쁨을 누리기 위해선

사랑이 귀중한 세 사람을 만들지요.

파우스트

이로서 모든 것이 갖추어졌소.

나는 당신 것, 당신은 나의 것.

이렇게 우리는 인연을 맺었으니　　　　　　　9705

결코 변해서는 안될 거요!

합창

몇 년간의 행복한 생활이
아드님의 부드러운 모습으로 나타나
이 내외분께 모였습니다.
오, 얼마나 감동적인 결합인가!　　　　　　　　　　9710

오이포리온

이제 나를 높이 뛰게 해주세요.
이제 나를 껑충 뛰게 해주세요.
공중 어디로든
치솟고 싶은 게
나의 소망입니다.　　　　　　　　　　9715
그 소망이 벌써 나를 사로잡고 있습니다.

파우스트

적당히 해라! 적당히!
무모한 짓은 하지 말고.
떨어져서 다치지 말고.
소중한 아들이　　　　　　　　　　9720
그런 짓을 해서
우리를 파멸시켜선 안된다.

오이포리온

나는 더 이상 땅바닥에
멈추어 있기 싫습니다.

내 손을 놓아 주세요.   9725

내 머리카락을 놓아 주세요.

내 옷을 놓아 주세요.

그것은 모두 내 것입니다.

헬레나

오 제발 생각 좀 해보아라!

네가 누구의 아들인가를!   9730

아름답게 이루어 놓은

나의 것, 너의 것, 그분의 것을,

네가 부수어버린다면,

우리는 얼마나 슬프겠느냐?

합창

저들의 결합이 곧   9735

풀어질까 봐 두렵네요.

헬레나와 파우스트

참아다오!

부모를 사랑한다면

지나치게 발랄한

격한 충동을 참아다오!   9740

이 고요한 전원 속에서

무도회를 꾸며보자.

오이포리온

오직 두 분을 위해

나는 참겠습니다.

(합창대 속으로 들어가 그들을 춤추는 곳으로 끌고 간다.)

명랑한 무리들 주위를   9745

빙빙 도는 게 훨씬 편합니다.

음악은 괜찮은가요?

몸짓은 올바른가요?

헬레나

그래, 아주 좋다.

미인들을 잘 인도하여   9750

멋진 춤을 추어라.

파우스트

그래도 빨리 끝났으면!

이런 속임수는

조금도 즐겁지가 않다.

(오이포리온과 합창대는 춤추고 노래하면서 얽히는 대열 속에서 움직인다.)

합창

당신이 두 팔을   9755

귀엽게 흔들고,

빛나는 고수머리

물결치듯 살랑대면서,

발을 그처럼 가볍게

땅위를 미끄러지듯,   9760

손발을 이리저리

움직이며 다니시면,
사랑스런 아기님
당신의 목적을 이루었습니다.
우리의 마음은 모두   9765
당신에게 기울었으니까요. *(휴식.)*

오이포리온

그대들 모두는
발걸음 가벼운 노루들.
새로운 놀이를 위해
앞으로 달려 나오길 바란다.   9770
나는 사냥꾼.
그대들은 짐승.

합창

우리를 잡기 원하신다면
그렇게 서둘지는 마세요.
우리가 원하는 건   9775
결국 한 가지,
당신을 안아보는 것.
잘 생긴 도련님.

오이포리온

숲을 헤치고 달려라!
나무와 바위를 향해!   9780
쉽게 손에 넣은 것은

내 마음에 거슬린다.

힘들게 얻은 것만이

나를 즐겁게 한다.

헬레나와 파우스트

이 무슨 방자하고 미친 짓이냐!　　　　　9785

절제를 바랄수도 없구나.

마치 뿔피리가 울려 퍼지듯

온 계곡과 숲이 뒤흔들리는구나.

이 무슨 난동이고 소란이냐?

합창 *(한 사람씩 급히 등장하면서)*

우리들 앞을 그냥 지나가네.　　　　　9790

우리를 비난하고 조롱하는 거야.

이 많은 무리 중에

제일 말괄량이를 데리고 가네.

오이포리온 *(젊은 처녀를 데리고 오며.)*

이 거친 계집아이를 끌고 와

억지로라도 재밀 좀 봐야겠다.　　　　　9795

나의 즐거움, 나의 쾌락을 위해

반항하는 가슴을 짓누르고

피하는 입술에 키스를 하며

나의 힘과 의지를 보여주겠다.

처녀

나를 놓아주세요! 이 몸속에도　　　　　9800

정신력과 힘이 들어 있답니다.

당신과 마찬가지로 우리의 의지도

그렇게 쉽게 빼앗지는 못할 거예요.

내가 궁지에 몰렸다고 믿나요?

당신의 완력을 너무 믿는군요!　　　　　　　　　　9805

단단히 잡으세요, 나도 장난삼아

바보 같은 당신을 불로 지져주겠어요.

(그녀는 훨훨 타오르며 공중으로 올라간다.)

가벼운 공중으로 날 따라 오세요.

견고한 무덤 속으로 날 따라 오세요.

사라진 목표물을 붙잡아 보세요.　　　　　　　　　9810

오이포리온 *(마지막 불꽃을 털어버리며)*

여기 무성한 숲 덤불 사이에는

온통 바위투성이들뿐.

아직 젊고 싱싱한 내가

이 좁은 곳에서 무얼 할 수 있단 말인가.

바람은 세차게 불어오고　　　　　　　　　　　　9815

파도는 소리높이 출렁대지만

둘 다 멀리서 들릴 뿐이다.

좀 더 가까이 가고 싶구나!

(그는 점점 더 높은 바위로 뛰어오른다.)

헬레나, 파우스트 그리고 합창

너는 산양처럼 되기를 원하느냐?

떨어질까 두려워 몸이 오싹해진다.   9820

오이포리온

나는 더욱 높이 올라가야 한다.
나는 더욱 멀리 보아야 한다.
이제야 내가 어디 있는지 알겠구나!
섬의 한가운데에 있구나.
육지에도 바다에도 친숙한   9825
펠로프스 땅의 한가운데.

합창

산과 숲속에서
평화롭게 살고 싶지 않으세요?
그렇다면 곧 찾아보겠어요.
줄지어 늘어선 포도,   9830
구릉지에 열린 포도,
무화과와 황금 사과를.
아, 이 아름다운 땅에
우아하게 살아보세요!

오이포리온

그대들은 평화로운 날을 꿈꾸는가?   9835
꿈꾸고 싶은 자는 꿈을 꾸어라.
전쟁이 해결의 말이다!
그리고 승리가 뒤따라오는 말이다!

합창

평화로운 시대에 살면서

전쟁을 원하는 자는   9840

희망에 찬 행복에서

떨어져나간 사람이지요.

오이포리온

위험이 계속되는 동안에도

이 나라가 배출한 인물들,[18]

자유롭고 무한한 용기를 지니고,   9845

자신의 피를 아낌없이 흘리며,

억제할 수 없는

신성한 충동 때문에

싸우는 모든 인물들,

그들에게 보답 있으라!   9850

합창

위를 보세요, 너무 높이 올라갔네요!

그렇지만 조그맣게 보이지는 않네요.

갑옷 속에서 승리를 위해 나섰네요.

청동과 강철의 모습으로요.

오이포리온

파도도 성벽도 아무런 소용이 없다.   9855

---

18) 터키한테 압박을 받고 있던 그리스의 독립전쟁에 뛰어들어 전사한 영국 시인 바이런이 대표적 인물이다.

모두가 오직 자신만을 믿을 뿐.

끝까지 견뎌낼 굳건한 성은

오직 강철 같은 남자의 가슴이다.

정복당하지 않고 살려거든

어서 무장을 하고 싸움터로 가라.　　　　　　　　9860

여인들은 아마존[19]이 되고

어린아이는 용사가 되어라.

합창

거룩한 시(詩)[20]여!

하늘로 높이 오르시오.

아름답게 빛나는 별이여,　　　　　　　　9865

멀리 그리고 더 멀리 빛나세요.

그래도 우리는 그 시를 듣습니다.

언제나 누구나 기꺼이

그 시를 듣습니다.

오이포리온

아니다. 나는 어린애로서 온 게 아니다.　　　　　　　　9870

무장한 젊은이로 온 것이다.

강하고 자유롭고 대담한 용사들과

어울려 정신 속에서 벌써 용감히 싸웠다.

---

19) Amazone. 소아시아 지방에 살았다는 전설상의 여인족. 대단히 용맹스럽고, 전쟁에서 생포한 남성
　　사이에서 아이를 얻었다고 한다.

20) 오이포리온이 시를 상징하는 존재임을 암시. 영국 시인 바이런이 모델.

자, 나가자!

이제 저곳으로.   9875

명예의 길이 열려있다.

헬레나와 파우스트

겨우 세상에 태어나

밝은 날을 구경하자마자

현기증 나는 계단에 올라

고통 가득한 전쟁을 그리워하는구나.   9880

그렇다면 우리는 너에게

아무것도 아니란 말이냐?

단란한 인연도 한바탕 꿈이란 말이냐?

오이포리온

저 바다 위에 천둥소리가 들립니까?

천둥소리는 계곡마다 메아리치고,   9885

혼란과 파도 속에서 군대가 맞붙어

밀리고 밀리면서 악전고투를 하고 있습니다.

그리고 죽음은

천명입니다.

그것은 자명한 일입니다.   9890

헬레나와 파우스트 그리고 합창

놀라운 일이구나! 끔찍한 일이구나!

죽음이 도대체 너에겐 천명이라니?

오이포리온

멀리서 보고만 있으란 말입니까?

안됩니다. 근심과 고통을 함께 나누렵니다.

헬레나와 파우스트 그리고 합창

무모하고 위험하다!　　　　　　　　　　　　　9895

죽을게 뻔한 운명인데.

오이포리온

가야합니다! ─ 양 날개가

활짝 펼쳐집니다!

그곳으로! 나는, 나는 가야합니다!

비행을 허락해 주세요!　　　　　　　　　　　9900

(그는 공중으로 몸을 던진다. 옷이 잠시 그를 지탱해준다. 그의 머리가 빛이 나며,

불빛이 길게 뻗친다.)

합창

이카루스[21]다! 이카루스!

너무나 불쌍하다.

(아름다운 청년이 부모의 발 앞에 떨어진다. 사람들은 죽은 자에게서 유명한 인물의 모습[22]

을 보았다고 믿는다. 그러나 육신은 곧 사라지고, 후광이 해성처럼 하늘로 올라간다.

옷과 외투와 리라 악기만 남아있다.)

헬레나와 파우스트

---

21) Ikarus. 오비디우스의 『변신 이야기』에 나오는 건축가이자 조각가인 다이달로스의 아들. 밀랍으로
　　붙인 날개를 달고 공중으로 날다가 아버지의 경고를 무시하고 너무 태양 가까이 접근, 밀랍이 녹
　　아 추락해 죽었다고 한다.
22) 영국시인 바이런을 가리킨다.

즐거움 뒤에는 곧

무서운 고통이 따르는구나.

오이포리온 *(깊은 곳에서)*

나를 이 어두운 나라에   9905

어머니, 홀로 내버려두지 마세요!

(휴식.)

합창 *(애도의 노래)*

혼자가 아닙니다! – 당신이 어디에 계시던

우리가 당신을 알고 있습니다.

아! 당신이 세상을 갑자기 떠났다 해도,

누구의 마음도 당신에게서 떠나지는 않습니다.   9910

우리는 당신을 슬퍼하기는커녕

당신의 운명을 부러워하며 노래 부른답니다.

맑은 날이나 궂은 날이나

당신의 노래와 용기는 아름답고 위대했습니다.

아! 세상의 행복을 누리도록   9915

귀한 가문, 뛰어난 능력을 갖추고 태어났건만,

슬프다! 당신은 일찍 세상을 떠나

청춘의 꽃 꺾이고 말았다.

세상을 바라보는 날카로운 눈,

가슴의 모든 충동을 함께 느끼며   9920

훌륭한 여인들에게는 사랑을 불태웠고,

그리고 아름다운 노래도 지으셨지.

그러나 당신은 억제할 수 없는 충동 속에서
자유롭게 파멸의 운명 속에 뛰어들어,
인습과 법률에 맞서   9925
과감하게 투쟁하셨습니다.
그리고는 마침내 고귀한 생각이
순수한 용기를 가상히 여겨
훌륭한 업적을 이루려하였지만
그러나 그것을 이루지 못하였지요.   9930

누가 성공하게 될까요? - 이 우울한 물음에
운명도 입을 다뭅니다.
저 불행하기 그지없던 날[23]
온 백성이 피를 흘리며 침묵할 때,
더 이상 깊이 머리 숙인 채 서있지 말고,   9935
새로운 노래를 소생시켜 주세요.
예전부터 늘 그랬듯이 대지는 언제나
계속해서 노래를 지어낼 것입니다.

(완전한 휴식. 음악도 멈춘다.)

---

23) 1825년 12월 그리스 군의 마지막 거점 미소룽기가 함락되던 날. 바이런도 이곳에서 농성하다가
　　전 해에 전사하였다.

헬레나 *(파우스트에게)*

　행복과 아름다움이 계속해서 함께 있을 수 없다는

　옛말이 슬프게도 내 한 몸으로 증명되는군요.　　　　　　9940

　생명의 연줄도 사랑의 연줄도 끊어져버렸으니

　이 둘을 슬퍼하며 나는 고통스럽게 이별을 해야겠어요.

　한 번만 더 나를 안아주세요.

　저승의 여신 페르세포네여 나와 아들을 데려가소서.

　(그녀가 파우스트를 포옹하자 육체는 사라지고 옷과 면사포만 그의 팔에 남는다.)

포르키아스 *(파우스트에게)*

　당신 손에 남아있는 것을 단단히 붙잡으세요.　　　　　9945

　옷을 놓쳐서는 안됩니다. 벌써 악령들이

　옷자락을 잡고 저승으로 가려 합니다.

　단단히 붙드세요!. 더 이상 잃어버린 여신은 아니지만,

　신성한 것입니다. 헤아릴 수 없는

　은혜의 높은 힘을 빌려 높이 오르소서.　　　　　　　9950

　모든 속된 것을 초월하여 당신을 재빨리

　저 천공으로 데려다줄 것입니다. 당신이 살아있는 한

　우리 신속하게 다시 만납시다.

　여기로부터 아주 먼 곳에서.

　(헬레나의 옷이 구름이 되어 파우스트를 감싸 안고, 하늘 높이 이끌며 데리고 간다.)

포르키아스 *(오이포리온의 옷과 외투와 리라 악기를 땅에서 집어 들고 무대 전면으로 나와*

　　　그 유물들을 높이 치켜들면서 말한다)

　　다행히도 이것만은 손에 들어왔군요!　　　　　　　9955

불길은 당연히 꺼졌습니다만
그런 것은 나에게 조금도 서운하지 않습니다.
이정도면 시인들에게 비결을 전수할 수 있고,
조합원이나 수공업자의 부러움을 불러일으킬 수 있습니다.
내가 재능을 전해줄 수는 없어도   9960
이 옷만은 빌려줄 수 있답니다.

(그녀는 무대 전면의 기둥에 기대어 앉는다.)

합창을 지휘하는 판탈리스

자, 애들아 서둘러라! 이제 우리는 마술에서 풀렸고,
테살리아의 늙은 노파가 부리는 정신적 압박도 벗어났으며,
귀를 어지럽히고 마음까지 혼란하게 하던
시끄러운 연주소리의 도취에서도 깨어났다.   9965
저승으로 내려가자! 왕비님께선 이미
엄숙한 걸음걸이로 내려가셨다. 그분의 발자취를
충실한 시녀라면 따라 내려가야지.
우리는 신비한 분의 옥좌 곁에서 왕비님을 만날 것이다.

합창

왕비들이라면 물론 어디든지 자유롭게 가겠지요.   9970
저승에 가서도 상석에 앉아
당당히 같은 분들과 어울리고
저승의 여신 페르세포네와도 친밀하게 지내겠지요.
그러나 우리는 뒤편

아스포델로스[24)]가 무성하게 핀 깊은 풀숲에서　　9975

길게 자란 백양나무며

열매도 맺지 못하는 버드나무와 어울려

무슨 재미로 시간을 보내겠어요?

박쥐처럼 찍찍거리며 울거나

유령처럼 불쾌하게 속삭일 뿐이지요.　　9980

판탈리스

이름도 얻지 못하고, 고상한 뜻도 없는 자는

원소 중 하나일 뿐이다. 그러니 떠나거라!

내 뜨거운 열망은 왕비님과 함께 있는 것이다.

공적뿐 아니라 충성스러움도 우리의 인격을 보존한다. *(퇴장.)*

일동

우리는 밝은 곳으로 돌아왔어요.　　9985

더 이상 인간이 될 수 없다는 것을

우리는 느끼고 또 알고 있습니다.

그러나 저승으로는 결코 돌아가지 않겠습니다.

영원히 살아있는 자연에게

우리 요정들이 필요하듯이　　9990

우리도 자연이 필요합니다.

합창 제1부[25)]

---

24) Asphodelos. 저승에 피어 죽은 자들의 넋을 위로한다는 꽃. 호메로스의 작품에 등장.

25) 합창대는 3명씩 4조로 되어 있다. 이 합창대의 여자들은 지옥으로 돌아가기 싫어서 각자 자연의
요정으로 모습을 바꾼 것이다. 제1부는 나무의 요정 드라이아데스로, 제2부는 산(메아리)의 요정

우리는 수많은 가지들에서 속삭이는 떨림, 살랑거리는 흔들림을

장난치듯 희롱하고 부드럽게 유혹하며 생명의 샘을

뿌리에서 가지로 또 잎으로, 꽃으로 끌어올립니다. 그리고

머리카락 휘날리듯 치장을 하고 자유롭게 공중으로 자라나게

합니다.   9995

열매가 떨어지면, 유쾌하게 사람과 가축들이 모여

그것을 주우려고, 먹으려고 급히 달려오고, 부지런히 밀려듭니다.

마치 신들 앞에서처럼 모두가 우리 주위에서 허리를 굽힌답니다.

합창 제2부

우리는 멀리까지 반짝이는 거울 같은 암벽에

잔잔한 파도에 흔들리며 씻기며 찰싹 붙어있습니다.   10000

새의 노래, 갈대의 피리, 심지어 목신 판의 무서운 음성도

귀 기울려 듣고 곧 메아리를 보낸답니다.

살랑대는 소리에는 살랑대며 화답하고, 천둥소리에는 천둥소리로

두 배, 세 배, 열 배로 으르렁대며 대답한답니다.

합창 제3부

자매들이여! 우리는 냇물 따라 경쾌하게 서둘러 흘러갑니다.   10005

저 먼 곳에 아름답게 장식한 언덕이 내 마음을 유혹합니다.

더 아래쪽으로, 더 깊이 메안더[26] 강물처럼 굽이치며

초원에, 목장에, 그리곤 곧장 집주위의 정원에 물을 줍니다.

오레야데스로, 제3부는 시냇물의 요정 나이아데스로, 제4부는 포도의 요정 바칸테스로 모습을 바꾼다.

26) 소아시아의 프리기아에서 서쪽으로 흐르는 강. 굴곡이 심한 것으로 유명하다.

저기 측백나무의 날씬한 가지가 평야와 강변과

거울처럼 반짝이는 물결 위에서 창공 높이 솟아 있습니다.　　　　10010

합창 제4부

당신들 좋아하는 곳으로 흘러가세요. 우리는

푸른 포도송이가 여물어가는 언덕을 휘감고 흐르겠어요.

그곳에는 매일같이 포도 농부가 열정과 정성을 다해

노력을 하고 좋은 수확을 초조히 기다린답니다.

괭이로, 삽으로, 흙을 쌓고, 가지를 자르고 묶기도 하면서,　　　　10015

모든 신들에게, 그 중에서도 특히 태양신에게 기도를 올린답니다.

방탕한 바쿠스는 충실한 하인에겐 신경도 쓰지 않고,

정자에서 쉬거나 동굴 속에 기대앉아 어린 목신 판과 수다를 떱니다.

주신(酒神)이 비몽사몽 취하는데 필요한 술은

가죽 부대나 항아리나 술통에 담겨져　　　　10020

서늘한 지하실 좌우에 보관되어 있습니다.

그러나 모든 신들, 특히 태양신 헬리오스가

공기, 습기, 열기를 주어 포도송이를 산더미처럼 쌓아올리면,

조용히 일하던 포도 농부는 갑자기 활기를 띠고

그 활기는 모든 원두막을 지나 줄기와 줄기 사이로 퍼져 갑니다.　　　　10025

바구니는 우지직, 들통은 덜거덕, 멜통은 삐걱대며 모든 것을

큰 통에 넣고 포도를 압착하는 사람은 기운차게 춤을 춥니다.

그렇게 해서 깨끗하게 빚어진 물기 많은 포도알들은

마구 밟혀 거품을 내며 으깨어져 한데 섞입니다.

이제 침벌론과 징소리가 귀에 울려 퍼집니다.　　　　10030

그것은 주신(酒神) 디오니소스²⁷⁾가 신비의 장막을 걷고

염소발굽의 남녀들과 함께 나타났기 때문이죠.

그 사이 실레누스²⁸⁾를 태운 귀가 큰 짐승이 울어댑니다.

엉망진창입니다. 갈라진 염소 발굽은 모든 관습을 짓밟고,

모든 감각이 몽롱하게 소용돌이치며, 소음으로 귀가 멀 지경입니다. 10035

취객은 술잔을 더듬고, 머리와 배는 술로 가득 참니다.

한두 사람은 걱정을 하지만, 소란은 더욱 요란해집니다.

새 술을 담으려면, 묵은 술을 재빨리 비워야 하니까요!

(막이 내린다.)

포르키아스

(무대 전면에 거인 같은 모습으로 등장해서, 굽 높은 장화를 벗어, 가면과 베일을 함께 뒤로

던져버리고, 메피스토펠레스의 정체를 드러낸다. 필요한 경우 에필로그에서 주석을 추가

한다.)

---

27) 그리스 신화의 디오니소스는 로마 신화에서는 바쿠스와 동일.

28) Silenus. 디오니소스의 스승으로 늘 술에 취해 추한 모습으로 나귀를 타고 다닌다.

제 4 막

높은 산악지대

험준하게 솟아있는 바위 봉우리들. 구름이 다기와 기대는 듯 하더니
앞으로 튀어나온 암벽 위에 내려앉는다. 구름이 갈라진다.

파우스트 *(앞으로 나선다)*

나는 저 깊은 고독의 경지를 내 발밑에 내려다보면서,

생각에 잠겨 이 정상의 바위 가장자리에 선다.　　　　　　　　10040

맑은 날 육지와 바다 위로 나를 여기까지 부드럽게

실어다 준 구름수레와 작별하면서.

구름은 흩어지지 않고 천천히 나에게서 멀어져간다.

둥글게 뭉쳐져서 동쪽으로 떠나간다.

나는 놀란 눈으로 감탄하면서 그 모습을 바라본다.　　　　　　10045

구름은 모습이 바뀌고 바람에 날리며 쉬지 않고 변한다.

그런데 모습이 달리 변하려는 것 같다. - 그래! 내 눈은 못 속이지!

햇빛이 잘 드는 침대 위에 우아하게 누운

거인처럼 우람하면서도 신을 닮은 여인의 모습을

나는 본다! 유노, 레다, 헬레나와 닮은 모습이   10050

기품 있고 사랑스럽게 내 눈앞에서 어른거린다.

아! 벌써 사라진다! 모습이 흩어지고 넓게 피어올라

먼 얼음산처럼 동쪽 하늘에 머물며,

무상한 나날의 큰 뜻을 눈부시게 반영한다.

그래도 나에겐 부드럽고 밝은 안개자락이 가슴과   10055

이마를 흥겹고 시원하게 애무하듯 감싸며 맴돈다.

이번엔 그것이 가볍게 망설이듯 점점 높이 올라

하나로 뭉친다. - 나를 매혹하는 황홀한 저 모습은,

아주 오래된 젊은 날의 잊을 수 없는 첫사랑이 아닌가?

가슴 깊은 곳에서 옛날의 보석들이 솟는다.   10060

저것은 가슴을 설레게 하는 오로라[1]의 사랑을 보여주는구나.

언뜻 느꼈지만 이해하지 못했던 그 첫 눈길,

그걸 붙잡자 어느 보석보다도 빛났었지.

다정한 모습은 아름다운 영혼으로 승화되어,

흩어지지 않고 창공으로 올라   10065

내 마음속 가장 소중한 것을 이끌며 사라졌지.

---

1) 오로라(Aurora)는 로마 신화에서 새벽과 햇살의 여신. 그리스 신화의 에오스에서 나왔다. 오로라는
그리스 신화의 거인 사냥꾼 오리온(Orion)을 사랑했다고 한다. 여기서는 파우스트의 첫사랑인 그
레첸을 의미한다.

(7마일 장화[2]* 한 짝이 튀어 나온다. 다른 한 짝도 따라 나온다. 메피스토펠레스가 내려온다. 7마일 장화는 급히 떠나간다.)*

메피스토펠레스

일이 이쯤 되면 꽤 진전을 보았다 할 수 있소!

그런데 그대는 지금 무슨 생각을 하고 있는가요?

소름끼치게 아가리를 벌리고 있는 계곡에서

그 암담함의 한 중간에 내려가다니?　　　　　　　10070

이곳은 내가 잘 아는데 내릴 장소가 아니요.

이곳은 원래 지옥의 밑바닥이었소.

파우스트

자네에겐 어리석은 전설 이야기가 끝이 나질 않는군.

그런 이야길 또 시작할 작정인가?

메피스토펠레스 *(진지하게)*

주인이신 신께서 – 나도 이유를 잘 알고 있지만 –　　10075

우리를 하늘에서 지하로 추방했을 때,[3]

중심부[4]에서 작열하는 불꽃은 사방으로 튀기면서

영원한 불길로 활활 타오르고 있었지요.

우리에겐 그 불빛이 너무 밝아서

매우 혼잡하고 불편한 위치에 있었답니다.　　　　10080

악마들 모두 기침을 하기 시작했고,

---

2) 독일 동화에서 나오는 것으로 한 걸음 가면 7마일 나가는 신발. 여기서는 메피스토펠레스의 신발.

3) 악마의 왕 루시페르는 옛날 대천사였는데 신에게 반역하여 지옥으로 쫓겨난 것이다.

4) 중심부란 지구의 중심부를 말한다.

위에서 아래서 불을 끄느라 모두가 헉헉거렸습니다.

지옥은 유황과 황산 냄새로 가득 찼고,

가스를 발생했지요! 그것은 또 엄청난 괴물로 변해,

비록 두껍긴 했지만, 평평한 지반을 가진 모든 나라들을, 10085

웅장한 소리를 내며 폭발시키고 말았답니다.

지금 우리는 다른 쪽 끝에 위치하고 있는데,

전에는 바닥이었던 곳이 지금은 봉우리가 된 셈이지요.

이 현상은 가장 낮은 것이 가장 높은 것으로 바뀔 수 있다는

그럴듯한 학설의 기원이 되는 것이기도 합니다. 10090

하여간 우리는 뜨거운 불구덩이의 노예생활로부터

자유로운 공기가 충만한 곳으로 도망쳐 나왔습니다.

이것은 공공연한 비밀로 잘 유지되어 오다가

훗날에야 세상 사람들에게 알려지게 된 것입니다.[5] *(에베소서. 6장 12절)*

파우스트

거대한 산맥은 의연하게 침묵을 지키고 있다. 10095

나는 산이 어디서 왔는지 왜 생겼는지 묻지 않겠다.

자연은 자신 안에 스스로의 기반을 세우고

지구를 청결하고 순수하게 만들었다.

자연은 산봉우리와 계곡을 만들면서 기뻐했고,

암벽과 암벽, 산과 산을 줄지어 늘어놓았다. 10100

그리고 언덕은 편안하게 경사를 이루면서 아래로 뻗어

---

5) 성서에 관한 주(註)는 괴테의 비서 리머 W.F. Riemer(1774-1845)가 붙인 것이다.

부드러운 선을 그리며 계곡으로 흘러내린다.

그곳에는 초목이 무성하게 자라고 있으니, 자연은

자신이 즐겁기 위해 광포한 소용돌이를 원하지는 않는다.

메피스토펠레스

그렇게 말씀하시겠죠! 그것은 당신에게 명백한 일이겠지만,　　　10105

그 자리에 있었던 자는 다르게 알고 있소이다.

내가 아직 저 아래 있었을 때, 심연이 부글거리며

끓어올라, 불꽃의 강물이 되어 흘렀지요.

몰로흐[6]의 쇠망치가 바위와 바위를 두들겨 부셔서

산의 파편들을 먼 곳으로 날려 보내기도 했소.　　　10110

그래서 이 지방엔 낯선 곳에서 온 육중한 바위들이 깔려있소이다.

어느 누가[7] 그와 같은 던지는 힘을 설명할 수 있겠습니까?

철학자도 그것을 파악할 수 없답니다.

저곳에 바위가 놓여있으니, 그렇게 놔둘 수밖에 없다는 식이지오.

우리도 이미 여러 생각을 해보았지만 헛수고였소.　　　10115

충직하고 순박한 민중만이 그것을 이해하고

자신의 생각에 아무런 방해를 받지 않지요.

그들은 그것이 기적이며, 사탄의 업적이라는 걸

오래전부터 슬기롭게 터득했다는 말입니다. 그래서

---

6) Moloch. 소의 모습을 한 악마로, 신과 싸울 때 망치로 바위를 깨트려 지옥의 주위에 성체를 쌓았다
고 한다.

7) 독일에는 각처에 화강암층이 있는데, 그것이 근처의 암석과 광물학적으로 전여 이물질이어서 그
설명이 곤란하다고 함.

나를 신봉하는 자들은 목발을 짚고 절름거리며   10120

악마의 바위나 악마의 다리(橋)들을 찾아 돌아다니지요.

파우스트

악마가 자연을 어떻게 관찰하는지 보는 것도

가치가 있는 일이겠지.

메피스토펠레스

무슨 상관이요. 자연 같은 건 아무래도 좋소!

중요한 점은 – 악마가 그때 함께 있었다는 사실이요!   10125

우리는 큰일을 해낼 무리란 말이요.

폭동, 폭력, 행패를! 이 표시를 봐요! –

내가 이제 아주 알아듣기 쉽게 말하겠소.

당신에겐 이 지상에서 마음에 드는 게 하나도 없단 말인가요?

당신은 이 넓은 세상에서   10130

"모든 나라와 그들의 영화로움을" 보지 않았던가요.[8] *(마태복음. 제4장)*

그러나 당신은 만족을 모르는 사람이니,

만족할 만한 것을 발견하지 못했을 겁니다.

파우스트

아니, 있었지! 굉장한 것이 내 마음을 끌었지.

알아맞혀 보게!   10135

메피스토펠레스

---

8) 제8절에 "악마 또한 예수를 높은 산으로 데리고 가 세상의 모든 나라와 그 영화를 보여주며 "라는
   구절이 있다.

그런 것쯤은 곧 알아낼 수 있지요.

나라면 대도시를 찾아보겠어요.

중심가엔 시민들의 식료품 가게들이 북적거리고,

꼬불꼬불한 골목길, 뾰족한 박공,

비좁은 장터엔 양배추, 사탕무, 양파들이 쌓여있고,

쇠파리들이 모여 기름진 고기로   10145

잔치를 벌이는 푸줏간도 있습니다.

그런 곳이라면 당신은 언제라도

여러 냄새와 활기를 접할 수 있을 겁니다.

그 다음엔 광장과 넓은 길들이

의연하게 버티고 있으며, 그리고   10145

마지막으로 성문이 가로 막힌 곳이 아니면

외곽도시가 끝없이 뻗어나가지요.

거기서 수레들이 시끄러운 소리를 내며

오가는 것과 흩어진 개미떼가

바글대듯이 끊임없이 사람들이   10150

왕래하는 것을 나는 즐겁게 구경하겠습니다.

그리고, 수레를 타고 가든, 말을 타고 가든

나는 항상 그들의 중심이 되어

수많은 사람들의 숭배를 받게 되겠지요.

파우스트

그런 정도로는 만족할 수 없네!   10155

인구가 늘어나고 나름대로 편안히 살아가며

심지어 교육을 받아 학식이

높아지면 모두들 부럽다고 하겠지만, -

사실은 오직 반역자[9]를 길러 낼 뿐이지.

메피스토펠레스

그런 다음 나는 내 위력을 보이기 위해　　　　　　　10160

마음이 드는 곳에 환락의 성을 짓겠어요.

숲, 언덕, 평야, 초원, 들판을

정원으로 화려하게 바꿔놓고,

초록 담장 앞에는 비단 같은 잔디밭,

쭉 뻗은 길, 솜씨 좋게 다듬은 나무 그늘들,　　　　　　10165

암벽에서 암벽으로 이어지며 떨어지는 폭포,

그리고 온갖 종류의 분수들을 만들어 놓겠어요.

분수가 힘차게 솟구치는 그 옆엔

수천의 작은 물방울이 소곤대며 흘러내립니다.

그리고 다음에는 절세의 미녀들을 위하여　　　　　　10170

정답고 아늑한 집을 짓도록 하겠소.

그곳에서 오랜 세월을 사랑스럽고 유쾌하게

한적함 속에서 보내겠소이다.

나는 미녀들이라고 말했는데,

늘 복수로 생각하는 버릇이 있어 그렇소이다.　　　　　10175

파우스트

---

9) 학문깨나 했다는 식자들이 곧잘 정부에 반역을 한다는 말로 1789년과 1830년 혁명에 대한 비판.

좋지 못한 현대식이군! 사르다나팔 왕[10]의 영화인가!

메피스토펠레스

당신이 무얼 추구하는지 알겠군요.

그건 확실히 숭고하고 대담한 시도였지요.

달 가까이 날아갔던 당신이니,

같은 병이 당신을 끌어 올리는 모양이군요.　　　　10180

파우스트

당치도 않는 이야기! 이 지상에는 아직

위대한 행위를 할 여지가 남아 있어.

놀랄 만한 일을 해내야 해.

나는 과감히 노력하고픈 힘이 느껴지네.

메피스토펠레스

그렇다면 명성을 얻고 싶으신가요?　　　　10185

당신이 여걸[11]로부터 돌아오신 것을 알고 있습니다.

파우스트

나는 지배권을 획득한다. 소유권도!

행동이 전부다. 명성은 허무한 것이다.

메피스토펠레스

그래도 시인이란 작자들이 나타나

---

10) Sardanapal. 기원전 7세기경의 아시리아 왕으로 극도의 향락을 누렸다. 산 채로 반역자들한테 잡힐 것이 두려워 성안에서 궁녀들과 함께 스스로 타죽었다고 하는 사치한 왕의 표본. '현대식'이라고 한 것은 자연스럽고 건전한 고대인의 취미에 대해서 말초 신경적이고 퇴폐한 현대의 향락을 말한다.

11) 고대 영웅주의 시대의 사람, 즉 헬레나.

후세에 당신의 영광을 전하고 10190

어리석은 이야기로 어리석은 일에 불을 지를 것입니다.

파우스트

내 말이 자네에겐 전혀 통하지 않는군.

인간이 무엇을 갈망하는지 알기나 하나?

자네처럼 뒤틀리고 혹독하고 악랄한 존재가

인간에게 필요한 것이 무엇인지 알기나 하나? 10195

메피스토펠레스

그렇다면 당신 뜻대로 하시지오!

당신 계획을 전부 이야기해 보시오.

파우스트

내 눈은 저 멀리 아득한 바다로 끌렸다네.

바다는 부풀어 저절로 솟구쳐 올랐다가

잠잠해지는가 싶더니 다시 파도를 일으키며 10200

평탄한 해변을 넓게 덮쳐들었네.

난 그게 못마땅했네. 마치 오만함이

온갖 권리를 존중하는 자유로운 정신을

열정적으로 흥분된 혈기를 통해

불쾌한 감정으로 바꿔놓을 것 같아서 말이네. 10205

나는 그것을 우연이라 생각하고 예리한 시선으로 쳐다보니

파도가 멈춰서더니 다시 뒤로 굴러

당당하게 도달했던 목적지에서 멀어져 갔네.

시간이 되면 파도는 이 유희를 반복하겠지.

메피스토펠레스 *(관객을 향해)*

그런 건 나에게 전혀 새로운 일이 아니오.　　　　　　　　　10210

나는 그것을 이미 10만 년 전부터 알고 있소.

파우스트 *(정열적으로 말을 계속한다)*

파도는 수천 번을 결실 없이

무익함만을 펼치기 위하여 밀려온다.

이제 부풀어 솟아올라 구르며 황량한

해안의 혐오스런 지역을 덮는다.　　　　　　　　　　　10215

밀려오고 밀려가는 파도는 힘차게 그곳을 지배하지만,

물러간 뒤에는 아무것도 남은 게 없네.

그 절망이 나를 불안으로 이끌었네.

이 참을 수 없는 원소의 엄청난 힘이라니!

그때 나의 정신은 자신을 뛰어 넘고자 했네.　　　　　　10220

여기서 나는 싸우고 싶고, 이것을 이겨내고 싶었네.

그리고 그것은 가능하네! - 물결이 아무리 범람해도

언덕을 만나면 휘감기듯 돌아나가고,

파도가 아무리 활기차게 움직여도,

약간 높은 곳이면 그것과 당당하게 맞설 수 있으며,　　　10225

약간 깊은 곳이면 그것을 힘차게 끌어들일 수 있으니까 말이네.

그래서 나는 재빨리 마음속으로 여러 계획을 세웠네.

위압적인 바다를 해변에서 몰아내어

축축한 넓은 땅의 경계선을 좁히며

파도를 저 바다 안쪽으로 밀쳐버리는   10230

그런 값진 즐거움을 얻고 싶었네.

나는 차근차근 이 계획을 검토해 보았다네.

이것이 내 소망이니, 과감히 이 일을 진척시켜주게!

(북소리와 호전적인 군악소리가 관객의 뒤편에서, 먼 곳에서, 오른편에서 들려온다.)

메피스토펠레스

그 정도는 쉬운 일이지요! - 저 멀리서 북소리가 들리지요?

파우스트

벌써 또 전쟁인가? 현명한 사람이면 듣고 싶지 않는 소리군.   10235

메피스토펠레스

전쟁이든 평화든 현명한 처사는

모든 상황에서 자신의 이익을 끌어내는 것이지요.

유리한 순간을 주의 깊게 기다리는 겁니다.

이제 기회가 왔으니, 파우스트 선생, 단단히 붙잡으시오.

파우스트

그런 수수께끼로 나를 귀찮게 하지 말게!   10240

도대체 무슨 일을 하라는 건가? 확실하게 설명을 해보게.

메피스토펠레스

오는 길에 알게 되었는데,

그 착한 황제가 큰 걱정에 잠겨 있답니다.

당신도 그를 알 것입니다. 우리가 속임수 재산으로

장난을 치며 그를 즐겁게 했을 때,   10245

그때 그는 온 세상을 사드릴 만큼 기세등등했지요.

왜냐면 젊은 나이에 왕위에 올랐기 때문에

통치하는 일과 동시에 향락하는 일이

양립할 수 있고 또

매우 바람직하고 훌륭한 일이라고   10250

잘못된 판단을 했던 것입니다.

파우스트

큰 잘못을 했군. 명령을 해야 하는 자는

그 명령에서 기쁨을 느낄 수 있어야 한다.

그의 가슴이 높은 뜻으로 가득 차 있어도,

그가 원하는 것을 누구도 간파해서는 안된다.   10255

그가 충성스런 신하의 귀에 속삭인 것, 그것이

실행되고 나면 그때야 온 세상이 놀라게 된다.

그래서 그는 늘 지고의 존재이며

최고의 통치자인 것이다. - 향락은 인간을 천하게 만든다.

메피스토펠레스

그자는 다릅니다. 자신이 향락을 누렸어요, 그것도 심하게.   10260

그동안 나라는 무정부 상태에 빠졌고,

높은 놈, 낮은 놈 서로 뒤엉켜 싸웠고,

형제는 서로 쫓아내고 죽이고,

성(城)과 성, 도시와 도시는 서로 반목하고,

조합은 귀족과 싸우고,   10265

주교는 참사나 교구와

얼굴만 맞대면 서로 원수가 되었지요.

교회 안에서도 살인과 타살이 자행되고,

성문만 나서면 상인과 나그네가 실종되니,

모두가 대담해질 수밖에 없지요.　　　　　　　　　　　10270

산다는 건 자신을 지키는 것 - 바로 그것이니까요.

파우스트

그랬을 것이네. 절름거리다 쓰러지고 다시 일어나

벌렁 넘어졌다가 볼품없이 작은 더미로 굴러갔겠지.

메피스토펠레스

아무튼 그런 상태를 비난할 수 없지요.

누구나 할 수 있고, 누구나 원했으니까요.　　　　　　　10275

보잘 것 없는 놈도 한몫하는 놈으로 통했으니까요.

그러나 선량한 자들에게 그것은 지나치다는 생각이 들었지요.

그래서 유능한 자들이 힘을 합쳐 일어나

이렇게 말했습니다. "군주는 우리에게 안전을 보장해야 한다.

그러나 황제는 그럴 능력도 의지도 없다.　　　　　　　10280

새 황제를 뽑아 새로 이룩된 사회에서

평화와 정의가 하나가 되어

각자의 안전을 도모하도록 하면서

국가에 새로운 활력을 불어넣자."

파우스트

제법 성직자 냄새가 나는 말인데.　　　　　　　　　　10285

메피스토펠레스

그렇소, 성직자들 말이요. 그들은 살찐 배를 안전하게 했소.

그들은 누구보다 더 많이 참여를 했소.

봉기는 확산되고 신성한 것이 되어버렸소.

우리가 기쁨을 주었던 황제는 이쪽으로

진군해 오고 있소. 아마 최후의 결전이 되겠지요.　　　　　10290

파우스트

딱한 일이군. 마음 좋고 솔직한 분이었는데.

메피스토펠레스

갑시다. 구경이나 하게. 산자는 희망을 가져야지요.

이 좁은 협곡에서 황제를 구합시다!

한 번 구해주면 천 번의 가치가 있을 겁니다.

주사위가 어떻게 구를지 누가 압니까?　　　　　10295

운이 따른다면 그에게도 신하가 생기겠지요.

(그들은 가운데 산을 넘어 골짜기에 포진한 군대의 상황을 살핀다. 북소리와 군악이 아래쪽

에서 들려 온다.)

메피스토펠레스

진용은 잘 짜여 있군요.

우리가 참가하면 승리는 틀림없습니다.

파우스트

도대체 무엇을 기대할 수 있단 말인가?

사기! 요설! 헛된 겉치레.　　　　　10300

메피스토펠레스

전쟁을 이기기 위한 전술이요!

당신도 목적하는 바를 잘 생각하고

큰 뜻을 위해 마음을 굳게 하십시오.

우리가 황제의 옥좌와 영토를 지켜준다면,

그렇다면 당신은 무릎을 꿇고 엎드려 10305

넓고 넓은 해안지대를 봉토로 하사받게 될 것이오.

파우스트

이미 많은 일을 자네는 해냈었지.

그럼 이번 싸움도 이기게 해주게!

메피스토펠레스

아니, 이번엔 당신이 이겨야 합니다.

당신이 총사령관입니다. 10310

파우스트

그 자리가 나에게 어울릴까?

아무것도 모르면서 명령을 내리다니!

메피스토펠레스

작전을 참모들에게 맡기면

사령관은 안전합니다.

나는 전쟁의 위험을 오래전에 짐작하고 있어서 10315

참모도 미리부터 태고의 산악에서

원시 인간으로 뽑아

참모진을 짜놓았습니다.

파우스트

저기 무기를 들고 있는 자들은 누구인가?

자네는 산악 종족을 선동했는가? 10320

메피스토펠레스

아닙니다! 그러나 전체 놈팡이들 가운데서

패터 스퀀츠[12] 같은 핵심 인물들입니다.

(세 명의 용사[13] 등장). (사무엘 후서. 23장 8절.)

저기 내 젊은 친구들이 옵니다!

보시다시피 나이들도 매우 차이가 있고

갑옷이나 무기들도 여러 가지지만   10325

거느리고 다니기엔 나쁘지 않을 겁니다.

(관객을 향해.)

요즘 젊은 애들은 모두

투구나 기사의 옷깃을 너무 좋아하더군요.

그리고 이놈들은 모두 비유적인 존재이니

그만큼 더 마음에 드실 것입니다.   10330

싸움패 *(젊고 가볍게 무장한 화려한 옷차림)*

어느 놈이건 나를 쳐다보는 놈이 있으면

주먹으로 턱주가리를 돌려버리겠다.

비겁하게 도망을 가면

머리채를 뽑아 놓겠다.

날치기 *(중년의 잘 무장한 부유한 옷차림)*

그런 실속 없는 싸움은 웃음거리고,   10335

---

12) Peter Squenz. 바로크 시대의 작가 그리피우스의 작품에 나오는 주인공으로 아주 졸렬한 유형의 인간.

13) 구약성서에 나오는 다윗의 세 용사를 모방해 창작된 인물로 비유적인 존재.

시간 낭비지.

오직 날치기에만 전념하고,

다른 일은 모두 뒤로 돌려라.

뚝심쟁이 *(노년, 중무장을 하고, 덧옷 없이)*

그래봤자 소득은 별로 없다!

막대한 재산은 곧 녹아내려　　　　　　　　　　　　　　　　10340

삶의 흐름 속에 흘러가고 말지.

날치기도 좋지만 단단히 붙잡고 있는 게 최고지.

이 백발노인에게 맡겨만 준다면,

어느 놈도 당신 것을 빼앗지는 못할 거요. *(그들은 함께 아래로 내려간다.)*

앞산 정상에서

밑에서 북소리와 군악 소리가 들린다. 황제의 천막이 설치된다.

황제. 총사령관. 친위병들.

총사령관

우리가 전군을 수습하여　　　　　　　　　　　　　　　　10345

이 중요한 계곡에 집결시킨 것은

대단히 용의주도한 전략이었습니다.

이러한 선택이 우리에게 승리를 가져오리라 확신합니다.

황제

어떻게 될지 곧 알게 되겠지.

하지만 중도에서 패배하듯이 퇴각하는 게 대단히 불쾌하구나.　10350

총사령관

폐하, 아군의 우익 쪽을 보십시오!

저런 지형이야말로 전략상 이상적인 곳입니다.

언덕이 가파르진 않지만, 통로도 없습니다.

우리에겐 유리하지만 적들에겐 위험합니다.

울퉁불퉁한 지형에 아군을 반쯤만 매복시켜도　10355

적군의 기병대가 감히 접근하지 못할 것입니다.

황제

짐은 칭찬을 아끼지 않겠노라.

여기서 기량과 용기를 시험해 보도록 하자.

총사령관

여기 중앙 목초지의 평평한 공간에서

아군이 밀집 방어진을 치고 용감하게 싸우는 것을 보십시오.　10360

창끝이 아침 안개 속에서 햇빛을 받아

공중에서 눈부시게 반짝입니다.

강력한 사각형 진지가 무서운 힘으로 출렁이고 있지 않습니까!

수천의 군사들이 공을 세우려고 분전하고 있습니다.

저만하면 대군의 위력을 아실 것입니다.　10365

나는 저들이 적들의 병력을 헤쳐 놓으리라 믿습니다.

황제

저렇게 멋진 모습은 처음 보노라.

저렇게 하니 병력이 두 배나 많아진 듯하다.

총사령관

우군의 좌익에 관해서는 보고드릴 것이 없습니다.

험준한 바위산을 굳건한 용사들이 지키고 있습니다.　　　　　10370

지금 무기들로 반짝이는 바위절벽은

좁은 산골짜기의 중요한 길목을 보호하고 있습니다.

여기서 적군은 예기치 못한 채

혈전을 벌리다 패주할 것이 틀림없습니다.

황제

저기 속이 시커먼 친척이란 놈들이 오는구나.　　　　　10375

저들은 짐을 숙부니 사촌이니 형제니 하면서

날이 갈수록 안하무인이 되어

왕홀에서는 권위를, 왕좌에서는 위엄을 빼앗으며,

반목 분열하여 마침내 제국을 황폐시켜놓고,

이제 와선 한통속이 되어 짐에게 반기를 들었다.　　　　　10380

민중은 갈피를 못 잡고 동요하다가

결국은 물결이 흘러가는 대로 휩쓸려갈 뿐이다.

총사령관

첩자로 파견했던 충직한 병사 한 사람이

급히 암벽을 내려옵니다. 성공했다면 좋겠는데!

첫 번째 첩자

　　　교묘하고 대담한 우리의 계획은　　　　　10385

다행히 성공을 거두어

여기 저기 잠입하여 들어갔습니다.

그러나 신통한 정보는 얻지 못했습니다.

많은 충직한 신하들처럼 폐하께

진심으로 충성을 맹세하는 자들도 많았지만,　　　　10390

행동은 하지 않고 내란이니 민중의 위기니 하며

변명만 늘어놓은 자들도 많았습니다.

황제

자기 혼자만 살아남겠다는 게 이기주의 신조지.

고마움이나 애착, 의무나 명예 같은 건 소용이 없느니라.

부채가 많으면 이웃집 화재가 너희까지　　　　10395

삼켜버린다는 것을 생각지 못했는가?

총사령관

두 번째 첩자가 천천히 걸어내려 오고 있습니다.

피곤해서 그런지 온몸을 떨고 있군요.

두 번째 첩자

처음에 우리는 난동분자들이 헤매고 다니는 것을

느긋하게 지켜보고 있었습니다.　　　　10400

그런데 느닷없이 눈 깜짝할 사이에

새로운 황제가 나타났습니다.

대중들은 지정된 길을 따라

들판을 거쳐 행진하고 있었습니다.

모두들 새로 펼쳐든 가짜 깃발을　　　　10405

따라 가더군요. - 양떼의 근성이지요!

황제

가짜 황제가 나타난 것은 짐에게 유리한 일이다.

이제야 비로소 짐은 내가 황제임을 통감하겠구나.

단지 군인으로서 이 갑옷을 걸치고 있었는데,

이제 그것을 더욱 거룩한 목적을 위해 몸에 두르게 되었다.　　　10410

축제가 열릴 때마다, 그것이 제아무리 화려하고

부족한 게 없다 해도 모험감이 없어 아쉬웠다.

경들이 잘하던 고리꿰기 놀이[1]를 권했을 때,

짐은 가슴이 설레는 무술시합의 묘미를 맛보았다.

경들이 짐에게 전쟁을 만류하지 않았었다면,　　　10415

지금쯤 짐은 혁혁한 전공으로 빛나고 있으리라.

언젠가 내가 불바닷속에 갇혀 있었을 때,[2]

나의 독립심을 확고히 해야 함을 가슴 깊이 느꼈다.

불길은 무섭게 엄습해왔다.

그것은 환영에 불과했지만, 그 환영은 정말 대단했었다.　　　10420

승리와 명성에 대해 짐은 막연하게 꿈만 꾸며,

오만스럽게 게을리 했던 것을 이제는 회복해야겠다.

(가짜 황제의 도전을 처리하기 위하여 사신들이 파견되었다. 파우스트는 갑옷을 입고,

투구로 반쯤 얼굴을 가리고 있다. 세 용사는 전과 같이 무장한 옷차림을 하고 있다.)

---

1) 말을 타고 달리면서 긴 창으로 고리를 꿰는 경기.

2) 〈가장 무도회의 밤〉에서 불길에 갇혔던 일을 회상하는 것이다.

파우스트

신들이 등장한 것을 책망하지 마십시오.

위급하지는 않으나 조심하는 게 상책입니다.

아시다시피 산악 사람들은 생각이 깊고   10425

자연이나 암석에 새겨진 문자에 정통합니다.

오래전에 평지에서 떠나간 영들은

전보다 더 바위산에 애정을 가지고 있습니다.

그들은 미로와 같은 골짜기를 조용히 누비며,

금속성의 향기 진동하는 고결한 생명력 속에 활동하고 있습니다.   10430

끊임없이 분석하고, 시험하고, 결합하면서

새로운 것을 발견하는 것이 유일한 욕심이랍니다.

영적인 힘을 지닌 조용한 손가락으로

투명한 형상들을 만들어내고,

그 수정체의 영원한 침묵 속에서   10435

지상세계의 사건들을 살피고 있습니다.

황제

짐도 그런 이야길 들은 바 있어 경의 말을 믿겠소.

그러나 용사여, 그것이 여기서 무슨 소용이란 말인가?

파우스트

노르치아[3]의 무술사(巫術師) 사비네르는

---

3) 노르치아는 이탈리아 중부에 있는 도시로, 이곳에는 무술사가 많다고 한다. 그 중 한사람이 로마에
   서 화형을 당하게 되었는데, 대관식차 로마에 와 있던 젊은 황제에 의해 구원을 받았다는 것은 괴
   테의 창작이다.

폐하의 충직하고 성실한 신하이옵니다.   10440

한때 무서운 운명이 그를 소름끼치게 위협한 적이 있었습니다.

섶나무가 훨훨 타오르고 불길은 날름거리는데,

주위에 쌓아올린 장작더미엔

역청과 유황다발이 섞여 있었습니다.

인간은 물론 신도 악마도 그를 구할 수 없었을 때,   10445

폐하께서 벌겋게 달아오른 쇠사슬을 끊어주셨습니다.

로마에서 있었습니다. 그는 폐하께 큰 은혜를 입고

폐하의 거취에 대해 늘 마음을 쓰게 되었습니다.

그는 그때부터 완전히 자신을 떠나

오직 폐하만을 위해 천문과 지리를 살피고 있었습니다.   10450

화급한 일이 생겼다면서 우리를 폐하께 보낸 것도

그 사람이었습니다. 산의 힘은 위대합니다.

거기서 자연은 강력한 힘을 자유롭게 행사하는데,

우둔한 성직자들은 그것을 마술이라고 저주한답니다.

황제

기쁜 날 명랑하게 즐기기 위해   10455

흥에 겨워 오는 손님들을 맞을 때,

밀고 밀리며 방안이 미어질 듯 들어오는 손님들은

누구나 우리를 즐겁게 해준다네.

하물며 운명의 저울이 어느 쪽으로 기울지 모를

걱정스럽고 불안스런 이런 날 아침에,   10460

아군을 도우려고 찾아온

성실한 남자를 나는 지극히 환영하는 바이다.

그러나 지금이야말로 중대한 순간이니

그대의 강한 손을 원하는 검에 놓고,

수천의 병사가 나를 위해 아군으로 아니면 적군으로   10465

나누어져 싸우려는 이 순간을 존중하라.

남자란 독립적이어야 한다! 황제의 관과 옥좌를 탐내는 자는

스스로 그 명예에 어울리는 가치가 있어야 한다.

우리를 대항해서 일어나 자신을 황제라 참칭하고

우리나라의 군주니, 군의 대원수니,   10470

제후의 지배자니 하는 유령들은

짐이 이 손으로 죽음의 나라로 던져버리겠노라!

파우스트

지당한 말씀이오나 대사를 이루려면,

폐하의 목숨을 거는 일은 당치 않습니다.

투구는 닭 벼슬과 깃털로 장식되어 있지 않습니까?   10475

투구는 우리의 용기를 북돋는 머리를 보호합니다.

머리가 없다면 수족들이 무슨 일을 해내겠습니까?

머리가 잠들면 모든 것이 가라앉게 되고,

머리가 다치게 되면 곧 모든 것이 상처를 입게 됩니다.

머리가 건강해지면 수족도 곧 건강해집니다.   10480

팔은 재빨리 그의 강력한 힘을 발휘하여,

방패를 들어 그의 머리를 지킬 것이고,

칼도 곧 그의 의무를 알아차리고,

힘차게 받아치며 반격을 되풀이 할 것이고,

튼튼한 발도 그의 행운에 한몫 거들어   10485

쓰러진 적군의 목덜미를 세차게 짓밟을 것입니다.

황제

짐의 분노가 바로 그렇다. 놈을 그렇게 다루어

그 오만한 머리통을 발판으로 만들리라!

사신들 *(돌아온다)*

우리는 존경도 대접도

저곳에서 받지 못했습니다.   10490

우리들의 강력하고 기품 있는 통고를

그들은 껍데기뿐인 놀림이라고 비웃었습니다.

"그대들의 황제는 실종되었고,

좁은 계곡에는 메아리만 울릴 뿐이다.

우리 보고 그를 생각하라 하지만,   10495

동화에서 말하듯 – 그것은 옛날 일이었다."

파우스트

그렇다면 굳건하고 충성스럽게 폐하의 편에

선발된 자들의 소망대로 되었습니다.

저기 적들이 접근합니다. 폐하의 군대는 사기충천 기다리고 있습니다.

공격을 명령하십시오. 기회는 유리합니다.   10500

황제

여기서는 짐이 직접 지휘하지 않겠다. *(총사령관에게.)*

후작

이 임무는 경의 손에 달려 있소.

총사령관

알겠습니다. 자, 우익군은 앞으로 나가라!

저기 기어오르고 있는 적의 좌익이

마지막 일보를 딛기 전에, 충성으로 단련된   10505

젊은 힘으로 굴복시켜라!

파우스트

그러시다면 이 씩씩한 용사도 즉시

당신의 진열 속에 들어가

대열과 긴밀하게 일치가 되어

용맹스런 본분을 발휘하도록 허락하여 주십시오.   10510

(파우스트가 오른쪽을 가리킨다.)

싸움패 *(앞으로 나선다)*

나에게 얼굴을 보이는 놈은 아래 턱, 위 턱이

으스러지지 않고서는 돌아가지 못할 것이다.

나에게 등을 보이는 놈은 목과 대갈통과 머리털이

작살이 나서 헐렁하게 어깨에 매달릴 것이다.

내가 날뛰는 대로 우리 편 병사들이   10515

칼과 몽둥이를 휘둘러댄다면

적들은 한 놈 두 놈 쓰러져서

자신들의 피바닷속에 가라앉게 될 것이다. *(퇴장.)*

총사령관

아군 중앙부의 밀집방진(密集方陣)을 조용히 따르다가

적을 만나거든 기민하게 전력을 다해 물리쳐라.   10520

약간 오른쪽에선 이미 아군의 전력이

용맹무쌍하게 적의 진지를 교란하고 있다.

파우스트 *(가운데 사나이를 가리키며)*

그럼 이 사람도 장군의 명령에 따르도록 해주시오!

그는 날째어서 무엇이든 낚아채 울 수 있을 거요.

날치기 *(앞으로 나선다)*

황제군의 영웅적 용맹함에   10525

약탈에 대한 욕심도 짝을 이루어야지요.

가짜 황제의 풍성한 천막을

모든 용사의 목표물로 정하십시오.

그자도 오래 버티지는 못할 것입니다.

내가 밀집방진의 선두에 서겠습니다.   10530

들치기 *(진중의 여자 행상, 날치기에게 재빨리 다가가면서)*

내가 이 사람 여편네는 아니지만,

이 사람은 내게 안성맞춤인 서방님이에요.

우리를 위해 추수할 가을이 왔습니다.

여자란 움켜쥘 때 사납지만,

빼앗을 땐 그야말로 인정사정없답니다.   10535

이기는 편에 서야죠! 무엇이든 가능하니까. *(두 사람 퇴장.)*

총사령관

예상한 대로 아군의 좌익에 대항해서

적의 우익군이 맹렬하게 공격해 온다.

암벽의 좁은 길을 점령코자 미친 듯이 달려오는
적군에게 전원 힘을 합쳐 대항하라!   10540

파우스트 *(왼쪽을 가리킨다)*

그렇다면, 장군, 이 사람을 눈여겨보아 주십시오.

강한 것을 더 보강해서 손해 볼 것은 없을 겁니다.

뚝심쟁이 *(앞으로 나선다)*

좌익에 대해 걱정 마십시오!

내가 있는 한 절대 안전합니다.

늙은이는 가진 걸 절대 놓지 않지요.   10545

내가 가진 건 번개도 빼앗지 못합니다. *(퇴장.)*

메피스토펠레스 *(위에서 내려오면서)*

자 보세요, 뒤쪽에 있는

온통 뾰족뾰족한 바위틈에서

무장한 병사들이 쏟아져 나와

비좁은 오솔길을 더욱 비좁게 매우고 있습니다.   10550

투구와 갑옷, 칼과 방패로 무장을 하고,

우리의 배후에 성벽을 쌓고

공격 신호만을 기다리고 있습니다.

(사정을 아는 관객에게 낮은 소리로.)

저들이 어디서 왔는지 묻지 마세요.

나는 물론 망설이지 않고   10555

주변의 무기고를 모조리 털었답니다.

그곳에 그들은 보병으로, 기병으로 서있었고,

아직도 이 세상의 주인 노릇을 하고 있었습니다.

전에는 기사니, 왕이니, 황제니 했지만,

지금은 속 빈 달팽이 껍질에 불과하지요.　　　　　　　10560

그 속에 수많은 도깨비들이 끼어들어 단장을 하고 나서니

온통 중세가 생생하게 되살아난 느낌이었소.

저 속에 어떤 마귀가 끼어있다 해도

이번만은 하여간 효과가 있을 것이오.

(큰소리로.)

들어보시오. 저들은 벌써부터 분기탱천하여　　　　　　　10565

쇠붙이를 덜컹거리며 서로 부딪치고 있습니다!

군기 옆 수많은 깃발들이 시원한 바람을

고대하며 초조하게 펄럭이고 있습니다.

생각해 보시오. 옛사람들이 이미 준비를 갖추고

새 시대의 싸움에 기꺼이 뛰어들려고 합니다.　　　　　　　10570

(위쪽에서 무서운 나팔소리가 들리고, 적군의 진영에선 심한 동요가 일어난다.)

파우스트

지평선은 이미 어두워지고,

오직 여기저기 심상치 않은 붉은 빛만이

불길하게 빛나고 있구나!

창검 등은 온통 핏빛으로 번쩍이고,

바위, 숲, 대기는 물론　　　　　　　10575

하늘까지도 온통 싸움에 휘말려 들었다.

메피스토펠레스

우익군은 완강하게 버티고 있습니다.

그 중에서 빼어난 인물은

날쌘 거인 싸움꾼 한스로

자기 방식대로 잽싸게 활약 중입니다.　　　　　　　10580

황제

처음에 나는 한 팔을 치켜드는 것을 보았는데,

지금은 벌써 열두 개가 날뛰는 것을 본다.

이건 정말 예사로운 일이 아니다.

파우스트

시칠리아 해안에 떠돌아다니는

안개 띠에 관한 이야길 들은 적이 없으십니까?　　　　10585

그곳에선 한낮에도 또렷하게 흔들리면서

중천에 높이 솟아올라

이상한 아지랑이에 반영되어

희한한 광경이 나타납니다.

여기저기 도시들이 나타났다 없어지고　　　　　　　10590

정원들이 떠올랐다 가라앉고 하면서

갖가지 현상들이 대기를 뚫고 나타납니다.

황제

하지만 이상하구나! 기다란 창의

예리한 끝부분들은 번개처럼 번쩍이고,

아군의 밀집방진 창끝에서 나는　　　　　　　　　10595

재빠른 불꽃들이 춤추는 것을 본다.

그것은 마치 도깨비장난같이 보인다.

파우스트

오, 폐하, 황공하오나 그것은 이미

사라진 정령들의 흔적입니다.

모든 뱃사람들이 축원을 올리는   10600

쌍둥이 디오스쿠렌[4] 별자리의 불빛입니다.

저들은 여기서 마지막 힘을 다하고 있습니다.

황제

하지만 말해보라, 자연이 우리에게

시선을 돌리고 영험한 힘을

모아주게 한 게 누구의 덕인지.   10605

메피스토펠레스

폐하의 운명을 진심으로 걱정해주는

저 고귀한 마술사 외에 누가 있겠습니까?

적들이 폐하를 심각하게 위협하는 것을 보고

그는 마음속 깊이 격분하였습니다.

그래서 그는 자신이 파멸할지라도   10610

폐하를 구해 은덕을 갚으려는 것입니다.

황제

백성들이 짐을 에워싸고 화려하게 만세를 불렀을 때,[5]

---

4) 디오스쿠렌은 선원들과 배를 보호해주는 쌍둥이 별자리.
5) 황제의 대관식을 의미함.

짐도 우쭐하여 권위를 시도하고 싶었다.

그래서 좋은 기회다 싶어 별 깊은 생각 없이

백발의 노인장에게 찬바람을 보내주었던 것이다.　　　　10615

대신 성직자에게선 모처럼의 즐거움을 망치게 되어

그들의 호의를 얻을 수가 없었다.

헌데 그 일이 몇 해가 지난 오늘에 와서

보답을 받아야 한단 말이냐?

파우스트

사심 없는 선행은 좋은 결실을 가져옵니다.　　　　10620

시선을 위로 돌려 보서소!

그가 무슨 신호를 보내는 것 같습니다.

주의해서 보십시오, 곧 나타날 것입니다.

황제

독수리 한 마리가 하늘 높이 떠돌고,

그라이프[6] 한 마리가 사납게 위협하며 뒤쫓고 있군.　　　　10625

파우스트

주의해서 보십시오. 아주 길조로 보입니다.

그라이프는 전설상의 새인데,

어떻게 자신의 주제를 잊고

진짜 독수리와 감히 겨룰 수 있겠습니까?

---

6) 그라이프는 독수리의 머리와 날개를 가지고 사자의 몸을 가진 전설의 괴조(怪鳥). 여기서 독수리는
　　황제의 알레고리, 그리피스는 참왕(僭王 : 제멋대로 왕이라고 부름)의 알레고리다.

황제

이제는 커다란 원을 그리며   10630

서로가 빙빙 돌고 있다. 그러다 눈 깜짝한 사이

상대방에게 달려들어

가슴과 목을 갈기갈기 찢으려하는구나!

파우스트

자 보십시오. 저 흉악한 그라이프가

찢기고 뜯기고 상처투성이가 되어   10635

꼬리를 늘어뜨린 채

봉우리 숲속으로 떨어져 사라지는 것을.

황제

제발 그리되기를!

이상하지만 짐도 그렇게 보았노라.

메피스토펠레스 (오른쪽을 향해)

맹렬하게 거듭되는 공격에   10640

적들은 물러나지 않을 수 없습니다.

그리고 미약한 저항을 하면서

오른쪽으로 밀려갔기 때문에

적의 주력부대인 좌익군이

전투 중 혼란에 빠집니다.   10645

아군 방어진의 경고한 선두는

우측으로 진격하여 번갯불같이

적의 약점을 공격해 들어갑니다.

이제 분노한 양군의 힘이

폭풍 속에 날뛰는 파도같이						10650

사납게 불꽃을 튀기고 있습니다.

이보다 더 장렬한 모습은 생각할 수 없습니다.

이 전투는 우리의 승리입니다.

황제 *(왼쪽에 있는 파우스트에게)*

보아라! 짐이 보기엔 저쪽이 염려스럽다.

아군의 진지가 아주 위태로워 보인다.						10655

돌덩어리가 날아가는 것도 보이지 않고

아래쪽 암벽을 적들이 이미 기어올라

아군은 위쪽을 버리고 말았다.

저길 보아라! 적들은 한 덩어리가 되어

점점 더 가까이 육박해 온다.						10660

아마 통로도 점령된 것 같다.

이것이 사교도(邪敎徒) 노력의 결과인가!

그대들의 마술도 결국 헛된 일이 아닌가!

(휴식.)

메피스토펠레스

저기 소신의 까마귀 두 마리[7]가 날아옵니다.

무슨 소식을 전하러 온 걸까요?						10665

불길한 내용이 아닌지 두렵군요.

---

7) 메피스토펠레스가 두 마리의 까마귀를 데리고 다닌다는 것은 2591행에 나온바 있다.

황제

이 불길한 새들은 무엇인가?

전투가 치열한 바위산을 떠나

검은 날개를 펼치고 이쪽으로 날아오는구나.

메피스토펠레스 *(까마귀를 향해)*

내 귀 가까이 앉아라! 10670

너희들이 지켜주는 자는 망하지 않는다.

너희들의 충고는 이치에 맞으니까.

파우스트 *(황제에게)*

폐하께서는 비둘기가 아무리 먼 곳에 있다 해도

새끼와 먹이가 있는 집으로

돌아온다는 이야기를 들어 보셨을 것입니다. 10675

여기에는 중대한 차이점이 있습니다.

비둘기는 평화에 봉사하는 사신이지만

까마귀는 전쟁에 보내는 사신입니다.

메피스토펠레스

대단히 불길한 보고가 도착했습니다.

저쪽을 보십시오! 바위 절벽에 주둔하고 있는 10680

우리 용사들이 곤경에 빠졌습니다.

가까운 고지들에 적들이 진격해 와서

협로를 점령하게 되면

아군은 난처한 상태에 빠지게 될 것입니다.

황제

그렇다면 짐이 속았단 말인가!　　　　　　　　　　　　　10685

그대들이 짐을 함정으로 끌어들여

농락한다고 생각하니 두렵구나.

메피스토펠레스

용기를 가지십시오! 아직 패하지는 않았습니다.

최후의 난관에는 인내와 책략을 써야 합니다.

마지막 고비에는 언제나 격렬해지기 마련입니다.　　　　　10690

신에게는 확실한 전령들이 있사오니

명령권을 허용해 주소서.

총사령관 *(그 사이 다가와서)*

폐하께서 이들과 손잡은 것이

신에겐 줄곧 가슴 아픈 일이었습니다.

요술로는 확고한 행복을 얻을 수 없습니다.　　　　　　　10695

신은 이 전세(戰勢)를 돌이킬 방법을 알 수 없습니다.

이자들이 시작한 일이오니, 이자들이 결말을 내겠지요.

신은 지휘봉을 놀려 늘이겠습니다.

황제

때가 호전되면 행운이 올지도 모르니

그때까지 지휘봉은 장군이 맡아두시오.　　　　　　　　　10700

짐에겐 저 아니꼬운 녀석은 물론 그가

까마귀와 벌이는 수작도 소름이 끼치오.

(메피스토펠레스에게.)

짐은 지휘봉을 그대에게 맡길 수 없다.

그대는 적임자가 아닌 것 같다. 하지만
명령을 내려 우리를 구하도록 하라!   10705
일어날 수 있는 일이라면 일어나야지.

(총사령관과 함께 천막 안으로 사라진다.)

메피스토펠레스

저 무딘 막대기가 그를 보호해줄 수 있을까?
우리에겐 당연히 아무런 쓸모가 없지.
십자가 같은 꼴이지.

파우스트

어쩔 작정인가?

메피스토펠레스

벌써 다 해놓았소이다!   10710
자 검둥이 사촌들[8], 빨리 일을 처리하라!
저 커다란 산중 호수로 가서, 물의 신령 운디네에게
인사드리고, 그의 환영(幻影)을 빌려오도록 하라.
그것은 쉽게 알아차릴 수 없는 여성의 술책으로
실체와 가상을 분리시키는 능력을 지니고 있다.   10715
그러나 모두가 가상을 실체라고 생각하기 일쑤지.

(휴식.)

파우스트

우리 까마귀들이 물의 요정들한테

---

8) 두 마리 까마귀를 말한다.

제법 그럴싸하게 비위를 맞췄음에 틀림없다.

벌써 저기서 물이 흐르기 시작하는구나!

여기저기 메마르고 황량한 바위 틈새에서 10720

빠른 물줄기가 풍부하게 솟아나오고 있다.

적의 승리는 이제 허사가 되었구나.

메피스토펠레스

저것은 매우 기이한 인사법이라

용감히 기어오르던 적들은 당황할겁니다.

파우스트

한줄기 냇물이 어느새 여러 갈래로 도도히 흐르다가 10725

좁은 계곡에서 다시 합쳐진다.

물줄기는 활처럼 폭포를 이루기도 하고,

갑자기 평평한 바위 위에 넓게 퍼져

여기저기 소리 내고 거품을 튀기며

층층이 골짜기로 떨어져 내린다. 10730

영웅답게 용감히 버틴들 무슨 소용이랴!

거센 물결이 그들을 휩쓸어 버리는데.

이런 거친 홍수를 보니 나도 소름이 끼치는구나.

메피스토펠레스

나에겐 이따위 물의 속임수는 전혀 의미가 없소.

오직 인간의 눈만이 속게 마련이지요. 10735

희한한 광경을 보니 정말 재미있습니다.

놈들은 온통 덩어리로 굴러 떨어지는군요.

저 바보들은 물에 빠져 죽는 줄로 생각합니다.
단단한 땅이라서 안전하건만 마치 숨이 차는 듯 거칠게 헐떡이며
우스꽝스럽게 헤엄치는 몸짓을 하며 달려갑니다.　　　　　　10740
이제 어디서나 혼란이 일어납니다. *(까마귀가 다시 돌아온다.)*

너희들을 위대한 스승[9] 앞에서 칭찬해주마.
하지만 한 번 더 악마다운 위력을 나타내고 싶거든
불이 이글거리는 대장간[10]으로 급히 가도록 하라.
그곳에는 난쟁이 족속들이 피곤한 줄 모르고　　　　　　10745
쇠붙이와 돌을 두들기며 불꽃을 튀기고 있을 것이다.
온갖 감언이설로 그들을 설득하여
거룩한 뜻으로 타오르고 있는
반짝이는 불씨 하나를 얻어 오너라.
아득히 먼 하늘에서 번개가 치고　　　　　　10750
창공에 떠있는 별들이 순식간에 떨어지는 일은
여름밤이면 흔히 볼 수 있는 일이지만
우거진 숲속에 번개가 치고
축축한 대지에 별들이 스치고 지나가는 일은
그렇게 쉽게 볼 수 있는 것이 아니다.　　　　　　10755
그러니 너희들은 너무 애쓸 필요 없이

---

9) 마왕 사탄을 가리킴.
10) 난쟁이 요괴들이 사는 산속 대장간.

먼저 청을 해보고, 안 들으면 명령을 하도록 해라.

까마귀들 *(사라진다. 지시한 대로 사건이 진행된다)*

메피스토펠레스

　적들은 짙은 어둠에 휩싸여 있다!

　한 걸음 한 걸음이 불확실하다!

　어느 구석이나 도깨비불이 일어나,　　　　　　　　　　　10760

　사람들을 갑자기 눈멀게 한다.

　모든 게 정말 잘되었다.

　이번엔 무서운 소리를 들려주어야지.

파우스트

　동굴 무기고에서 나온 껍질만 남은 갑옷들이

　시원한 바람에 활기를 느낀 듯,　　　　　　　　　　　10765

　저 위에서 괴상하고 거짓된 소리를

　이미 오랫동안 쩔그럭, 덜커덩거리고 있다.

메피스토펠레스

　그렇습니다. 이제 어떻게 막을 도리가 없습니다.

　그리운 옛 시절에 그랬듯이

　기사들의 결투 소리가 들리는군요.　　　　　　　　　　10770

　갑옷의 팔 가리개와 정강이 보호대까지도

　교황파와 황제파로 나누어져

　끝없는 싸움을 다시 시작하고 있습니다.

　상속된 의미를 완고하게 지키며

　조금도 타협할 기세를 보이지 않습니다.　　　　　　　　10775

벌써 여기저기서 시끄러운 소리가 들리는군요.

결국 악마들이 축제를 벌일 때마다

당파 간의 증오가 극에 달해

끔찍한 결과를 초래하게 된답니다.

목신 판의 참을 수 없는 불쾌한 소리며,   10780

마왕 사탄의 째지는 날카로운 소리가

공포감을 자아내며 골짜기에 울려 퍼집니다.

대립 황제의 천막

옥좌 주위가 호화스럽다. 날치기, 들치기 등장.

들치기

그래도 우리가 제일 먼저 왔군요!

날치기

까마귀도 우리처럼 빨리 날아오지는 못할걸.

들치기

오! 여기 보석이 무더기로 있군요!   10785

어디서 손을 대야하나! 어디서 그쳐야 할까?

날치기

온 천막에 가득하구나!

무엇부터 손을 대야할지 모르겠다.

들치기

내게는 이 양탄자가 좋겠는데.

잠자리가 불편할 때가 많았거든. 10790

날치기

여기 강철로 된 금성봉(金星棒)[1]이 걸려 있군.

이런 것을 나는 전부터 갖고 싶었지.

들치기

금실로 단을 박은 빨간 외투도 있군.

이런 것을 갖는 게 내 꿈이었지.

날치기 *(무기 금성봉을 집어 들며)*

이것이면 쉽게 할 수 있지. 10795

적을 죽이고 앞으로 나갈 수 있단 말이야.

넌 벌써 많은 것을 들치기한 모양인데,

쓸 만한 것은 하나도 챙기지 못했구나.

그런 잡동사니는 제자리에 놓아두고

이 궤짝이나 하나 들고 가라! 10800

이것은 병사들에게 줄 급료로

속에는 금화가 가득 들어 있을 것이다.

들치기

아니, 이건 지독히도 무겁군!

---

1) 별모양의 돌기물이 붙은 철봉. 중세의 무기.

너무 무거워서 들 수도, 가져 갈 수도 없다.

날치기

얼른 허리를 굽혀라! 몸을 숙이란 말이야!　　　　　　　　　　10805

튼튼한 등짝에 지워 줄 테니.

들치기

아이고 아파! 아프다니까! 안되겠어.

너무 무거워서 허리가 끊어지겠다.

(궤짝이 등에서 미끄러져 떨어진다. 뚜껑이 열린다.)

날치기

번쩍이는 금화가 무더기로 쏟아진다.

빨리 달려들어 주어 담아라!　　　　　　　　　　　　　　10810

들치기 *(쪼그리고 앉는다)*

자, 이 치마폭에 어서 담아줘요!

이 정도면 충분하겠어요.

날치기

그래, 그만하면 충분해! 어서 서둘러 가자! *(들치기가 일어선다.)*

오, 저런 치마폭에 구멍이 났군!

너는 가는 곳마다, 서있는 곳마다　　　　　　　　　　　　10815

금화를 씨앗 뿌리 듯 마구 뿌려대는구나.

친위병들 *(아군 측 황제의)*

너희들은 이 신성한 장소에서 무엇을 하는 거냐?

폐하의 보물을 왜 뒤지고 있느냐?

날치기

우리가 몸을 팔았으니

전리품에서 우리 몫을 챙기고자 한다.   10820

적군의 천막에선 흔히 있는 일,

그리고 우리도 병정이란 말이다.

친위병들

그런 일은 우리 군대에서 일어날 수 없다.

군인이자 동시에 도둑은 있을 수 없다.

우리 폐하께 충성하는 자는   10825

정직한 군인이어야 한다.

날치기

정직이라, 그런 것쯤은 이미 알고 있다.

말하자면 점령분담금이라는 거지.

당신들 모두 같은 짓을 하는 거요.

내놔라! 하는 것이 동업자들의 인사가 아닌가? *(들치기에게.)*   10830

가자, 네가 가진 것을 끌고 가자.

여기서 우리는 환영받는 손님이 아니다. *(퇴장.)*

첫째 친위병

말해봐, 왜 저 건방진 놈의

따귀를 한 대 후려갈기지 않았지?

둘째 친위병

왠지 모르게 힘이 쭉 빠져버렸어.   10835

그들은 모두 도깨비 같았어.

셋째 친위병

눈앞이 이상해지고

가물거려서 잘 볼 수가 없었어.

넷째 친위병

어떻게 말해야 좋을지 알 수 없네만,

하루 종일 너무나 덥고,   10840

불안하고 숨이 막힐 정도로 답답했네.

어떤 놈은 서있었고, 어떤 놈은 쓰러져 있었지.

더듬거리며 다가가 내리치면

적은 휘두를 때마다 쓰러졌지.

눈앞에선 베일 같은 게 아른거리고   10845

귓속에는 윙윙 쉿쉿하는 소리만 들렸어.

그런 일이 계속되다가 여기까지 오게 되었네.

내 자신도 어떻게 된 일인지 모르겠네.

(황제가 네 명의 후작들과 함께 등장.) (친위병들은 퇴장.)

황제

어찌 되었건 우리는 전투에서 이겼다

적은 산산이 흩어져 들판에서 도망쳐 버렸다.   10850

여기에 빈 왕좌와 반역도의 보물이

양탄자로 싸인 채 공간을 가득 채우고 있다.

우리는 공손하게 친위병들의 호위를 받으며,

황제로서 여러 민족의 사신들을 기다린다.

각처에서 즐거운 소식들이 도착한다.   10855

온 나라가 평온을 되찾고, 기꺼이 우리에게 귀의한다고 한다.

우리의 전투에 요술도 끼어들긴 했지만,

마지막에는 결국 우리만으로 싸웠던 것이다.

우연이라는 것도 싸우는 자들에게 큰 도움이 되기도 했다.

하늘에서 돌이 떨어지고, 적들에게 피의 비가 내렸으며,   10860

동굴 속에서는 이상한 굉음이 울려나와

아군의 용기를 북돋아주고, 적군의 사기를 꺾어주었다.

패자는 쓰러져 끊임없이 반복되는 조롱을 당하고

승자는 승리를 자랑하며 신의 축복을 찬미한다.

명령할 필요도 없이 모두가 한마음이 되어,   10865

'신이여 우리는 당신을 찬양합니다!'를 이구동성으로 외친다.

그러나 나는 최고의 상을 내리기 위해 전에 없었던

경건한 시선을 내 마음속으로 돌린다.

젊고 활달한 군주라면 그의 세월을 허송할 수도 있겠으나,

세월의 흐름은 그에게 순간의 중요함을 가르쳐준다.   10870

그래서 나는 때를 놓치지 않고 왕족과 궁전과 제국을 위해

그대들 네 공신과 결합하고자 한다.

(첫째 공신에게.)

그대 오, 후작이여! 군대를 정돈해서 적절히 배치하여

위급한 순간에 영웅적으로 대담하게 조치한 공은 그대의 것.

이제는 시대의 요청에 따라 평화 속에서 일을 맡아주오.   10875

짐은 그대에게 궁내부대신을 제수하고 이 검을 하사하노라.

궁내부대신

지금까지 국내에서 치안을 담당하던 폐하의 군대가

이제는 국경에서 폐하와 폐하의 옥좌를 굳건하게 지키고 있사오니,

넓은 성의 홀에서 축제를 펼칠 때,

폐하께 성찬을 차릴 수 있도록 허용하여 주소서.   10880

신은 빛나는 검을 들고 폐하를 모시면서

높으신 폐하의 곁을 영원히 지키겠나이다.

황제 *(둘째 공신에게)*

용감한 남자이자 마음씨가 온후한 그대는

시종장(侍從長)을 맡아주오. 업무는 쉽지 않을 것이요.

궁중에서 일하는 모든 신하들을 다스리는 일이요.   10885

그들 사이에 내분이 생기면 짐에겐 불충한 신하가 될 터이니,

그대의 행동 하나하나가 황제와 황궁 그리고 모두에게

훌륭한 모범이 되어 만족을 줄 수 있도록 하시오.

시종장

폐하의 큰 뜻을 받드는 것이 곧 은총이오니,

착한 자를 돕고, 악한 자라 할지라도 함부로 해치지 않으며,   10890

술수를 쓰지 않고 공명하며, 속이지 않고 침착하겠습니다!

이런 소신의 마음을 헤아려 주신다면, 기쁘기 그지없겠습니다.

축제에 대한 구상을 말씀드리겠습니다.

폐하께서 성찬에 임하시면 신은 황금대야를 받쳐 들겠습니다.

즐거운 한때를 위해 손을 씻으실 때,   10895

빼놓은 반지를 받아들고 기쁘게 용안을 우러러보겠나이다.

황제

축제를 생각하기에는 짐의 기분이 너무 진지하구나.

그러나 좋다! 즐거운 모임을 갖는 것도 좋을 것이다. *(셋째 공신에게.)*

짐은 그대를 사옹원정(司饔院正)에 명하노라. 앞으로

수렵과 새 기르기 그리고 채원(菜園)의 일을 맡으라.　　　　　　　10900

매월 생산되는 것들 중에서

짐이 좋아하는 것을 골라 음식을 요리하도록 하라.

사옹원정

어전에 나온 수라상이 폐하의 마음에 드실 때까지

엄격하게 단식하는 것을 소신의 즐거운 의무로 삼겠습니다.

부엌 요리사들과 합심하여　　　　　　　　　　　　　　　　10905

먼 곳에서 물건을 사들여와, 철 이른 성찬도 마련하겠습니다.

폐하께선 먼 곳의 철 이른 특산물 수라상보다,

검소하고 영양가 높은 음식을 더 즐기심을 알고 있습니다만.

황제 *(넷째 공신에게)*

이제 축제에 관해 피할 수가 없으니,

젊은 용사여, 그대는 술 따르는 역할을 맡도록 하라.　　　　　　10910

헌주관(獻酒官)으로 그대는 지하실에 좋은 포도주가

풍성하게 마련되도록 마음을 써주길 바란다.

하지만 그대 자신은 절제를 하고, 기회에 끌려

유혹에 넘어가지 않도록 주의하길 바라노라.

헌주관

폐하! 젊은이라 해도 신임을 받게 되면,　　　　　　　　　　　10915

모르는 사이에 어른으로 성장하는 법입니다.

소신도 저 화려한 축제를 상상해 보겠습니다.

폐하의 연회를 금과 은으로 된

화려한 그릇들과 함께 최상으로 꾸미겠습니다.

폐하를 위한 술잔 역시 가장 우아한 것을 고르겠습니다.　　　　　10920

번쩍이는 베니스 유리잔으로, 그 안엔 쾌락이 숨어있어,

술맛을 돋우나 결코 취하지는 않습니다.

그런 경이로운 보물에 사람들은 지나치게 신뢰를 하지만

폐하께서는 부디 절제하시어 옥체를 보존하소서.

황제

짐이 이 엄숙한 순간에 말하고자 했던 것을,　　　　　10925

그대들은 믿을 수 있는 입으로부터 확신을 가지고 들었을 것이다.

황제의 말은 중한 것으로 제수한 것은 모두 틀림없느니라.

허나 그것을 보증하려면 기품 있는 서류와

서명이 필요하다. 그런 형식을 갖추기 위해

마침 좋은 때에 좋은 인물이 나타났군.　　　　　10930

(대재상 겸 대주교 등장).

황제

둥근 천장도 굳건한 초석(礎石)에 근거하고 있으면,

안전하게 영구히 서있을 수 있소.

여기 이 네 사람의 공신을 보시오! 우리는 우선

황실과 궁전의 보전을 위해 필요한 바를 의논하였소.

그러나 이제 나라 전체를 보호하는 일은　　　　　10935

그대 다섯을 굳게 믿고 맡기겠소.

경들의 봉토를 다른 누구 것보다 빛나게 해주겠소.

그런즉 짐은 지금 곧 우리를 배반했던 자들의 영토로써
그대들의 영지와 경계를 넓혀주겠소.
충성스런 그대들에게 많은 옥토와 더불어 그것을   10940
기회가 닿는 대로 계승, 매입, 교환을 통해
확장해 갈 수 있는 높은 권리를 주겠소.
또 영주의 권한에 속하는 것도
어려움 없이 행사할 수 있도록 확실히 허용하겠고,
재판관으로써 그대들은 최종 판결을 내릴 수 있을 것이오.   10945
그대들의 지고한 권위 앞에 항소는 의미가 없을 것이요.
그리고 세금, 사용료, 현물세, 소작료, 통행세, 관세,
채광권, 제염권, 화폐주조권도 경들에게 속한 권한이요.
이것은 짐의 고마워하는 마음을 완전하게 나타내기 위해,
경들의 지위를 황제의 바로 다음으로 끌어올리려는 것이오.   10950

대재상

저희 모두의 이름으로 폐하께 깊은 감사를 드립니다.
신들을 강하고 견고하게 만드심은 왕권을 강화하는 일입니다.

황제

그대 다섯 공신에게 더욱 높은 권위를 부여하고자 하오.
짐은 나라를 위해 살고 앞으로도 그렇게 살고 싶지만,
선조 대대로의 속박은 사려 깊은 눈길을   10955
현세의 성급한 공명심에서 미래의 위협으로 돌리게 한다오.
언젠가 짐 역시 충성스런 신하들과 헤어질 때가 오면,
후계자를 택하는 일은 그대들의 의무가 될 것이오.

대관식을 거행해 새 황제를 신성한 제단에 높이 세우고,

현재의 소란한 세상을 평화롭게 끝내도록 하시오.　　　　　　　10960

대재상

가슴 깊이 긍지를 품고 겸손한 태도로 세상에서 제일가는

제후들이 어전에서 허리를 굽히고 서있나이다.

충성된 피가 혈관 가득히 흐르고 있는 한

신들은 폐하의 뜻대로 경쾌하게 움직이는 신체이옵니다.

황제

그러면 마지막으로 우리가 지금까지 이야기했던 것을　　　　　　10965

훗날을 위해 서류와 서명으로 보증해 두겠소.

경들은 영토를 영주로서 자유롭게 다스릴 수 있지만,

그것을 분할하지 않는다는 조건은 반드시 지켜야 하오.

경들이 짐에게서 받은 것을 얼마든지 증대시킬 수 있지만,

그것은 전부 장남에게 물려주어야 하오.　　　　　　　　　　　10970

대재상

국가와 신들의 복지를 위해 이 중요한 규정을

신들은 기꺼이 양피지에 기록하겠나이다.

정서나 봉인은 궁내관(宮內官)을 시켜 작성케 하겠사오니,

폐하께선 거룩한 서명으로 친히 확인해 주소서.

황제

그러면 모두 물러가시오. 오늘은 중요한 날이니,　　　　　　　10975

각자 마음을 가다듬고 모두가 깊이 생각해 보도록 하오.

(세습 제후들 모두 물러간다).

대주교 *(남아서 비장한 어조로 말한다)*

　대재상으로는 물러났으나 대주교로는 남아

　폐하의 귓전에 진지한 간언을 드리고자 합니다!

　어버이 같은 마음이 폐하에 대한 근심으로 가득 차 있사옵니다.

황제

　이 즐거운 시간에 무슨 걱정이오? 말해보시오!　　　　　　10980

대주교

　거룩한 왕관을 쓰신 폐하의 머리가 이런 때에

　사탄과 결탁되어 있는 것이 심히 괴롭습니다.

　겉으로 보기에는 옥좌에 안정하고 계시지만, 슬프게도

　그것은 주(主)이신 신(神)과 아버지인 교황을 모독하는 일입니다.

　만약 교황께서 그 사실을 아신다면, 당장 벌을 내려　　　　10985

　신성한 빛으로 죄 많은 나라를 파멸시킬 것입니다.

　그러나 교황께서는 아직 폐하께서 대관식 날

　그 마술사를 석방한 일을 잊지 않고 계십니다.

　폐하의 왕관에서 첫 은총의 빛이 저주받은 자의 머리에

　비친 것은 기독교에 대한 모독이었습니다.　　　　　　　10990

　그러니 가슴을 쳐 속죄하시고 죄 많은 행운 가운데

　얼마간의 기부금을 즉시 거룩한 사원에 헌납하십시오.

　폐하의 천막이 서있었던 넓은 구릉지엔

　악마들이 폐하를 지키기 위해 운집했었고,

　폐하께서도 가짜 제후들의 말에 귀를 기울인 곳입니다.　　10995

　속죄를 위해 그곳을 경건하게 기부하십시오.

아득히 뻗어나간 산과 울창한 숲,

푸른 초원으로 덮여 비옥한 목장이 된 구릉,

물고기 가득한 맑은 호수, 그리고 급히 감돌면서

골짜기로 떨어지는 수많은 개울들,   11000

초원과 평원과 협곡을 끼고 있는 이 넓은 계곡을 기부하십시오.

이렇게 참회하신다면 은총을 받으실 것입니다.

황제

엄청난 과실에 짐도 마음 깊이 놀라고 있소.

기부할 땅의 경계선은 경의 재량에 맡기겠소.

대주교

우선 죄를 저질러 신성을 모독한 땅을   11005

즉시 신을 섬기는 장소로 하겠다고 공고해 주십시오.

그러면 마음속에 견고한 벽들이 솟아오르고,

아침 햇살이 어느새 성소(聖所)를 비추면,

확장되어가는 건물은 십자형으로 넓어져,

높아지는 본당(本堂)을 따라 신도들의 기쁨도 높아가며   11010

그들은 열성적으로 위풍당당한 정문을 지나 밀려듭니다.

최초의 종소리가 산과 계곡에 울려 퍼지고,

하늘에 닿을 듯 높은 탑들로부터 울려오면,

참회자들은 새로운 삶을 찾아 몰려들 것입니다.

그 장엄한 헌당식(獻堂式)은 - 빨리 왔으면 좋겠습니다. -   11015

폐하의 참석으로 무한한 영광을 누릴 것입니다.

황제

그런 큰 공사로 경건한 신앙심을 알릴 수 있고,

신을 찬양해 짐의 허물을 씻을 수 있다면,

그것으로 족하오! 짐의 마음은 벌써 고양됨을 느끼오.

대주교

그럼 신은 재상의 자격으로 결재와 형식규정을 추진하겠나이다.　11020

황제

교회에 기증한다는 합법적인 문서를

제출하면 짐은 기꺼이 서명하겠소,

대주교 *(물러나려다 입구에서 다시 돌아서서)*

그리고 동시에 장차 세워질 건물에 십분의 일 세금,

임대료, 헌금 등 일체의 수익금을 영구히 기부하십시오.

품위를 유지하는데 많은 돈이 필요하고,　11025

꼼꼼히 관리하는데 막대한 비용이 들 것입니다.

황무지에 급한 공사를 하는 것이오니

폐하의 전리품 중 얼마간 황금을 내어 주소서.

그밖에 말씀 드리지 않을 수 없는 것은,

먼 나라의 재목, 석회, 석판 등등 입니다.　11030

운반은 설교단에서 지도하여 백성들이 하도록 하겠으며,

교회는 봉사하는 자들에게 축복을 내릴 것입니다. *(퇴장.)*

황제

내가 짊어진 죄가 크고 무겁구나.

그 불쾌한 마술사가 짐에게 너무 큰 해를 끼쳤도다.

대주교 *(다시 돌아와 머리를 깊이 굽히며)*

용서하십시오, 폐하! 평판이 대단히 나쁜 그 남자[2])에게   11035

나라의 해안지대를 모두 내주셨으니, 후회하는 마음으로

거룩한 교회에 십 분의 일 세금, 임대료와 헌납금 그리고 수익금을

기부하지 않으신다면 그 자는 파문을 당할 것입니다.

황제 *(못마땅하게)*

그 땅은 아직 존재하지 않고, 바닷속에 들어있지 않은가!

대주교

권리와 인내심을 가진 자에게는 때가 오기 마련입니다.   11040

소신들은 폐하의 모든 말씀이 효력을 발생한 것으로 믿겠나이다.

황제 *(혼자서)*

이러다간 얼마 안 가서 나라 전체를 넘겨줘야 할 판이군!

---

2) 파우스트를 가리킨다.

제 5 막

주위가 훤히 트인 장소

나그네

　　그렇다! 저것은 오랜 세월 굳세게 자란

　　검은 보리수나무들이다.

　　오랫동안의 여행을 마치고　　　　　　　　　　11045

　　다시 저 나무들을 보게 되었구나!

　　폭풍에 날뛰던 성난 파도가

　　나를 저 모래 언덕에 내던졌을 때

　　나를 살려준 그 오두막집이 있었던

　　바로 옛날 그 장소구나!　　　　　　　　　　11050

　　저 집 주인을 축복해 드리고 싶다.

　　남 도와주기 좋아하는 착실한 부부였지.

　　그 옛날에 이미 나이가 많았었는데

　　오늘 내가 다시 만날 수 있을까?

　　아! 정말 경건한 분들이었지!　　　　　　　　11055

문을 두드릴까? 불러 볼까? - 안녕하십니까!

지금도 여전히 정답게 손님을 맞으며

선행의 기쁨을 누리고 계신지요?

바우치스 *(할머니, 매우 늙어 보이는)*

어서 오세요! 조용히! 조용히!

영감님이 주무시니 가만히 들어오세요!　　　　　　　11060

늙은이는 잠을 충분히 자야,

깨어있는 동안에 많은 일을 빨리 할 수 있다오.

나그네

할머니 말씀해보세요.

아직 고맙다는 인사를 드리지 못했지만,

언젠가 영감님과 함께　　　　　　　11065

젊은이의 생명을 구해주신 그분이시죠?

다 죽어가던 젊은이의 입에 재빨리

생기를 불어 넣어 주시던 바우치스 할머니시죠?

(남편이 등장.)

할아버지는 그 당시 파도 속에서 저의 보물들을

모조리 건져내 주셨던 필레몬 할아버지시죠?　　　　　　　11070

두 분이 재빨리 피워주셨던 모닥불,

두 분이 울려주셨던 눈부신 종소리,

그 무서운 조난의 뒤처리까지

두 분께서 맡아주셨지요!

이제 다시 밖으로 나가   11075
한없이 넓은 바다를 보게 해주세요.
무릎을 꿇고 기도를 올리게 해주세요.
가슴이 너무나 벅차오르는군요.

(그는 해안의 모래언덕으로 걸어간다.)

필레몬 *(바우치스에게)*

싱싱한 꽃들이 만발한 정원에
서둘러 식탁을 마련합시다.   11080
저 사람은 뛰어다니며 놀라도록 내버려둡시다.
자기 눈에 보이는 것도 믿지 않을 테니까.

(나그네를 따라가 그의 옆에 나란히 서면서).

사납게 거품을 내며 당신을
무섭게 괴롭히던 파도치던 바다가,
천국 같은 정원으로   11085
변화된 모습이 보이지요.
이제 나도 늙어서
이전처럼 직접 도와줄 수는 없지만,
내 힘이 쇠약해지듯,
파도 역시 멀리 물러가버렸소.   11090
현명한 영주님의 용맹한 신하들이
개천을 파고 댐을 쌓아올려
바다의 세력권을 좁히고, 땅을 넓혀,
그 자리에 자신이 주인이 되려고 하지요.

푸르게 연이은 초원들, 목장, 정원,   11095

마을과 산림들을 보시오.

하지만 이제 이쪽으로 와서 식사를 합시다.

해가 곧 집니다. -

저 멀리 어두운 곳에 돛배가 지나갑니다.

밤을 지낼 안전한 항구를 찾는군요.   11100

새들이 자기 보금자리를 찾아가듯이 -

이제 저곳에 항구가 생겼다오.

저 멀리 아득한 곳에는

바다의 푸른 언저리가 보이지만,

광활한 이 지역의 좌우에는   11105

사람들이 모여 사는 공간이 되었소.

(작은 뜰에서 세 사람이 식탁에 앉는다.)

바우치스 *(나그네에게)*

왜 아무 말도 없으신가요? 시장 하실 텐데

음식을 드시지도 않고.

필레몬

이분은 아마 기적에 대해 알고 싶을 것이니,

이야기하길 좋아하는 당신이 좀 들려주구려.   11110

바우치스

좋아요! 그것은 기적이었지요!

지금도 그때 생각을 하면 가슴이 뛴답니다.

그때 일어난 모든 일이

정상적인 게 아니었으니까

필레몬

이 해안을 그분께 하사하신 황제께서　　　　　　　　　　11115

그런 죄를 지을 리가 있겠소?

전령관이 나팔을 불어 대면서

그것을 알리고 지나가지 않았소?

우리 집에서 멀지 않은 곳에

처음 공사가 시작되었소.　　　　　　　　　　　　　　11120

천막을 친다, 오두막을 짓는다 하더니,

어느새 푸른 초원에 궁전이 세워졌다오.

바우치스

낮에는 하인들이 괭이와 삽을 들고

뚝딱거리면서 공연히 소란을 피웠고,

밤이 되면 그곳에 불꽃들이 떼지어 모여,　　　　　　　11125

다음 날에 댐이 하나 만들어졌소.

인간 제물로 피를 흘린 게 틀림없었소.

밤마다 고통으로 울부짖는 소리를 내며,

타오르는 불꽃이 바다 쪽으로 흘러들면,

아침이면 버젓이 운하 하나가 생겨났었소.　　　　　　11130

이분은 신도 두려워하지 않고

우리의 집과 숲까지 탐내고 있었소.

그런 분이 우리 이웃으로 자리를 잡고 있으니

우리야 그저 공손할 수밖에 없지요.

필레몬

그래도 그분은 새로운 땅에서　　　　　　　　　　　　　　　11135

훌륭한 토지로 보상하겠노라고 제안했지요!

바우치스

매립지 따위를 믿어선 안됩니다.

우리의 정든 이 언덕을 지켜야 합니다.

필레몬

예배당 쪽으로 가서

마지막 햇빛을 바라봅시다!　　　　　　　　　　　　　　　　11140

종을 울리고, 무릎을 꿇고, 기도합시다!

그리고 전해오는 신에게 의지합시다.

궁전

넓은 화원(花園). 똑바로 뚫린 커다란 운하

아주 늙은 파우스트. 생각에 잠겨 거닐고 있다.

망루지기 린케우스 *(메가폰을 입에 대고)*

해가 지자 마지막 배들이

기운차게 항구로 들어온다.

커다란 배 한 척이 운하를 통해　　　　　　　　　　　　　　11145

이쪽으로 오고 있다.

오색 깃발은 바람에 나부끼고

굳건한 돛대들은 만반의 준비를 하고 있다.

행운을 반겨주는 이 귀한 시간에

배를 탄 선원들은 축복을 받으리라.　　　　　　　11150

(종소리가 모래언덕에서 울려온다.)

파우스트 (깜짝 놀라며)

저주 받을 종소리! 숨어서 쏘는 화살처럼

너무나 수치스럽게 마음에 상처를 주는구나!

눈앞에 내가 가진 영토는 무한이 넓지만,

등 뒤에선 불쾌감이 나를 조롱한다.

시기에 찬 종소리가 온갖 생각을 불러일으킨다.　　　11155

내 훌륭한 영토도 완전치가 못하고,

보리수 언덕도, 갈색 오두막도

무너져가는 예배당도 내 것이 아니다.

그곳에서 쉬고자 생각해도

낯선 그림자들이 나를 소름끼치게 한다.　　　　　11160

저것은 눈의 가시요, 발바닥의 가시다.

오! 여기서 멀리 떠났으면 좋겠다!

망루지기 (앞과 같이)

알록달록한 배가 시원한 저녁 바람을 싣고

즐겁게 이쪽으로 다가온다!

날쌔게 달려오는 배에는 크고 작은　　　　　　　11165

상자와 자루들이 높이 쌓여있다!

합창

자, 도착했다.

이제 상륙하자.

우리의 보호자이신

주인님께 행운 있으라.　　　　　　　　　　　11170

메피스토펠레스

이만하면 우리의 실력은 증명된 셈이지.

주인 영감이 칭찬만 해주신다면 만족이야.

우리는 단 두 척으로 떠났었지만,

이제는 20척이 되어 항구로 돌아왔다.

우리가 얼마나 큰일을 해치웠는지　　　　　　11175

우리 짐을 보면 알 것이다.

자유로운 바다에선 정신도 자유로워지는 법,

누가 바다에서 사리분별을 찾는단 말이냐!

그저 날쌔게 잡아채면 그만이지.

물고기도 잡고, 배도 잡아야지.　　　　　　　11180

우선 배를 3척 가진 주인이 되면,

네 번째 배는 갈고리로 낚아채는 거야.

그러면 다섯 번째 배도 별수 없게 되지.

힘이 곧 권리야!

무엇을 잡느냐가 문제지, 어떻게 잡느냐는 알 바 아니야!　　　　11185

내가 풋내기 항해사라면 모를까,

전쟁과 무역과 해적질은

떼어 놀 수 없는 삼위일체란 말이다.

세 명의 힘센 장정들

감사도 인사도 없군!

인사도 감사도 없군!　　　　11190

마치 우리가 주인에게 무슨

구린 물건이라도 가져왔단 말인가!

주인께서 얼굴을 저토록

찡그리고 계시니

왕가의 보물인들　　　　11195

마음에 들 수 있을까?

메피스토펠레스

보수는 더 이상

기대하지 말라.

그대들 몫은 이미

받지 않았느냐?　　　　11200

장정들

그것은 그저

심심풀이에 불과하오.

우리 모두는

똑같은 몫을 요구합니다.

메피스토펠레스

우선 저 위에 11205

즐비한 방마다

값진 물건들을

모조리 걸어 놓아라.

영감님이 들어와

풍성한 보물을 보시고 11210

모든 걸 자세히

헤아려 보시면

인색한 짓은

더 이상 하지 않을 것이고,

오히려 선원들에겐 연이어 11215

잔치를 베풀 것이다.

내일은 예쁜 계집들이 올 것이니,

그들을 위해 나는 최선을 다하겠다. *(짐들이 옮겨진다.)*

메피스토펠레스 *(파우스트에게)*

심각한 표정을 하고, 어두운 눈초리로

당신의 멋진 행운 이야기를 듣고 있군요. 11220

높은 지혜가 열매를 맺어

해안과 바다가 화해를 하고,

바다는 기꺼이 해안에서 배를 맞아들여

재빠르게 뱃길을 마련해 줍니다.

당신의 팔은 여기 이 궁전으로부터   11225

온 세상을 껴안고 있다고 말할 수 있지요.

이 장소로부터 공사가 시작되어,

이곳에 첫 번째 오두막이 세워졌고,

좁게 파헤쳐졌던 작은 도랑이

이제는 노(櫓)가 부지런히 물방울을 튀기며 배가 다니고 있소.   11230

당신의 높은 뜻과 신하들의 부지런함이,

바다와 육지의 영광을 획득한 것입니다. 이곳으로부터 –

파우스트

하지만 이곳은 저주스러운 곳이다!

바로 이곳이 나를 못 견디게 괴롭히고 있다.

모든 것에 능한 그대에게 말하지 않을 수 없구나.   11235

나의 심장을 찔러대는 것이 있어,

나는 그것을 참을 수가 없다!

이런 말을 하는 게 창피한 노릇이지만

저 언덕 위의 노인들을 물러나게 하고,

보리수 언덕을 내 별장으로 하고 싶다.   11240

내 소유가 아닌 저 몇 그루의 나무들이

나의 소유 세계를 망치고 있다.

저곳에서 사방을 둘러볼 수 있도록

나뭇가지 위에 발판을 만들고 싶다.

멀리까지 시야가 트이도록 해서   11245

내가 이룩한 모든 사업을 바라보고,

현명한 뜻을 가지고

백성들에게 넓은 복지의 땅을 마련한

인간정신의 걸작을

한눈에 바라보고 싶다.　　　　　　　　　　　　　　　　11250

부유함 속에서 결핍을 느끼는 것처럼

우리를 가혹하게 괴롭히는 것은 없다.

작은 종소리와 보리수 향기가

교회와 무덤 속에서처럼 나를 휩싼다.

강력한 의지의 선택은　　　　　　　　　　　　　　　　11255

이 모래언덕에 부딪쳐 산산이 부서진다.

어떻게 해서든 나는 저것을 내 마음속에서 쫓아내고 싶다!

저 종소리가 울리면 나는 미칠 것만 같다.

메피스토펠레스

당연히 그러겠지요! 그렇게 큰 걱정을 마음속에 지니고서야

어찌 인생이 괴롭지 않을 수 있겠소?　　　　　　　　　11260

누가 부인하겠소! 저런 종소리라면

어떤 고귀한 귓전에도 불쾌하게 울릴 것입니다.

저주받은 딩 댕 동 종소리는

명랑한 저녁 하늘을 몽롱하게 하면서,

첫 세례식에서 장례식에 이르기까지,　　　　　　　　　11265

온갖 사건에 끼어들어

마치 일생이 저 딩 댕 동 울리는 종소리 사이에서

덧없이 사라져버린 꿈처럼 여겨질 겁니다.

파우스트

반항과 고집에 부딪치면

어떠한 성공도 꺾이게 마련이다. 11270

고통이 너무나 깊고 혹독하면

정의를 지키려는 마음도 지쳐간다.

메피스토펠레스

도대체 여기서 뭘 주저하고 있습니까?

일찌감치 그들을 매립지로 이주시켜야 했지요.

파우스트

그렇다면 가서 저들을 딴 곳으로 옮겨주게! 11275

내가 저 늙은이들을 위해 골라놓은

좋은 땅을 자네도 알고 있으니까.

메피스토펠레스

저들을 번쩍 들어다 옮겨놓겠습니다.

뒤를 돌아보기도 전에 또 일어서겠지만,

강제로 이사를 당했다 해도, 11280

훌륭한 집을 보면 화가 풀릴 겁니다.

(그는 날카롭게 휘파람을 분다. 세 장정이 나타난다.)

자, 오너라! 영감님의 분부대로 거행하여라.

내일은 선원들의 잔치가 있을 것이다.

세 장정

늙은 영감님께선 우리를 쌀쌀맞게 대하셨는데,

푸짐한 잔치는 당연히 베푸셔야죠. 11285

메피스토펠레스 *(관객을 보고)*

옛날에 일어났던 일이 여기서도 일어나는군요.

나보테의 포도밭[1]이란 말이 벌써 있었었지요. *(열왕기 상. 21장)*

깊은 밤

망루지기 린케우스 *(성의 망루 위에서 노래 부른다.)*

보기 위해 태어나고

살피라는 명령을 받고

망루지기 임무를 수행하면   11290

세상은 좋기만 하다.

먼 곳을 바라보고

가까운 곳을 살펴보며

달이며 별이며

숲이며 사슴을 본다.   11295

삼라만상 속에서

영원의 장식을 본다.

모든 것이 내 마음에 들 듯

나도 내 마음에 든다.

---

1) Naboths Weinberg. 구약성서 「열왕기」에 나오는 내용. 사마리아 왕 아하브가 궁정 옆에 있는 나보
테의 포도밭을 강제로 빼앗는 이야기.

복 받은 두 눈이여,   11300
그대가 지금까지 보았던 것은
그것이 무엇이든 간에
정말 아름다웠다!

나 혼자만 즐겁기 위해
이렇게 높은 곳에 서있는 것은 아니다.   11305
얼마나 무서운 공포가
어둠의 세계에서 나를 엄습하는가!
보리수의 짙은 어두움 속에서
불꽃이 사방으로 튀는 것이 보인다.
몰아치는 바람에 휩쓸려   11310
불길은 점점 세차게 넘실거린다.
이끼 끼어 온화하게 서있던
아! 숲속의 오두막이 불탄다.
재빨리 손을 써야겠는데,
구할 길이 전혀 없구나.   11315
아! 선량한 노부부는
언제나 그렇게도 불조심을 했는데,
화염의 희생물이 되는가!
이 무슨 끔찍한 재앙인가!
불길이 넘실대자 검게 이끼 덮인   11320
오두막은 불길 속에 휩싸인다.

저 미친 듯 불타오르는 지옥 속에서
착한 노부부만이라도 살아났으면!
나뭇잎과 가지들 사이로
시뻘건 불길이 혀를 날름거린다.   11325
바싹 마른 나뭇가지는 훨훨 타올라
시뻘건 불덩이로 떨어진다.
내 눈으로 이걸 보아야 한단 말인가!
이렇게 멀리 보아야만 한단 말인가!
나뭇가지에서 떨어져 내리는 무게로   11330
작은 예배당도 함께 무너져 내린다.
뾰족한 불길은 뱀처럼 날름거리며
나무 꼭지까지 칭칭 감아버렸다.
텅 빈 줄기는 그 뿌리까지
시뻘건 화염 속에 이글거린다.   11335

(오랜 휴식. 노래 소리.)

언제나 내눈에 정다웠던,
수백 년 묵은 나무들이 사라졌구나.

파우스트 *(발코니에서 모래언덕을 향해)*

저 위에서 웬 구슬픈 노랫소리냐?
말과 노래가 이제 무슨 소용이랴?
망루지기가 애통해 하고, 나도 마음속으로는   11340
저런 참을성 없는 행동에 분노가 치민다.
하지만 보리수 숲은 불에 타,

절반은 숯 덩어리로 변해버렸으니,

그곳에 곧 망루를 건설해서,

아득히 먼 곳까지 볼 수 있도록 하겠다.　　　　　　　　　11345

그리고 저 늙은 부부가 들어가 살

새로운 집도 보이는 구나.

그들은 나의 관대한 보살핌에 감동하여

여생을 즐겁게 보내겠지.

메피스토펠레스와 세 용사 *(아래쪽에서)*

우리들은 전속력으로 말을 달려 왔지만,　　　　　　　　　11350

용서하십시오! 일이 원만하게 처리되지 않았습니다.

우리가 문을 두드리고 또 두드렸지만,

문은 열리지 않았습니다.

그래도 문을 흔들고 자꾸 두드려대니까,

썩은 문짝이 그 자리에서 무너졌습니다.　　　　　　　　　11355

우리들은 큰소리로 외치고 마구 위협을 했지만,

우리 이야길 전혀 들어주지 않았습니다.

이런 경우 흔히 그렇듯이, 그들은

듣지도 들으려고도 하지 않았습니다.

하지만 우리는 지체하지 않고,　　　　　　　　　　　　11360

당장 그들을 몰아내 버렸습니다.

부부는 별로 고통을 받지 않았지만,

놀란 나머지 정신을 잃고 쓰러졌습니다.

그곳에 숨어있던 나그네 한 놈이

싸우려고 덤벼들었지만, 해치워버렸습니다.　　　　　11365

잠깐이지만 맹렬하게 싸우는 동안

숯불이 온통 사방으로 흩어져

지푸라기에 불이 옮겨 마구 타올랐습니다.

세 사람은 화형(火刑)을 당한 꼴이 되었습니다.

파우스트

너희들은 내가 말할 때 귀가 먹었더란 말이냐!　　　　　11370

교환하길 원했지 뺏으려고 했던 것은 아니다.

이렇게 무모한 짓을 하다니 나는 너희들을

저주하노라! 이 저주를 너희 셋이서 나누어 가져라!

합창

예부터 전해 오는 말이 들리는 듯합니다.

폭력에는 순순히 복종하라!　　　　　11375

만약 용감하게 한판 벌리려거든,

집과 땅 그리고 생명까지 걸어야 한다. *(퇴장.)*

파우스트 *(발코니 위에서)*

별들은 반짝이던 빛을 숨기고,

불길은 가라앉아, 모닥불이 되었구나.

한 줄기 비바람이 가볍게 불어와　　　　　11380

나에게 연기와 안개를 가져온다.

명령도 성급했고, 행동도 성급했다!

그림자처럼 떠오르는 저것은 무엇인가?

한밤중

첫째 여인

내 이름은 결핍이에요.

둘째 여인

내 이름은 죄악이에요.

셋째 여인

내 이름은 근심이에요.

넷째 여인

내 이름은 빈곤이에요.　　　　　　　　　　　　　　　11385

셋이 함께

문이 닫쳐있어서 우리는 들어갈 수가 없습니다.

안에는 부자가 살고 있어서 우리는 들어가고 싶지 않습니다.

결핍

그럼 난 그림자가 되겠어.

죄악

난 없어져야지.

빈곤

사치에 빠진 사람들은 나를 싫어하는데.

근심

언니들은 들어갈 수도 없고 들어가서도 안 되오.　　　　11390

근심인 나는 열쇠구멍으로 숨어 들어가지요.*(근심은 사라진다.)*

결핍

회색의 자매들이여, 여기서 물러납시다.

죄악

나는 네 곁에 바짝 붙어 다니겠다.

빈곤

빈곤인 나는 네 발꿈치만 따라다니마.

셋이 함께

구름이 흘러오자 별들은 자취를 감추네!　　　　　　　　　　11396

저기 저 뒤로! 멀고 먼 곳으로.

저곳에 오빠가 오네요. 죽음 말이에요.

파우스트 *(궁전 안에서)*

넷이 오는걸 보았는데, 셋만 가네.

나는 그들이 하는 말을 이해할 수가 없다.

귀에 남은 여운은 – 빈곤이었는데,　　　　　　　　　　　11400

운(韻)이 들어 있는 암담한 말은 – 죽음이었다.

그것은 공허하고 창백하며 나지막한 소리였다.

나는 아직 자유로운 경지에 들지 못했구나.

내 길에서 마법을 제거하고,

주문 따위는 완전히 잊고 싶다.　　　　　　　　　　　　11405

자연이여! 내가 그대 앞에서 한 남자로 마주설 수 있다면,

인간이 되려는 노력에 보람이 있으련만.

어두움 속에서 마법을 찾고 무엄한 언사로

나와 세계를 저주하기 전까지는 나도 그랬었다.

이제 와서 이런 요괴들이 공중에 가득해서   11410

어찌해야 그들을 피할 수 있을지 알 수가 없다.

비록 낮이 우리에게 명료하게 이성적으로 웃음을 주어도,

밤은 우리를 꿈의 그물 속으로 몰아넣는다.

우리가 푸른 초원에서 즐거운 마음으로 돌아오면,

새가 운다. 뭐라고 울까? 재앙이라고 운다.   11415

밤이고 낮이고 미신에 얽매어 살다보니,

이상한 모습이 보이고, 징조가 나타나고, 경고를 듣기도 한다.

우리는 이렇게 겁을 먹으며 홀로 서있는 것이다.

문소리가 났는데 아직 아무도 들어오지 않는군. *(놀라면서.)*

거기 누가 왔소?   11420

근심

그렇게 물으시면 "네"라고 해야겠군요!

파우스트

그런데 그대는 도대체 누구냐?

근심

일단 여기 온 사람이지요.

파우스트

물러가라!

근심

이곳은 내가 있을 곳입니다.

파우스트 *(처음엔 화가 났지만, 진정하고 혼자말로)*

조심하고 주문 따위는 외우지 말아다오.

근심

내 목소리는 귀에 들리지 않아도

마음속에선 쟁쟁하게 울릴 겁니다.							11425

저는 여러 모습으로

무서운 힘을 발휘한답니다.

오솔길에서, 파도 위에서,

영구히 불안한 길동무로서.

찾지 않아도 끊임없이 나타나고,							11430

저주도 받지만 아첨도 받는답니다.

당신은 아직도 근심을 모르셨나요? -

파우스트

나는 오로지 세상을 달려왔을 뿐이다.

나는 모든 쾌락의 머리채를 붙잡았지만,

마음에 차지 않는 것은 놓아버렸고,							11435

내 손에서 빠져나가는 것은 내버려 두었다.

나는 오로지 열망한 것을 성취했고,

또 다시 소원했던 것을 가슴에 품고 힘차게

인생을 살아왔다. 처음에는 원대하고 강력했지만,

지금은 현명하고 신중하게 해나간다.							11440

나는 지상의 일은 충분히 알고 있지만,

천상의 일은 아무것도 모른다.

참으로 바보다! 하늘을 쳐다보며 저 구름 위에
자기와 같은 놈이 없나 하고 꿈꾸는 놈은!
지상에 굳건히 서서 주위를 둘러볼 일이다.   11445
유능한 인간에게 세상은 침묵하지 않으리라.
무엇 때문에 영원 속을 방황해야 한단 말인가!
자기가 인식한 것은 붙잡을 수가 있는 법이다.
이렇게 해서 지상의 나날을 보낼 수 있을 것이다.
유령들이 날뛰어도 그는 자신의 길만 가면 된다.   11450
그가 가는 긴 길에는 고통도 행복도 함께 있겠지.
어떤 순간에도 만족을 못하는 자!

근심

　　　내게 한 번 붙잡히기만 하면
　　　그에게는 온 세상이 아무 소용없게 되고,
　　　영원한 어둠이 내리 덮여   11455
　　　해는 뜨지도 지지도 않고,
　　　외부의 감각이 완전하다 해도
　　　내부에는 암흑이 자리를 잡게 됩니다.
　　　그는 모든 보화 중 어느 것 하나도
　　　제 것으로 소유할 수 없답니다.   11460
　　　행복도 불행도 망상이 되어
　　　풍족함 속에서도 굶주리게 된답니다.
　　　환희든 고뇌든 모조리
　　　다음 날로 미루어 놓고

오로지 앞날만을 고대할 뿐   11465

완성이란 결코 없을 것입니다.

파우스트

닥쳐라! 그따위 소리에 난 꿈쩍도 않는다!

그런 어리석은 말은 듣고 싶지 않다.

물러가라! 그런 고약한 푸념을 계속 늘어놓으면,

아무리 영리한 사람이라도 넘어가기 십상이겠다.   11470

근심

가야 할지? 와야 할지? 주저하는

사람은 결단을 내리지 못한답니다.

훤히 트인 길 한가운데서도

반걸음 가는데 더듬더듬 비틀거린단 말입니다.

그는 길을 잃고 점점 깊이 들어가,   11475

모든 사물을 뒤틀리게 보고

자신과 다른 이에게 성가신 짐이 되고

숨을 쉬면서도 질식할 지경이 되고

숨 막혀 죽지는 않으나 생기가 없고

절망하지는 않으나 몰두할 수가 없답니다.   11480

이렇게 끊임없이 굴러서

그만 두자니 괴롭고, 고통을 당하자니 불쾌하고

때로는 풀려나고, 때로는 압박을 받으며,

자는 듯 마는 듯 몽롱한 상태로

한자리에 꼼짝 못하게 붙잡힌 채   11485

지옥 갈 준비를 하는 거지요.

파우스트

저주 받을 유령들아! 너희들은 그런 식으로

수천수만의 인간들을 괴롭혀 왔구나.

너희들은 잘 지내고 있는 나마저도

그물에 얽힌 고통의 구역질나는 혼란으로 바꿔 놓았다.　　11490

악령에게서 벗어나기 어렵다는 것은 안다.

정령과의 엄격한 유대를 풀기 어렵다는 것도 안다.

그러나 근심이여, 비밀스럽고 큰 그대의 힘을

나는 결코 인정하지 않겠다.

근심

당신에게 저주를 해놓고 재빨리　　11495

당신을 떠날 때 내 힘을 알 것입니다!

인간이란 평생 앞을 보지 못하니,

파우스트 선생, 당신도 이제 장님이 되세요!

(파우스트에게 입김을 분다.)

파우스트 *(눈이 먼다)*

밤이 점점 더 깊어지는 것 같구나.

그러나 내면에서 밝은 빛이 빛난다.　　11500

내가 생각했던 것을 서둘러 완성해야겠다.

주인의 말처럼 위력 있는 것은 없으리라.

자, 하인들이여! 모두 자리에서 일어나라!

내가 대담하게 계획했던 일을 멋지게 이루어다오.

작업할 도구를 붙잡고, 삽과 괭이를 움직여라!　　　　11505
맡은 일은 곧 해치워야 한다.
엄격한 규칙대로 열심히 일하면
그지없이 훌륭한 보수를 받으리라.
이 위대한 사업을 완성하는 데는
천개의 손을 부리는 하나의 정신이면 충분하다.　　　　11510

궁전의 넓은 앞마당

횃불들

메피스토펠레스 *(감독자로 앞에 서서)*

　　이쪽, 이쪽으로! 들어오너라. 들어 와!

　　휘청대는 죽음의 영들아,

　　인대와 힘줄 그리고 뼈를

　　엮어 만든 얼간이 놈들아.

레무르들 *(합창으로)*

　　당장 분부를 받들겠습니다.　　　　11515

　　그런데 우리가 얼핏 들은 바로는

　　아주 넓은 땅이 있는데,

　　그것을 우리가 발전시켜야 한다지요.

뾰족하게 다듬은 말뚝, 측량에 쓸

긴 사슬을 여기 가져왔습니다.   11520

그런데 우리가 왜 여기 불려나왔는지,

그것을 까맣게 잊어먹었답니다.

메피스토펠레스

여기선 기술적인 노력이 필요하진 않다.

그냥 제 몸으로 치수를 재면 된다.

제일 키 큰 놈을 반듯이 뉘어놓고   11525

다른 놈들은 그 주위의 잔디를 뽑아라!

우리의 아비들을 파묻었을 때처럼

긴 네모 형으로 파도록 하라!

궁전에서 이 좁은 집으로 이사를 오게 되다니,

결국은 이렇게 어리석게 되는 법이다.   11530

레무르들 *(익살맞은 몸짓으로 땅을 파면서)*

내가 젊고 생기에 차 사랑을 했을 때,

그때를 생각해보면 정말 달콤했었지.

노래 소리 흥겹게 울리는 즐거운 곳으로

내 발길은 그쪽으로 움직여 갔었지.

이제는 짓궂은 늙음이 나를 찾아와   11535

그의 지팡이로 나를 후려친다.

나는 묘지 입구에서 비틀거리며 넘어졌는데,

어쩌자고 바로 그때 문이 열렸는가!

파우스트 *(궁전에서 나오며 문설주를 더듬는다)*

삽질하는 저 소리가 얼마나 나를 기쁘게 하는가!

저들은 나를 위해 일하는 무리들.　　　　　　　　　　　11540

바닷속의 땅을 육지로 만들어

파도를 막는 경계로 만들고

바다를 튼튼한 제방으로 둘러막고 있다.

메피스토펠레스 *(옆을 향해)*

그대가 댐을 만들고, 방파제를 쌓고 했지만

결국 우리를 위해 노력했을 뿐이다.　　　　　　　　　　11545

그것은 바다의 악마 넵튠에게

성대한 잔치를 마련해준 셈이다.

어떤 형태로든 그대들은 파멸할 것이다.

물, 불, 바람, 흙의 4원소가 우리와 결탁하고 있으니,

결국 소멸하고 말 것이다.　　　　　　　　　　　　　11550

파우스트

감독관!

메피스토펠레스

여기 있소!

파우스트

가능한대로 인부를 더 많이 모으도록 해서,

환락과 엄벌로 기운을 북돋아 돈을 뿌리고 달래서 쥐어짜도록 하시오!

계획한 수로(水路) 공사를 얼마나 길게　　　　　　　　11555

수행했는지 매일 나에게 보고하도록 하고.

메피스토펠레스 *(목소리를 줄여서)*

내가 받은 보고에 의하면

수로가 아니라 – 묘지라고 하던데.

파우스트

산줄기를 따라 늪이 하나 있어서

그간 개관해 놓은 땅을 해치고 있다.   11560

그 썩은 웅덩이 물을 빼는 일이

마지막 일이자 최대의 공사가 될 것이다.

수백만 주민에게 터를 마련해주면

안전치는 않더라도 자유롭게 일하며 살 수 있으리라.

들은 푸르고 비옥하여, 인간과 가축들은   11565

새로운 땅에 곧 정이 들고,

용감하고 근면한 백성들이 쌓아올린

언덕으로 이주해 올 것이다.

밖은 거센 파도가 제방을 때린다 해도

여기 안쪽은 천국과 같은 복지가 될 것이다.   11570

그리고 파도가 끊임없이 밀려와 제방을 무너뜨린다면,

주민 모두가 합심해서 재빨리 무너진 곳을 보강할 것이다.

그렇다! 나는 이 생각에 모든 것을 바치겠다.

지혜의 마지막 결론은 이렇다:

〈자유도 생명도 날마다 싸워서 얻는 자만이   11575

그것을 누릴 자격이 있는 것이다.〉

그래서 이곳에서는 아이와 어른과 노인이 모두

위험에 둘러싸여 그의 값진 세월을 보내고 있다.

그와 같은 군중을 바라보며,

나는 자유로운 땅에서 자유로운 백성과 살고 싶다.　　　　　　11580

이 순간 나는 말하고자 한다.

〈멈추어라, 너 정말 아름답구나!〉

이제 지상에 남겨놓은 나의 흔적은

영원히 사라지지 않을 것이다. ─

이와 같이 높은 행복을 예감하면서　　　　　　11585

나는 지금 지고의 순간을 맛보고 있노라.

(파우스트가 뒤로 쓰러진다. 죽음의 신들이 그를 받쳐 들어 땅위에 누인다.)

메피스토펠레스

어떠한 향락과 행복에도 만족하지 못하고,

변하는 형상들만 줄곧 찾아 헤매더니,

최후의 하찮고 허망한 순간을

이 가련한 자는 굳세게 붙잡으려 하는구나.　　　　　　11590

나에게는 억세게도 항거를 했지만,

세월 앞에서는 별수 없이 백발이 되어 여기 모래 위에 누웠구나.

시계는 멈추었다. ─

합창

조용히 멈추었다! 한밤중같이 조용하다.

시계바늘이 떨어진다.

메피스토펠레스

바늘은 떨어지고, 일은 끝났다.

합창

지나가 버렸다.

11595

메피스토펠레스

지나다니! 어리석은 소리.

어째서 지났다는 말이냐?

지나갔다는 것은 전혀 없다는 것과 완전히 같은 말 아닌가!

도대체 영원한 창조란 우리에게 무엇인가!

창조된 것은 무(無)로 휩쓸려가기 마련 아닌가!

"그것은 지나갔다!" 여기에 무슨 뜻이 더 있는가?

11600

그것은 처음부터 없었던 것과 마찬가지다.

그런데도 무엇이 있었던 것처럼 그 자리에서 맴을 돈다.

나는 오히려 영원한 공허함을 좋아했다.

매장(埋葬)

레무르 (독창)

누가 집을 이렇게 형편없이 지었을까?

삽과 괭이를 가지고?

11605

레무르들 (합창)

삼배수의를 걸친 우울한 손님에게

이 정도면 과분하지.

레무르 *(독창)*

　　누가 방을 이렇게 서툴게 꾸몄을까?

　　식탁과 의자들은 어디에 두고?

레무르들 *(합창)*

　　생명이란 잠시 빌린 것이어서,　　　　　　　　11610

　　빚쟁이들이 너무 많다오.

메피스토펠레스

　육신은 쓰러지고 영혼은 빠져나가려고 한다.

　피로 서명한 증서를 빨리 보여줘야겠다.

　유감스럽게도 요즘은 악마에게서

　영혼을 가로채는 수단이 많아졌다.　　　　　　11615

　옛날 방식은 혐오감을 주고,

　새로운 방식은 우리가 서툴다.

　이전 같으면 내가 혼자 처리했겠지만,

　이제는 조수를 불러와야 할 판이다.

　우리에게 만사가 불리하게 되어가고 있다!　　11620

　재래의 관습, 옛날부터의 권리도

　더 이상 믿을 수가 없게 되었다.

　예전에는 마지막 숨결과 함께 영혼이 튀어나오면,

　지키고 섰다가 날쌘 쥐새끼를 움켜잡듯

　낚아채 불끈 쥔 내 손아귀에 잡아넣곤 했지.　　11625

　그런데 이제는 영혼이 머뭇거리며 그 음산한 장소에서,

　그 역겨운 시체의 집에서 나오려 하지 않는다.

결국 서로 미워하는 원소들에게

굴욕적으로 쫓겨 나오게 된다.

내가 날마다 시간마다 신경을 쓰지만,   11630

언제? 어떻게? 그리고 어디서? 나오는지 그것이 까다로운 문제다.

늙은 사자(死者)는 민첩한 힘을 잃었지만,

정말 죽은 것인지 한참 의심이 되기도 한다.

나는 자주 그 굳어진 몸을 탐내며 바라보곤 했는데,

겉만 그렇지, 다시 꿈틀거리며 움직이는 놈도 있었다.   11635

(환상적으로 행렬을 이끄는 사람처럼 악마를 부르는 몸짓을 한다.)

자 달려오너라! 발걸음을 두 배로.

뿔이 곧은 양반! 뿔이 굽은 양반!

유서 깊은 악마의 명문 귀족들이여,

오는 길에 지옥의 아가리를 가져오너라.

물론 지옥엔 아가리들이 너무 너무 많아,   1160

지위와 계급에 따라 삼켜버리게 되어 있지만,

이번 마지막 유희를 비롯해

앞으로는 그렇게 걱정스럽지는 않을 것이다.

(왼쪽에서 무시무시한 지옥의 아가리가 열린다.)

아가리가 벌어져 송곳니가 보이고, 목구멍의 둥근 천장에서

뜨거운 기운이 품어져 나오며 불길이 솟구친다.   11645

뒤쪽에 피어나는 자욱한 연기 속에

영원히 작열하는 불의 도시가 보이는구나.

시뻘건 불길이 이빨까지 솟구쳐 오른다.

저주받은 자들이 구원을 바라며 헤엄쳐 나온다.

거대한 하이에나 같은 입에 물어 뜯기어,   11650

그들은 겁에 질려 뜨거운 불구덩이로 다시 들어간다.

구석구석엔 아직 많은 것을 볼 수 있다.

저 좁은 공간에 어쩌면 저리도 무시무시한 것이 많을까!

너희들이 죄인을 혼내주는 방법은 매우 훌륭하지만

놈들은 이것을 거짓말과 속임수와 꿈으로 여긴다.   11655

(짧고 곧은 뿔이 달린 뚱뚱한 악마들에게.)

자, 시뻘건 뺨을 가진 배불뚝이 악당들아!

지옥의 유황으로 살이 쩌 잘도 타는구나.

통나무 밑둥같이 짧아 꼼짝도 안는 목덜미여!

인(燐)처럼 파란빛이 나오지 않나 여기 아래쪽을 살펴보아라.

그것은 혼(魂), 즉 날개 달린 영혼이다.   11660

날개를 뽑아내면 역겨운 벌레가 되지.

내가 그것을 도장으로 봉인을 해 줄 테니,

그것을 가지고 불길이 폭풍처럼 소용돌이치는 속에서 도망을 가라.

몸뚱이 아래쪽을 주의해서 살펴라.

이 술통들아, 그것은 네놈들의 책임이다.   11665

네놈들이 그곳에 사는 것을 좋아하는지

확실하게 알 수는 없다.

배꼽 속에서 살기를 좋아한다니,

그곳에서 튀어나올지 모르니 주의 깊게 지켜라.

겉만 번드레한 행렬의 선두에 선 거인들!　　　　　　　　11670

허공을 움켜잡고, 쉼 없이 휘져라.

팔을 뻗고, 발톱을 날카롭게 내밀어

펄럭이는 덧없는 것을 붙잡아라.

틀림없이 이 영혼은 낡은 집이 싫어졌을 것이다.

그리고 이놈은 천재라 당장 위로 오르려고 할 것이다.　　　11675

천사의 무리

　　　하늘의 친척들이여

　　　조용히 날개를 펴고

　　　티끌로 돌아간 자를 살리기 위해

　　　죄인들을 용서하고

　　　사절을 따르라.　　　　　　　　　　　　　　　11680

　　　여유롭게 줄을 지어

　　　공중에 떠돌면서

　　　삼라만상에

　　　다정한 흔적들을 남겨라!

메피스토펠레스

　　　귀에 거슬리는 혐오감을 일으키는 소리가　　　　　11685

　　　달갑지 않는 날씨와 함께 위에서 울려오는구나.

　　　남녀구분도 되지 않는 괴상한 노래로,

　　　경건한 척하는 놈의 취향에나 맞겠다.

너희도 알다시피 우리는 극도로 사악한 시간에
인류를 절명시키려 했다.　　　　　　　　　　　　　11690
우리가 생각했던 가장 치욕스런 죄악[1]도
저들에겐 예배에 꼭 어울리는 것이 되었다.

저 위선적인 멋쟁이들이 오는구나!
저렇게 그들은 우리에게서 많은 영혼을 앗아갔다.
우리의 무기를 가지고 우리를 공격한 것이다.　　　　11695
저들 역시 악마다, 위장을 하고 있을 뿐.
이번에도 지게 되면 영원한 치욕이 될 터이니
무덤 가까이 다가와서 주변을 잘 지켜라!

천사들의 합창 *(장미꽃을 뿌리며)*
　　　　눈부시게 빛나며
　　　　발삼 향기 그윽한 장미여!　　　　　　　　11700
　　　　날개를 펄럭이며, 둥실 둥실 떠돌며,
　　　　은밀히 생기를 주는 장미여,
　　　　가지를 날개 삼아
　　　　봉오리를 활짝 펴서
　　　　서둘러 꽃을 피워라.　　　　　　　　　　11705

　　　　봄이여 싹을 틔워라!

---

1) 원죄. 천국추방.

붉은빛, 초록빛으로.

조용히 쉬는 자에게

낙원을 만들어 주어라.

메피스토펠레스 *(악마들에게)*

그대들은 왜 몸을 떨고 웅크리느냐? 지옥의 습관이냐?　　　　11710

버티고 서서 그들을 흩뜨려지게 하라.

모두 제자리를 지키란 말이다. 이 천치 놈들아!

저들은 장미꽃송이들을 뿌려

불같은 마귀들을 파묻을 모양이다.

그러나 너희들이 입김을 내뿜으면 녹아서 시들 것이다.　　　　11715

자 내뿜어라, 풀무 귀신들아! - 됐다, 됐어!

너희들의 입김으로 날아드는 꽃들이 모두 빛을 잃는군.

너무 세게 불지마라! 입과 코를 막아라!

정말이지, 너희들은 너무 강하게 불었다.

도대체 알맞은 정도를 모른단 말이냐!　　　　11720

오그라들었을 뿐 아니라 갈색으로 바싹 말라 다버렸다!

벌써 독기어린 선명한 불꽃이 이쪽으로 날라온다.

저것들에 대항해서 함께 뭉쳐라! -

기운이 빠진다! 용기가 사라진다!

마귀들이 색다른 어지러운 불길에 홀린 모양이다.　　　　11725

천사들의 합창

축복받은 꽃잎들,

유쾌한 불꽃들,

사랑을 전파하고
기쁨을 준비한다.
마음 내키는 대로.   11730
진실한 말들은,
맑은 하늘에서
영원한 무리에게
어디서나 빛이 된다!

메피스토펠레스

오 저주받을! 저런 멍청이들이 창피하구나!   11735
악마들이 머리통을 거꾸로 처박고 서서,
못생긴 꼴들을 하고 곤두박질치며,
엉덩이부터 지옥으로 떨어져 들어가다니.
자업자득의 뜨거운 열탕이나 뒤집어써라!
그러나 나는 내 자리를 지키겠다.   11740

(날아드는 장미를 헤쳐 내며.)

이놈의 도깨비불들, 물러가라! 아무리 억세게 빛을 내도,
붙잡아보면 역겨운 아교덩어리 밖에 더 되겠느냐!
왜 이리 펄럭대느냐? 썩 없어지지 못할까?
역청과 유황처럼 내 목에 달라붙는구나.

천사들의 합창

그대들의 것이 아닌 것에는   11745
손을 대서는 안됩니다.
그대들의 마음을 뒤흔들어 놓은 것을

그대들은 견뎌낼 수가 없답니다.

그래도 억세게 덤벼든다면,

우리는 씩씩하게 싸우렵니다.　　　　　　　　　11750

오직 사랑만이 사랑하는 이를

인도할 수 있답니다!

메피스토펠레스

내 머리가 탄다. 가슴이, 간장이 탄다.

악마를 능가하는 불길이구나!

지옥의 불길보다 훨씬 매섭구나!　　　　　　　　11755

그래서 실연당한 연인들이 버림을 받으면

목을 외로 꼰 채 애인을 살피며

그렇게 지독하게 괴로워했구나.

나도 이상한데! 무엇이 내 머리를 저쪽으로 잡아끌까?

나와 저들은 불구대천의 원수가 아닌가!　　　　　11760

저들의 모습을 보면 인제나 적개심이 끓어올랐지.

그런데 이상야릇한 기운이 내 몸 안에 스며든 것인가?

나는 진정 저 깜찍하고 귀여운 젊은 애들을 보고 싶다.

내가 저들을 저주하지 못하도록 방해하는 것은 무엇인가?

내가 유혹이라도 당한다면　　　　　　　　　　11765

훗날 나 말고 누가 천치바보 소리를 듣겠는가?

내가 미워하는 개구쟁이 아이들이지만,

그래도 나에겐 귀엽게만 여겨지는구나!

귀여운 아이들아, 내게 좀 알려다오.

너희들 역시 루시페르[2]일족이 아니더냐?　　　　　　　　　　11770

너무 예뻐서 키스라도 해주고 싶다.

너희들은 정말 알맞은 때에 나에게 온 것 같다.

마치 내가 너희들을 수천 번 만나본 것처럼,

그렇게 유쾌하고 자연스런 기분이 든다.

은근히 고양이 같은 욕심이 동하는구나.　　　　　　　　　　11775

보면 볼수록 한층 더 아름다워진다.

오, 가까이 다가와 나에게 한 번만 더 보게 해다오!

천사들

가겠습니다. 그런데 당신은 왜 뒤로 물러나시나요?

우리가 가까이 갈 테니, 당신은 그대로 계세요.

(천사들이 빙빙 돌면서 무대 전체에 자리를 잡는다.)

메피스토펠레스 *(무대 전면으로 밀려나서)*

너희들은 우리를 저주받은 악령이라고 비난하지만,　　　　　11780

너희들이야말로 진짜 마술사들이다.

사내고 계집이고 모조리 홀려대니 말이다.

이 무슨 저주받은 일이란 말인가!

이것이 사랑의 불꽃이란 말인가?

온 몸이 불길에 휩싸여서　　　　　　　　　　　　　　　　11785

---

2) Luzifer. 신을 배반하여 지옥에 떨어져 악마가 되었다는 천사.

목덜미에 불길이 타 들어와도 전혀 감각이 없구나.

여기저기를 떠다니는 그대들이여, 여기로 내려와

귀여운 팔다리를 약간 세속적으로 움직여보아라.

사실 엄숙함이 너희들에겐 더 잘 어울리겠지만.

그러나 나는 한 번만이라도 너희들의 웃는 모습을 보고 싶구나.　11790

그러면 나는 영원히 황홀할 텐데.

연인들이 서로 바라보는 그런 눈길 말이다.

입술을 약간 빙긋하면 될 것이다.

이보게 날씬한 친구, 나는 그대가 제일 마음에 든다.

성직자 표정은 자네에게 전혀 어울리지 않는다.　11795

그러니 약간 음탕한 표정으로 나를 보아다오!

또 살짝 살을 내놓고 걸을 수도 있을 것이다.

길게 주름 잡힌 속옷은 너무 점잖다.

저들이 돌아섰구나. - 뒤에서도 볼 만한데!

저 녀석들 정말 구미를 돋는다.　11800

천사들의 합창
　　　너희들 사랑의 불꽃들아!

　　　밝은 곳으로 돌아가자.

　　　스스로를 저주하는 자

　　　진리의 빛으로 구원해 주자.

　　　그들은 즐겁게　11805

　　　악에서 풀려나

　　　만물이 하나 되어

축복을 받으리라.

메피스토펠레스 *(정신을 가다듬고)*

내가 이거 어떻게 된 거냐! 욥[3]처럼 온 몸에

종양이 생겨 내가 보아도 섬뜩하구나.   11810

하지만 자신을 꿰뚫어보고, 자신과 친족을

신뢰할 수 있다면 승리할 수 있으리라.

악마의 고귀한 부분들은 구원되었으나,

사랑의 도깨비불길은 살갗을 스쳐 갔을 뿐이다.

이미 사악한 불꽃은 다 타버렸으니,   11815

마땅히 나는 너희 모두를 저주하노라!

천사들의 합창

거룩한 사랑의 불꽃!

이 불에 휩싸이는 자는

일생을 착한 이들과 함께

복을 누리며 살 것입니다.   11820

모두가 하나로 되어,

일어나 찬양합시다.

대기가 맑아졌으니

영혼이여 호흡하소서!

(천사들이 파우스트의 불멸의 영혼을 인도하며 하늘로 오른다.)

---

3) 구약성서 〈욥기〉 2장 7절 "사탄은 이윽고 여호와 앞에서 물러가서 욥을 쳐서 머리끝에서 발끝까지
심한 종양을 나게 한지라" 하는 구절이 있다.

메피스토펠레스 *(주위를 둘러보며)*

아니, 어떻게 된 일이지? 다들 어디로 갔지?　　　　　　　11825

철없는 아이들이 나를 놀라게 하더니,

내 노획물을 빼앗아 가지고 하늘로 도망쳐 버렸구나.

그래서 그들은 이 무덤가에 와서 입맛을 다시고 있었구나!

나는 하나밖에 없는 귀한 보물을 놓치고 말았다.

내가 담보로 잡아두었던 고귀한 영혼을　　　　　　　　11830

놈들이 교활하게도 채어 가고 말았다.

나는 누구에게 이 일을 하소연한단 말이냐?

누가 나의 기득권을 회복시켜 줄 수 있단 말이냐?

나잇살을 먹고서도 감쪽같이 속다니,

자업자득이지만 기분은 대단히 나쁘군.　　　　　　　　11835

나는 창피막심하게 일을 그르치고,

굉장한 헛수고를 했으니 참으로 꼴불견이다.

천박한 욕정과 부조리한 연정이

노회(老獪)한 악마에게도 일어날 줄이야.

철부지들의 멋진 수작에　　　　　　　　　　　　　　　11840

처세에 능한 내가 걸려들다니,

정말 내가 저지른 바보짓이

참으로 사소한 일이 아니로구나.

심산유곡

숲, 바위, 황량한 곳. 거룩한 은자(隱者)들

산위에 흩어져 바위들 사이에 자리 잡는다.

합창과 메아리

숲은 바람에 흔들리고,

바위들은 그것을 억누르고,   11845

뿌리들은 서로 얽히고,

줄기들은 빽빽이 솟아있다.

계곡물은 연이어 흐르고,

깊은 동굴은 사람을 보호한다.

사자는 조용히 정답게   11850

주위를 살며시 맴돌며

명예로운 성지를,

거룩한 사랑의 은신처를 지킨다.

법열(法悅)에 잠긴 신부(神父) *(위 아래로 떠다니며)*

영원한 법열의 불길

불타는 사랑의 인연   11855

끓어오르는 가슴의 고통

풍요롭게 퍼지는 신의 기쁨

화살이여, 날 꿰뚫어라.

창이여, 날 찔러라.

몽둥이여, 날 짓이겨라. 11860

번갯불이여, 날 태워라.

참으로 허망한 것

모두를 쓸어버리고,

영원한 사랑의 핵심

영원한 별이 빛나게 하라. 11865

명상에 잠긴 신부 *(깊은 곳에서)*

바위절벽이 내 발밑에서

심연 위에 무겁게 걸려있고,

무수한 산골물이 반짝이며 흐르다가

무서운 폭포 되어 물거품을 내뿜듯이,

자신의 힘찬 충동으로 곧게 서 11870

나무줄기 하늘로 치솟듯이,

만물을 기르고 만물을 포함하는 건

전능한 사랑의 힘이로다.

주위에서 사나운 물소리가 들린다,

마치 숲과 바위들이 물결치듯! 11875

사랑스럽게 윙윙거리며

풍성한 물은 깊은 골짜기로 떨어져,

곧장 계곡을 적셔준다.

번갯불이 번쩍이며 내려치지만,

이는 독과 혼탁한 공기를 품고 있는   11880
대기를 정화하기 위한 것이다.

이들은 사랑의 사신으로 영원히 창조하면서
우리를 감싸고 있음을 알려주고 있다.
내 마음에도 불을 붙여다오.
내 정신은 혼란스럽고 차갑다.   11885
우둔한 관능의 벽안에 갇혀
날카롭게 옥죄는 사슬로 괴로워한다.
오, 신이여! 이런 생각을 달래주시고,
가난한 이 마음에 빛을 주소서.

천사와 닮은 신부 *(중간 지대에서)*

어쩌면 저런 아침 구름이 전나무의   11890
흔들거리는 잔가지 사이로 떠 있을까!
저 구름 속에 살고 있는 게 무엇일까?
어린 영혼의 무리로구나.

승천한 소년들의 합창

아버지, 우리가 어디를 날고 있는지 말해주세요.
선인(善人)이여, 우리가 누구인지 말해주세요.   11895
우리는 행복해요, 모두에게 모두에게
세상은 이토록 편안하니까요.

천사와 닮은 신부

아이들아! 한밤중에 태어나,

정신도 감각도 반쯤 눈뜬 채

양친에겐 일찍 여읜 아이였지만   11900

천사에겐 일찍 끼게 되었지.

사랑하는 사람이 한 사람 여기 있다는 걸,

너희들도 느낄 것이다. 자 가까이 오너라.

복 받은 너희들은 험준한 세상길을

걸어온 흔적이 없구나.   11905

세상과 이 땅을 아는데 유용한 기관인

내 눈으로 내려오너라.

너희들은 이 눈을 이용하여

이 고장을 두루 살펴보아라.

(그는 소년들을 제 몸속에 받아들인다.)

이것은 나무들, 저것은 바위들이다.   11910

물줄기가 떨어져 내리면서

무섭게 굴러

가파른 산길을 내닫는다.

승천한 소년들 *(내부에서)*

이건 굉장한 구경거리군요.

그러나 이곳은 너무 음산하여   11915

놀라움과 두려움에 몸이 떨려요.

고귀하고 선한 분, 우리를 보내주세요!

천사와 닮은 신부

좀 더 높은 경지로 올라가,

언제나 순수한 방법으로

신께서 나타나 힘을 주시니,   11920

항상 눈에 띄지 않게 성장하여라.

그것은 자유로운 대기 속에 존재하는

영혼의 양식이며,

천상의 축복으로 피어날

영원한 사랑의 계시이니라.   11925

승천한 소년들의 합창 *(높은 산봉우리 주위를 돌면서)*

손에 손을 맞잡고

즐겁게 원을 그리며

춤추고 노래하자

거룩한 마음을 노래하자.

신의 가르침을 받았으니   11930

그대들이 믿고,

그대들이 사모하는,

신의 모습을 볼 수 있으리라.

천사들 *(보다 높은 대기 속을 떠돌며, 파우스트의 불멸의 영혼을 인도한다)*

영의 세계에서 고귀하신 분이

악에서 구원을 받았습니다.   11935

언제나 노력하며 애쓰는 자,

그를 우리는 구원할 수 있답니다.

그에겐 천상으로부터

사랑의 은총이 내려졌으니,

축복받은 무리가 그를   11940

진심으로 환영할 것입니다.

젊은 천사들

사랑과 성스러움이 넘치는, 속죄하는

여인들의 손에서 나온 저 장미꽃들이,

우리에게 승리를 도와주었지요.

그리고 우리에게 고귀한 일을 완성케 해서   11945

이러한 영혼의 보배를 획득하게 했습니다.

우리가 꽃을 뿌리자 악인은 물러가고,

우리가 후려치자 마귀는 달아났습니다.

익숙한 지옥의 형벌 대신

악령들은 사랑의 고통을 느꼈던 것이지요.   11950

심지어 그 늙은 악마의 두목까지도

쓰라린 고통에 사로잡혔습니다.

만세를 부릅시다! 성공입니다.

성숙한 천사들

지상에 남은 것을 운반하는 일은

우리에게 고통스러운 일입니다.   11955

그것이 석면으로 되어 있다 해도

깨끗해지지가 않는답니다.

강력한 정신의 힘이

여러 원소들을

한곳에 모아 놓으면,   11960

영과 육의

통합 이중체는

어떤 천사라도 분리하지 못 합니다.

오직 영원한 사랑만이

그것을 갈라놓을 수가 있답니다.   11965

젊은 천사들

바위더미 위를 안개처럼 감돌면서

가까이에서 움직이는

영들의 거동을

나는 지금 느낄 수 있습니다.

구름은 맑게 개어서   11970

승천한 소년들의

쾌활한 무리들이 보입니다.

그들은 지상의 속박에서 벗어나

원을 그리며

하늘나라의   11975

새 삶과 치장으로

활기를 북돋우고 있습니다.

이분도 처음에는

이 소년들과 어울리다가

최상의 경지로 올랐으면 좋겠어요.   11980

승천한 소년들

번데기 상태인 이분을

우리는 기꺼이 맞겠어요.

이로써 우리는 천사의

담보물을 잡은 셈이니까요.

이분을 싸고 있는   11985

솜털을 벗겨 주세요.

벌써 이분은 성스러운 삶에서

아름답고 크게 자랐습니다.

마리아를 숭배하는 박사 *(가장 높고 정결한 암자에서)*

여기는 전망이 자유로워,

정신까지 고상해진다.   11990

저곳엔 여인들이 위를 향해

둥둥 떠돌며 지나간다.

그 가운데 별의 관을 쓴

황홀하신 분,

광채를 보아하니   11995

하늘나라 여왕님이시다. *(황홀해서)*

세계를 다스리시는 지존의 여왕이시여!

푸르게 펼쳐진

하늘의 천막 속에서

당신의 신비를 보여주세요.   12000

사내의 가슴,

엄숙하고 부드럽게 움직여

성스런 사랑의 기쁨을 가지고

당신께 다가감을 허락하소서.

당신이 엄숙하게 명하시면
우리들의 용기는 무적이고,
당신이 우리에게 평화를 주신다면
불타는 마음도 당장 진정되옵니다.
가장 아름다운 의미에서 순결한 동정녀,
명예로우신 어머님,   12010
우리를 위해 선택된 여왕님,
신들과 지체가 같으신 분이시여.

그분을 에워싼
가벼운 구름들은
속죄하는 여인들로,   12015
그 분의 무릎 주위를 돌며
신성한 기운을 마시고
은총을 간구하는
다정다감한 무리들입니다.

접근하기 힘든 당신이지만,   12020
유혹에 넘어가기 쉬운 사람들이
은밀하게 당신께 오는 것을
막을 수는 없습니다.

관능의 약점에 끌려들면

그들은 구하기가 어렵습니다.   12025

어느 누가 자신의 힘으로

정욕의 사슬을 끊을 수 있겠습니까?

경사지고 미끄러운 바닥에선

발이 얼마나 쉽게 미끄러집니까?

눈짓과 인사 그리고 아양 떠는 입김에   12030

유혹되지 않을 사람이 누구겠습니까?

영광의 성모 (*하늘에 둥둥 떠서 다가온다*)

속죄하는 여인들의 합창

영원의 나라 하늘로

떠오르시는 당신,

우리들의 간청을 들어주소서!

비할 데 없으신 분!   12035

자비가 넘치시는 분이시여!

죄 많은 여인 (*누가복음, 7장 36절*)

신으로 승화하신 당신의 아드님 발에

바리새인들의 조롱을 받으면서도

향유대신 눈물을 뿌린

그 사랑에 걸고 비옵니다.   12040

그렇게 풍성하게 향료를 쏟아냈던

항아리에 걸고 비옵니다.

그리도 부드럽게 손발을 닦았던
곱슬머리에 걸고 비옵니다.

사마리아의 여인 *(요한복음, 4장)*

옛날에 아브라함이 양떼를 몰고 간   12045
샘물에 의지하여 비옵니다.
구세주의 입술이 시원하게 닿았던
두레박에 의지하여 비옵니다.
이제 그곳에서 솟아나와
영원히 맑게 넘치면서   12050
온누리를 적셔주는
깨끗하고 풍성한 샘물에 의지하여 비옵니다.

이집트의 마리아[1] *(사도행전)*

주님을 쉬시게 하였던 거룩하기
그지없는 장소에 의지하여,
문전에서 훈계하며 나를   12055
밀어낸 팔에 의지하여,
내가 사막에서 성심으로 행한
40년간의 속죄에 의지하여,
모래 속에 적어 놓았던 복된
작별인사에 의지하여 비옵니다.   12060

---

1) 음탕한 생활을 하던 여인으로, 예수의 묘지에 들어가려다 거절당하고 48년간 이집트의 사막에서
   속죄하여 성녀의 칭호를 받았다.

셋이 함께

크나 큰 죄를 지은 여인들에게도

가까이 다가감을 막지 않으시고,

속죄의 공덕을

영원한 것으로 높이신 당신.

오직 한 번 자신을 잊었을 뿐   12065

자신의 죄를 예감치 못한

이 착한 영혼에게

합당한 용서를 베풀어 주소서!

속죄하는 한 여인 *(옛날 그레첸이라고 불린 여인. 성모에게 매달리며)*

굽어보소서! 굽어보소서!

비할 데 없는 당신,   12070

광명이 넘치는 당신,

자비로운 얼굴로 저의 행복을 살피소서!

옛날에 사랑했던 분,

옛날의 어두움이 사라진 분,

그분이 돌아왔습니다.   12075

승천한 소년들 *(원을 그리며 다가온다)*

이분은 튼튼한 팔다리로

우리보다 훨씬 더 자랐군요.

충실하게 보살펴드린 보수를

풍족하게 받을 수 있겠지요.

우리는 일찍이 지상의   12080

인간들을 멀리했지만,

이분은 배운 게 많아

우리를 가르쳐주실 거예요.

속죄하는 한 여인 *(옛날에 그레첸이라 불렸던)*

새로 온 이분은 자신을 거의 알아차리지 못하고,

새로운 생명도 예감하지 못하지만,   12085

그래도 벌써 고귀한 영들의 합창에

둘러싸여 거룩한 분들을 닮아갑니다.

보세요, 이분은 지상의 온갖 인연에서

낡은 껍질을 벗어 던졌고,

정기(精氣)어린 옷자락에서   12090

최초의 젊은 힘이 솟아납니다!

새로운 날이 그에게는 아직 눈부실 것이오니,

저분을 가르치도록 허락해 주소서!

영광의 성모

이리 오너라! 보다 높은 하늘로 올라오너라!

그 사람도 널 알아본다면, 뒤따라 올 것이다.   12095

마리아를 숭배하는 박사 *(얼굴을 들고 기도한다)*

회개하는 연약한 여인들아,

복된 신의 섭리에

감사하며 스스로를 변용시키는

구원자의 시선을 우러러보라!

마음 착한 이들이   12100

누구나 당신을 받들어 모시도록,
동정녀여, 어머니여, 여왕이여,
여신이여, 오래도록 은총을 베푸소서!

신비의 합창

일체의 무상은
한낱 비유일 뿐,   12105
미칠 수 없는 것이,
여기서 실현되고,
형언할 수 없는 것이,
여기서 이루어진다.
영원한 여성이   12110
우리를 인도하리라!

작품해설

1) 전설의 파우스트와 괴테의 파우스트

파우스트는 15-16세기경 독일에 실존하였다는 연금술사의 이름이다. 여기에 다른 여러 마술사들의 이야기가 혼합되어서 요한 파우스트 박사와 악마 메피스토펠레스의 계약 이야기는 16-17세기에는 파우스트 전설이 되어 독일 각 지방에 널리 유포되었다. 주인공 파우스트는 모든 학문과 재주를 획득하였으나 만족치 못하고 우주의 신비와 최고의 향락 및 부귀를 맛보고자 악마에게 영혼을 판다. 악마는 파우스트가 이 세상에서 살아있는 동안 그가 원하는 것은 다 들어주고 그 대가로 24년 후에는 그의 영혼을 악마의 마음대로 가져가도 좋다는 계약을 맺는다. 파우스트 소재는 이후 독일문학에서 레싱, 클링거, 니콜라우스 레나우, 하이네, 토마스 만 등에 의해 꾸준히 다루어지고 있다.

괴테(1749-1832)가 자라면서 영향을 받은 파우스트 소재는 파우스트 민중본(Volksbuch), 인형극(Puppenspiel), 계몽주의 작가 레싱(1729-1781)이 쓴 『파우스트 단편』(Faust Fragment. 1775) 등으로 알려지고 있다.

민중본으로는 프랑크푸르트의 출판업자 요한 스피쓰(Johann Spiess)가 1587년에 쓴 『요한 파우스트 이야기』(Historia von Dr. Johann Fausten)가 있다. 당시 민중들 사이에서 널리 읽혔던 작품이다. 1588년에는 파우스트의 영어 번역본이 영국극작가 크리스토퍼 말로우(1564-1593)에 의해 『파우스트 박사의 비극적 이야기』(Tragical History of Dr. Faustus)란 제목으로 영국에서 출판되었다. 그는 윌리엄 셰익스피어(1564~1616)와 같은 해에 태어나 셰익스피어와 함께 엘리자베스여왕시대의 연극에 활기찬 인물로

시작했지만 29세란 젊은 나이에 죽는 바람에 업적은 크게 남기지 못했다. 이 작품
은 영국의 순화극단에 의해 독일로 역수입되어 민중극 또는 인형극으로 상연되었
다.[1] 이런 과정을 거쳐 소년시절 괴테가 가지게 되었던 흥미 위주의 단순한 파우
스트의 이해에 큰 변화를 갖게 된 것은 18세기 독일 계몽주의 작가 레싱이 쓴『파
우스트 단편』을 읽고서 였다. 그는 괴테보다 20년 먼저 태어난 선배 작가다. 레싱
은 지식에 대한 무한한 욕망을 가진 인간 파우스트를 악마에게 희생되지 않고 구
원에 이르는 존재로 그렸던 것이다. 괴테는 레싱의 이러한 파우스트 해석을 이어
받아, 주인공이 악마에게 파멸되는 존재가 아니라, 신에 의해 구원되는 존재로 서
술하고 있다.

괴테가 쓴 파우스트 본에는 4편이 있다. 1) 1774년 25세에 쓴『초고 파우스트』
(Ur–Faust) 2) 1790년 41세에 출간한『파우스트 단편』(Faust. ein Fragment) 3) 1808년
59세에 출간한 『파우스트 1』(Faust. Der Tragödie erster Teil) 4) 1831년 82세에 완성한
『파우스트 2』(Faust. Der Tragödie zweiter Teil)이다. 여기에 번역된 본은 『파우스트 1』과
『파우스트 2』다. 괴테는 주인공 명칭을 민중본의 요한 파우스트에서 하인리히 파
우스트로 바꾸고 있다.

2) 『파우스트 1』 요약

헌사(獻詞) : 파우스트를 미완성인 채 발표하여 친지들에게 낭독해 주던 옛날을 생
　　　각하며 파우스트 1부가 완성된 지금 그들이 세상을 떠났거나 멀리 헤어져 있
　　　음을 쓸쓸히 회상하고 있다.
무대 서막 : 실리주의자인 극장 지배인과 이상주의자인 시인 그리고 관중을 웃기

---

1) 박찬기 : 독일문학사. 일지사 1992. 185쪽.

는 어릿광대가 각각의 입장에서 연극에 대해 말하고 있다.

천상의 서곡 : 천계를 다스리는 라파엘, 대지를 다스리는 가브리엘, 대기 중 모든 현상을 다스리는 미하엘이 신의 창조를 찬양하고 있다. 메피스토펠레스가 등장하여 인간의 비참한 모습을 말하고, 주님은 그의 창조물인 파우스트를 메피스토펠레스에게 맡기면서 그를 유혹하여 지옥으로 타락시킬 수 있다면 해보라고 한다. 그러나 신은 노력하는 인간은 방황하기 마련이지만, 선한 인간은 어두운 충동 속에서도 바른 길을 알고 있는 법이라고 인간에 대한 믿음을 확신하고 있다.

비극 제1부 : 파우스트는 부활절 밤에 서재에 앉아 신의 경지에 도달하려는 높은 희망에 벅찼지만, 지령의 출현 이후 그 세계에서 거부되는 자신의 미약함에 절망을 느낀다. 실험실의 독약으로 자살을 시도하려다가 새벽 찬송가 소리를 듣고 생각을 바꾼다. 조수 바그너와 함께 아침 산보를 나가, 마을 사람들의 평화로움 속에서 시간을 보내나 악마를 예감케 하는 전조를 느낀다. 서재에서 파우스트는 악마 메피스토펠레스를 만난다. 파우스트와 악마는 이 세상에서는 악마가 파우스트의 지시에 따라 시중을 들며 쉬지 않고 일하고, 그 대신 저승에서 다시 만날 땐, 파우스트가 악마에게 같은 일을 해주기로 계약을 맺는다. 악마와의 계약은 파우스트에게 새로운 세계를 열어준다. 먼저 아우어바하의 지하 술집에 들려 흥겨운 대학생들의 모습을 본다. 악마는 늙은 파우스트를 마녀의 부엌으로 데리고 가서 마술로 다시 젊게 만든다. 젊은 파우스트는 악마의 수단으로 그레첸을 만나 사랑에 빠지지만, 결국 그레첸의 어머니와 오빠를 죽게 한다. 그레첸은 자신의 죄를 책망하는 악령에게 시달려 파우스트와의 사이에서 낳은 아이를 물에 던져 죽이고 감옥에 갇히게 된다. 파우스트는 악마를 재촉하여 감옥으로 가서 그녀를 구해내려 하지만, 그녀는 어머니와 오빠의 죽음 그리고 죽은 아이의 환각이 떠올라 사랑했던 남자를 따라 도망을 갈 수가 없다. 시간이 흘러 악마는 그녀가 벌을 받았다고 말하고, 그때 천상에서는 그녀가 구원되었다는 소리가 들려온다. 파우스트는 악마에게 이끌려 그레첸을 옥중에 남긴 채 감옥을 빠져 나간다.

3) 『파우스트 2』 요약

1부와는 달리 2부는 5막으로 되어있다.

제1막 : 그레첸을 옥중에 두고 온 파우스트는 피곤에 지쳐 풍경이 아름다운 알프스 산중에 누워 마음의 상처를 치료한다. 악마는 재정 파탄에 허덕이는 황제의 궁정에 들어와 지하에 묻힌 보물을 담보로 지폐를 발행하여 모든 국가의 빚을 해결한다. 파우스트는 부의 신 플루투스로, 악마는 말라빠진 사람으로 분장하여 등장한다. 제국은 환희에 넘쳤고 황제는 파우스트와 메피스토펠레스의 지혜와 공훈을 치하한다. 황제는 더 나아가 파우스트에게 세계 제일의 미남미녀 파리스와 헬레나를 보고 싶다고 한다. 악마는 파우스트에게 파리스와 헬레나를 불러오려면 우선 '어머니의 나라'에 내려가서 거기에 있는 삼발이 향로를 가져와야 한다고 열쇠를 준다. '어머니의 나라'란 일체의 현상이 환상으로 존재하는, 시간과 공간을 초월한 공허한 장소다. 열쇠로 향로를 부딪치면 향로가 올라오며 그 속에서 여신이 나타난다는 것이다. '어머니의 나라'로 내려간 파우스트는 열쇠를 향로에 부딪친다. 사방으로 퍼지는 검은 연기가 걷히더니 그 속에서 미소년 파리스가 잠이 든 채 나타난다. 이번에는 고대 그리스의 미녀 헬레나가 파리스에 다가가서 키스를 한다. 파우스트는 헬레나를 보고 그 아름다움에 감탄한 나머지 헬레나를 잡으려고 달려든다. 그 순간 열쇠가 파리스의 몸에 닿아 폭발이 일어나, 미남 미녀의 모습은 사라지고 파우스트는 그 자리에 쓰러진다.

제2막 : 악마는 의식을 잃은 파우스트를 그의 옛 서재로 데려간다. 그곳에서 조수였던 바그너가 인조인간 호문쿨루스를 만들어 낸다. 뛰어난 인지의 능력을 갖춘 이 피조물은 헬레나에 대한 파우스트의 동경을 감지하고 그를 옛 그리스 세계인 고전적 발푸르기스의 밤으로 안내한다. 파우스트가 헬레나를 찾는 동안 원소의 추출물에 불과한 호문쿨루스는 현실적 존재가 되려다가 파멸한다.

제3막 : 스파르타에 있는 메넬라오스 왕의 궁전 앞에 헬레나가 등장한다. 메넬라오스 왕은 왕비 헬레나가 트로이 왕자 파리스에게 유괴 당했기 때문에 그리스 대군을 이끌고 10년간 트로이를 포위해서 멸망시키고 헬레나를 찾아 온 것이다. 궁전에는 포르키스 모습으로 변장한 메피스토펠레스가 못생긴 시녀의 모습을 하고 기다리고 있다. 앞서 헬레나는 돌아가 희생의 제단을 준비하라는 남편 메넬라오스의 명령을 받았지만 희생의 제물이 무엇인지는 모르고 있다, 포르키스는 모든 준비는 완료되었으며, 제물은 헬레나라고 말한다. 헬레나는 살아날 방법을 찾는다. 포르키스는 헬레나에게 스파르타 북방 산간지역에 성을 쌓고 사는 이민족의 성주에게 가면 살 수 있다고 말하면서 그녀를 성주인 파우스트에게 데리고 온다. 파우스트는 그녀를 여왕으로 추대하며 행복을 보증한다. 그들 사이에 아들 오이포리온이 태어난다. 아들은 자유분방한 성격이 강했는데 어느 날 무모하게 공중으로 날다가 떨어져 죽는다. 지하에서 어머니를 부르는 오이포리온의 목소리를 듣고 헬레나는 옷과 면사포를 파우스트에게 남기고 하계로 돌아간다. 포르키스도 다시 메피스토펠레스로 돌아온다.

제4막 : 헬레나를 잃은 파우스트는 구름을 타고 독일로 돌아온다. 파우스트에게 악마는 다시 한 번 욕망과 즐거움을 마련해 주려 한다. 파우스트는 그의 제안을 단호히 거절한다. 파우스트는 악마에게 인간의 지혜로 바다를 정복하고 싶다는 욕망을 이야기한다. 바닷물을 막아 인민을 위한 광대한 신천지를 건설하는 것이다. 때마침 반역황제가 나타나 전쟁이 일어난다. 파우스트는 악마의 힘을 빌려 황제를 도와 승리하게 한다. 전공(戰功)에 대한 보상으로 해안 일대의 토지를 하사 받는다.

제5막 : 파우스트는 해안 일대를 메워 신천지를 건설한다. 언덕 위에는 노부부 필레몬과 바우치스의 오두막이 있었다. 파우스트는 그곳에서 그가 건설한 국토를 내려다보기 위해 노부부에게 새로운 토지를 주고 이사 가도록 했는데 거절당한다. 파우스트는 메피스토펠레스에게 그들을 철거시키도록 했는데, 메피스토펠레스의 난폭한 행동으로 오두막과 예배당이 불타 없어진다. 파우스트는 책임을 느끼고 괴로워한다. 그는 악마와의 결탁이 무의미함을 깨닫는다. 〈근심〉의 영(靈)이 그의 눈을 멀게 하지만, 마음의 눈은 그가 성취한 자유의 땅, 복락의 사회를 바라본다. 그래서 그는 순간을 향해 주저 없이 외친다. "오, 멈춰라, 너 정말 아름답구나!" 이 말과 함께 파우스트는 그의 생을 마감한다. 이 순간을 기다려온 악마는 부하들과 함께 파우스트의 영혼을 데려가려한다. 그러나 실패한다. 속죄의 여인 그레첸의 사랑이 하늘의 은총을 받아 파우스트의 영혼을 구해 낸 것이다. 천사들에 둘러싸여 영혼이 승천하는 가운데 "영원한 여성이 우리를 인도하리라!"는 신비의 합창이 울려 퍼지며, 1부 2부 합쳐 12111행의 긴 작품은 끝난다.

파우스트 II

Die Tragödie zweiter Teil

초판 인쇄 2021년 5월 6일 | 초판 1쇄 출간 2021년 5월 15일 | 저자 요한 볼프강 폰 괴테 | 옮긴이 윤용호 |
펴낸이 임용호 | 펴낸곳 도서출판 종문화사 | 디자인·편집 디자인오감 | 영업이사 이동호 | 인쇄 천일문화사
| 제본 영글문화사 | 출판등록 1997년 4월 1일 제22-392 | 주소 서울시 은평구 연서로 34길2 3층 | 전화
(02)735-6891 | 팩스 (02)735-6892 | E-mail jongmhs@hanmail.net | 값 18,000원 | ⓒ 2019, Jong Mun-
hwasa printed in Korea | ISBN 979-11-87141-67-9-04850 | 979-11-87141-56-3-04850(세트번호)
잘못된 책은 바꾸어 드립니다.